THE ROAD TO SCIENCE FICTION

科幻之路

3

大机器停转

[美国] 詹姆斯·冈恩　编著
James Gunn

赵佳铭　等　译

译林出版社

图书在版编目（CIP）数据

大机器停转 /（美）詹姆斯·冈恩（James Gunn）编著；赵佳铭等译. -- 南京：译林出版社，2025. 1.
(科幻之路). -- ISBN 978-7-5753-0417-7
Ⅰ. I712.45
中国国家版本馆CIP数据核字第202441PB64号

著作权合同登记号　图字：10-2023-21 号

大机器停转　［美国］詹姆斯·冈恩／编著　赵佳铭 等／译

策　　划　姬少亭　李兆欣
统　　筹　陆志宙
责任编辑　葛　琳
翻译监制　东方木
装帧设计　孙逸桐
责任校对　张　萍
责任印制　闻媛媛

出版发行　译林出版社
地　　址　南京市湖南路 1 号 A 楼
邮　　箱　yilin@yilin.com
网　　址　www.yilin.com
市场热线　025-86633278
排　　版　南京展望文化发展有限公司
印　　刷　江苏凤凰通达印刷有限公司
开　　本　880 毫米 × 1240 毫米 1/32
印　　张　7.125
插　　页　1
版　　次　2025 年 1 月第 1 版
印　　次　2025 年 1 月第 1 次印刷
书　　号　ISBN 978-7-5753-0417-7
定　　价　59.00 元

目录

科学：新加速剂

至 19 世纪下半叶，科学与技术成为推动变革的主要力量，并以前人未曾预见的方式改造着社会。科学家如布尔[1]、凯库勒[2]、麦克斯韦[3]、孟德尔[4]、门捷列夫[5]、斯旺[6]、康托尔[7]、阿伦尼乌斯[8]、巴斯德[9]、赫兹[10]、马可尼[11]、伦琴[12]、贝可勒尔[13]和汤姆孙[14]分别发现了物质、能源与生物的基本特性，以及与之相关的计算方法和思想见解。发明家如亨特[15]、奥

1. 英国数学家，数理逻辑学先驱。
2. 德国化学家，化学结构理论的主要奠基人。
3. 英国物理学家、数学家，提出将电、磁、光统归为电磁场中现象的麦克斯韦方程组，为狭义相对论和量子力学打下理论基础。
4. 奥地利遗传学家，遗传学奠基人，进行了豌豆试验并建立了许多遗传法则，提出孟德尔定律。
5. 俄国化学家，发现化学元素周期性，依原子量制作出元素周期表，并据以预见了一些尚未发现的元素。
6. 英国化学家，发明家，白炽灯的第一个专利申请人。
7. 德国数学家，现代集合论的创立人。
8. 瑞典化学家，1903 年诺贝尔化学奖得主。
9. 法国微生物学家、化学家，近代微生物学的奠基人之一。
10. 德国物理学家，频率单位赫兹即以他的名字命名。
11. 意大利工程师，专门从事无线电设备的研制和改进，1909 年诺贝尔物理学奖得主。
12. 德国物理学家，发现了 X 射线。
13. 法国物理学家，1903 年和居里夫妇共获诺贝尔物理学奖。
14. 英国数学家、物理学家，第一代开尔文勋爵，热力学之父。
15. 美国机械师，发明了早期的钢笔、安全别针、缝纫机等诸多物品。

的斯[1]、贝塞麦[2]、勒努瓦[3]、诺贝尔、舒尔茨[4]、海厄特[5]、迈布里奇[6]、艾萨克[7]、格利登[8]、贝尔[9]、奥托[10]、爱迪生、汤姆逊、戴姆勒[11]、斯旺、默根特勒[12]、多尔、帕森斯[13]、斯坦利[14]、艾夫斯[15]、霍尔[16]、贝利纳[17]、伊斯曼[18]、沃克[19]、杜瓦[20]、古德温[21]、巴勒斯[22]和霍夫曼[23]有意或无意地将此前的科学发现应用到了实践之中，创造了一套工艺流程。哲学家如达尔文和马克思提出了一系列理论，令人们思考社会的方式发生了革命性的改变。

他们为变化中的世界注入了愈发强劲的推动力。

应对一个静态的世界相对容易，社会结构本身就包含着这个世界，教育体制——无论其本质为何——既关乎教化，也直白明确。在这样的世界里，个体只需找到自己的位置，并如柏拉图《理想国》所荐的那样自得其乐。

变化的世界给出的第一个挑战是要人们意识到它将与从前有所

1. 美国发明家，电梯发明人。
2. 英国发明家和工程师，转炉炼钢法的发明人之一。
3. 比利时-法国发明家，发明了第一台实用内燃机。
4. 德国精神病学家和独立心理治疗医师，开发出了自生训练法。
5. 美国化学家，塑料发明人。
6. 英国摄影师，因在摄影运动研究方面的开创性工作和在电影放映机的早期工作而知名。
7. 原文疑多字母，应指艾萨克·亚当斯，他发明的印刷机对美国印刷业产生了革命性的影响。
8. 原文疑漏字母，应指美国商人格利登，他改良铁丝网形成了现代有刺铁丝网。
9. 电话的发明者。
10. 发明了四冲程内燃机。
11. 德国工程师和发明家，现代汽车工业的先驱者之一。
12. 整行铸排机发明人。
13. 英国-爱尔兰工程师，蒸汽涡轮发动机的发明者。
14. 英国发明家，拥有 78 项专利。
15. 美国摄影师、发明家。
16. 美国工程师、化学家，因对炼铝工艺的改进发明而知名。
17. 德裔美国发明家，以改进电话技术和留声机唱片而知名。
18. 美国发明家，柯达公司创办人以及胶卷发明人。
19. 英国发明家，发明了火柴。
20. 苏格兰物理学家、化学家。设计了杜瓦瓶，成功液化了氧气、氢气等多种气体，为低温物理的研究提供了条件。
21. 美国发明家，拥有一项以硝化纤维胶片制作胶卷的专利，早期的活动电影放映机使用的多是这种胶卷。
22. 美国发明家，计算机行业先驱之一，是“垮掉的一代”代表人物威廉·巴勒斯的祖父。
23. 德国化学家，最先将海洛因和阿司匹林合成为药物。

不同，无论从前的世界是怎样的。第二个挑战是识别出那些引发变化的力量。第三个挑战，也是至为艰难的，则是预测出变化是什么，并遴选出那些会影响变化走向的决定。

变化既包含实现乌托邦的希望，也包含走向灭亡的威胁。H. G. 威尔斯的作品涵盖了所有的可能性。他很早就认清了世界的本质，而正是世界变化的现实使他得以从近乎贫困的境地中崛起，赢得财富、名声和影响力，这份影响力既体现在对他人精神世界的影响，极可能也包含了对重大事件发展方向的影响。他在《自传实验》[1]（*Experiment in Autobiography*，1934）中写道：

> 世界上的种种力量正在瓦解欧洲的贵族等级制度，它们消灭小商贩，使零售商难以自立自足，以此来促进产业布局，提高生产力，促进生成更好、更有见地的新阶层，唤醒一种新型的教育并使之变得普适，打破政治壁垒，使全人类结成一个全球性的共同体。

威尔斯对小商贩的困境特别感同身受，这是因为他本人一度身陷其中，是靠顽抗和运气才得以摆脱此种命运。他的母亲依然将世界当作静止的，并同第二任丈夫在伦敦市郊买下了一家经营不善的陶瓷店。她希望自己的孩子能过上安稳的商贩生活，于是两度将威尔斯送到布商的店铺里，一度送到药剂师店里做学徒。书籍、教育和科学是威尔斯挣脱这种命运的方式，而通过教材、文章和百科全书将新科学科普给大众，并将其中的暗指和可能性以戏剧化的方式融入小说，则是他赖以成为主流作家和受尊敬的权威专家的方式。

---

1. 威尔斯自传。

在写作生涯早年，威尔斯将自己的目标定在那些面向新兴中产阶级读者的英格兰新杂志上。曾于十年前创办《珍文点滴》杂志的乔治·纽恩斯在 1891 年创办了第一本通俗杂志——《河岸街》[1]。其后《路德门月刊》[2]、《帕尔摩晚报》[3] 和《闲人》杂志接踵而至，《皮尔森杂志》和其他同类刊物则稍晚一些。

威尔斯最初的小说都发表于《帕尔摩集萃》上，但不久后他就把业务范围扩展到了《帕尔摩晚报》和《河岸街》之上。威尔斯还在科学学校[4]上学时，便曾针对时间旅行概念构思过若干个版本的故事。基于此，《国家观察者》报发表了一系列有关时间旅行的文章，当该系列的编辑转任《新评论》编辑时，威尔斯将这些文章整合重写成了一个名为《时间机器》(1895)的故事。

这部中篇小说取得了立竿见影的成功，连载时及付梓成书后都大受欢迎，这也为威尔斯赢得了文学家如约瑟夫·康拉德和亨利·詹姆斯的欣赏。随之而来的是一系列长篇小说：《莫罗博士之岛》(*The Island of Dr. Moreau*，1896)、《隐身人》(*The Invisible Man*，1897)、《世界大战》(1898)、《当睡者醒来时》(*When the Sleeper Wakes*，1899)、《月球上最早的人》(*The First Men in the Moon*，1901)。他的短篇小说被汇编为小说集如《被盗的病菌及其他事件》(*The Stolen Bacillus and Other Incidents*，1895)、《普拉特纳的故事及其他》(*The Plattner Story and Others*，1897)、《时空故事》(*Tales of Space and Time*，1899)，以及《十二个故事和一个梦》(*Twelve Stories and a Dream*，1903)。

---

1. 因刊载福尔摩斯系列而闻名于世。
2. 路德门是旧伦敦城的一座城门。
3. 杂志名源于英国作家威廉·萨克雷在小说《彭登尼斯》中虚构的报刊名，帕尔摩街是伦敦的一条街道。《帕尔摩集萃》是它的周刊集萃。
4. 英国皇家科学院前身，威尔斯在此师从托马斯·亨利·赫胥黎学习生物。

变化的结果可能带来灭绝的威胁，而通过这些故事，威尔斯几乎穷尽了所有可能的灭绝形式，他想象了如此之多的灭绝方式：从外星人入侵到偏离轨道的星球，蚂蚁军团，头足类动物军团，海底类人动物，社会暴政，战争，人类退化，太阳死亡。随后他笔锋一转，探讨起变化的另一面：乌托邦。在那些刻画当代生活的小说和百科全书中，他不时创作一些“主旨第一，故事第二”的政治文宣作品。康拉德和詹姆斯曾不顾他的意愿，劝诱他强化写作的艺术性（后来他与此二人展开过一回有关小说功能的著名论战），而他则坚持“在把小说当作一种艺术形式的同时，也当作一个市场、一条大道”，并且“将之视为，且仅视为与其他事物——比如一个故事、一个主题密切相关的东西”。他在自传中写道：

> 最终我彻底起而反抗，完全拒绝了他们那套游戏规则。“我是一个记者，”我宣称，“我拒绝扮演艺术家。如果我偶尔显出个艺术家的样子，那就是神的意旨出了差错。我永远是个记者，我写的都是当下之事——且转瞬即逝。”

但他的作品并未转瞬即逝，特别是他在世纪之交前写下的长篇小说和短篇故事。这些就是他的科幻作品，直到今天它们仍如问世之时一般鲜活。《新加速剂》发表于1901年的《河岸街》；如今，衣着风俗虽时移世易，但这些变化于小说而言无关宏旨。

《新加速剂》是一部发明小说，一部“装置小说”。它仅仅推测了一种新药的可能性。正如艾萨克·阿西莫夫在评论文章《社会科幻小说》中所说，一个点子可以朝着许多方向发展。威尔斯本可以将它撰写成一个探险故事，用这个发明来窃取军事机密，来绑架独裁者或是犯罪团伙头子，从入侵的外星人或是毁天灭地的战争中拯救世界。他可以将之写成一个带有社会学意义的故事，可以设定这种新药已经被社会接受，而能够在不同时间线上生活的人们必须解决一些新问题，诸如控制犯罪、不当劳动行为和贫富差距。

威尔斯选择漫不经心地处理这个点子，这与他对待许多其他概念时的态度一样，但他的推想显示他很清楚这个概念可能造成的影响。他写得出具有社会学意义的故事，这一点他已在《当睡者醒来》等多部作品中证明过，但是他的读者需要能够轻松进入的小说，他们并不像当代读者这样，已经在大量阅读中熟悉了科幻的类型套路，能够分辨故事的微妙之处。

（赵佳铭　译）

新加速剂

[英国]H. G. 威尔斯

如果有人在寻找一枚大头针的时候却发现了一枚基尼[1]，那他一定是我的朋友吉伯恩教授。我之前就听说过，科研人员会获得超出预期的研究成果，但是从没听过超出到他这个程度的。至少这次，他确确实实地找到了某种对人类生活带来重大变革的新发明，这绝对不是夸大其词。而他原本的目的只是要为心神倦怠的人们找到一种全面神经兴奋剂，帮助他们应付近年来快节奏的生活。我已经试服这种药物好几次了，不如就让我描述一下这种药物在我身上的功效吧。对于那些想要寻找新的感官刺激的人来说，我的描述足以清楚表明这种即将遍及所有人的惊人效果。

很多人都知道，吉伯恩教授是我在福克斯通[2]的邻居。如果我没记错的话，他在不同年龄的肖像照都曾登上过《斯特兰德杂志》——我记得是1899年年末的时候。但是我没办法去查阅当期杂志，因为有人借走了杂志一直没归还。读者们可能还能想起他高高的额头和不同寻常的、又长又黑的眉毛，这让他的面庞带上了一种冷酷的感

1. 英国旧时金币名称。
2. 英国城市。

觉。在上桑盖特路的尽头有许多独立式房屋，它们风格混搭，让那里的景色别有一番风味，吉伯恩就住在其中的一栋里。他的房子有着佛兰德式的山墙和摩尔式的回廊，房子里有一间直棂凸窗的屋子，当吉伯恩住在那里时就在那间房间中工作，我们也常常在傍晚时分在屋里吸烟、聊天。他是个很风趣的人，也很乐意和我讨论他的工作。他是那种可以在交谈之中获取帮助和灵感的人，我也正因此从研究的早期阶段起就对新加速剂这个发明了解得一清二楚。当然，他的大多数实验工作都并非在福克斯通完成，而是在高尔街医院旁边的那间新建的实验室。他是首个在这间实验室工作的人。

每个人——最起码聪明人——都知道，吉伯恩取得了巨大名望，并在生理学家中享有盛誉，这是因为他深入研究了药物对神经系统的作用。据我所知，他对催眠剂、镇静剂和麻醉剂的研究无人能及。他同样是一位声名显赫的药剂师。我认为，在神经细胞和轴向纤维的谜团组成的错综复杂的丛林之中，他的研究开辟了许多得见天光的林间空地。这些成果极少为人所知，除非他认为它们适合公开并让大众知晓。最近几年他特别致力于研究神经兴奋剂，并在研发出新加速剂之前就取得了很大成就。医药科学界要感谢他发明了至少三种效果显著而且绝对无害的药剂，这些药剂对辛勤工作的人来说极有帮助。我觉得，在人们精力枯竭时，那种叫作“吉伯恩 B 型糖浆”的药剂挽救的人比海岸边的任何救生艇挽救的人都要多。

“但这些药物没有一种能让我满意。”他在大概一年前说，“它们要么增加了核心能量供给却不影响神经系统，要么单纯增加了可支配能量却降低了神经传导性能。它们的效果都不平衡，作用只限于局部。一种药物刺激心脏和其他内脏，却让大脑变得迟钝，另外一种药物让大脑思绪翻滚，却对腹腔神经丛没有帮助。而我想要的是——哪怕只有一丝一毫的可能性——我想要的是一种能对整个人体都有兴奋作用的兴奋剂，可以让你从头顶到脚趾都获得一段时间的活力，让你相对于其他人来说获得双倍甚至是三倍的效率。啊！我想要的就是这种东西。”

“这会让人精疲力竭的。”我说。

“完全不用担心这一点。你的饭量也会是别人的两倍三倍——用这种方式来补充能量。想一想这种药剂意味着什么吧。假如你有这样的一个小药瓶——”他举起了一个绿色玻璃制成的小瓶子，在上面指指点点，“在这个珍贵的小药瓶中有着让你思考速度增加一倍、行动速度增加一倍、在同样的时间中完成的工作量增加一倍的能力。”

“但这种东西可能存在吗？”

“我相信是可能的。如果不可能的话，我就浪费了一年的时间。比如说，这些不同的次磷酸盐药剂似乎就有着类似的功效……尽管这些药剂只能让速度变为原来的一点五倍。”

“原来的一点五倍。”我说。

“比如说吧，你是一位陷入困境的政治家，时间对你来说非常紧迫，而你还必须要去处理一些紧急事务，嗯？”

“他可以让他的私人秘书喝下这种药。”我说。

“然后就会获得——双倍的时间。再想想，比如说，你想要写完一本书。”

“一般来说，”我说，“我会希望我从没开始写过那本书。”

“或者是一个医生，忙得要死，想要坐下来仔细思考一个病例的情况。或者是一位律师，又或者是一个正在临时抱佛脚准备考试的人。”

“对这些人来说，”我说，“这药水一滴就值一基尼，甚至还更多。”

“又或者在决斗中，”吉伯恩说，“那时一切都取决于你扣扳机有多快。”

“或者在击剑比赛中。”我附和道。

“你看，”吉伯恩说，“如果我研究出了这种可以作用于全身的药物，这对你不会有任何伤害——除了它会让你变老一点点之外。你会比其他人多活一倍——”

“我想，”我想到了一点，“在决斗中——这公平吗？”

“这个问题之后再考虑。”吉伯恩说。

我又回到了之前的问题。“你真的觉得这种事情可能实现？”我说。

“很可能，”吉伯恩一边说，一边盯着窗外一晃而过的某个东西，“就像公共汽车一样可能。实际上——”

他停顿了一下，朝着我意味深长地微笑起来，用那个绿色的药瓶轻轻地敲击着桌子边缘。“我想我很了解这种药剂……实际上，我已经得到了一些初步成果。”他脸上略带紧张的微笑显示出揭晓这个研究成果的重大意义。除非他的研究已经非常接近尾声，否则他很少谈及具体的实验工作。“而且它有可能，有可能——我不该对这件事如此意外——这种药有可能产生加速两倍以上的效果。”

“这一定是个重大事件。”我猜测。

“是的，我想，这确实是个重大事件。”

但尽管如此，我不认为他真的意识到了这件事情的影响有多大。

我记得我们之后又有几次谈过这种药剂，他称之为“新加速剂”，每次提起这种药剂，他的语调都会变得更有信心。有时候他会紧张地谈起这种药剂的功效可能会导致的预期之外的生理效应，这时候他就会变得有一点不高兴。另外一些时候他又显得很唯利是图，我们长久而忧虑地讨论着如何将这种药剂转化为商业利益。“这是一种好东西。”吉伯恩说，“极好的东西。我知道我给这个世界做了一些贡献，我认为我很有理由希望世界给我以回报。科学当然是神圣的，但是我想我必须使些手段来垄断这种药物的专利，比如说垄断十年。我看不出为什么世界上的一切乐趣都得归那些脑满肠肥的经销商所有。”

我对于这种新药剂的兴趣当然也没有随着时间的推移而衰退。在我的脑海中始终有一种奇怪的形而上学观点，我常常喜欢思考时空悖论，觉得吉伯恩的药物只是在提供一种对于生命的绝对加速度。假如某个人时常服用此药剂，那么他的确会度过充满活力、成就斐然的一生，但是他会在十一岁时成年，在二十五岁时进入中年，在三十岁左右开始衰老。对我来说，吉伯恩目前只是在为服用了他的药剂的人提供那种大自然赋予犹太人和东方人的能力，他们在十几岁就成年，在五十岁就步入老年，但是他们在思考和行动上都比我们要更快一些。我一直认为药物创造的奇迹至为伟大：药物使人发狂，使人平静；使人强健机敏，使人呆若木鸡；使人情绪激昂，使人兴致全无。这一切都可以用药物来实现。现在医生们可用药物的武器库里面又多了一件奇妙的武器！但是吉伯恩太关心研究当中的技术细节，并不非常关心我关注的这些问题。

在八月七日或者八日的闲聊中，他和我谈起他已经做了一阵子蒸馏工作，还将再做一阵，成败就在此一举。十日，他和我说事情已经大功告成，新加速剂已经实实在在地问世了。遇见他的时候，我正走向桑盖特山，打算去福克斯通理发。他急急忙忙地走来见我，只见他匆匆地下来迎接我——大概他正想上我家告诉我成功的喜讯。我注意到他的双眼明亮异常，满面红光，甚至脚步都轻快了许多。

“大功告成。”他抓住我的手，急切地大声说道，“比之前预想的还要成功，快来我家里看看。”

“真的？”

“真的！”他大喊道，“令人难以置信！快来看看吧。”

“它能让人加速到……两倍？”

“不止，远远不止。它的功效都吓到我了。快来看看那东西，尝一下！试一下！那是世界上最奇妙的东西。”他抓住我的胳膊，快步朝他家走去，我不得不小跑起来。他拉着我朝山上走，一路还叫嚷着。一辆游览车上的人们像欣赏什么风景似的齐刷刷地转过身来，目不转睛地看着我们。那天的天气炎热而晴朗，福克斯通的景色看上去色彩鲜明、轮廓清晰。当然也有微风，但这样的天气之下的微风还不足以让我觉得凉爽宜人。我求饶一般地喘着粗气。

“我走得不快吧？”吉伯恩大声说，他稍微放慢了一点脚步，现在他的速度像是在急行军。

“你已经吃了那种药了。”我气喘吁吁地说。

“没有。”他说，“我最多也就是喝了烧杯里的一滴水，那只烧杯装过药剂，但我已经洗干净了。我昨晚服用了一些药，你知道的，但那已经是过去的事情了。”

“然后你的速度就变成两倍了？”我在他家门口大汗淋漓地说。

“有一千倍，几千倍！”吉伯恩大声说道。他以浮夸的动作打开了那扇雕刻了早期英式风格装饰花纹的橡木大门。

“啊？”我说着，跟着他走进门。

“我也不知道有多少倍。”他手里拿着房门钥匙说。

“那你——”

“它将为神经生理学的所有领域都带来突破，它将完美地重塑视觉理论！上天知道这种药能让人加速几千倍。我们之后会去研究——我们现在还是先试一试这种药吧。”

“试试这种药？”我说，这时我们正穿过走廊。

“是的。”吉伯恩说，他在他的书房中转向我，“药就在那边的绿色小瓶里。你不是害怕了吧？"

我骨子里是个行事谨慎的人，所谓冒险精神只存在于理论上。所以我确实有点害怕。但另一方面我也是个要面子的人。

"呃。"我硬着头皮说，"你说你已经试过了？"

"我试过了。"他说，"我没出事，不是吗？我看上去完全健康，我感觉——"

我坐了下来。"把药瓶给我。"我说，"如果最糟糕的事情发生了，我就正好不用去理发了，我觉得理发是一个文明人最讨厌的应尽义务之一。这药要怎么吃？"

"加水冲服。"吉伯恩重重地放下一个水瓶，说道。

他站在书桌前，看着我坐在他的安乐椅上。他的举止突然间有些哈莱街[1]的名医的感觉。"这东西药劲可不小，你知道。"他说。

我做了一个手势。

"我必须要先提醒你，你一服下药就要马上闭上眼睛，大概一分钟之后才能小心地睁开。你的视力不会有问题，视觉和光波的振动波长有关，和冲击强度无关，但是你的视网膜还是会受到冲击，药物起效的时候如果你睁着眼睛，准会感觉眩晕恶心，所以闭上眼睛。"

"闭眼，"我说，"好的！"

"下一件需要注意的事情是坐好，不要到处乱动。你想要去拿什么东西的话，可能会重重地敲在它上面。要记得你现在的行动比之前要快几千倍，你的心、肺、肌肉、大脑——身上的每个器官——都是如此。如果你不注意这一点的话，会重重地撞上别的东西。但你要知道，你不会注意到这一点，你的感觉会和现在别无二致，只是世界上的一切看上去都比之前放慢了几千倍。这正是这种药剂的

1. 伦敦街道名称，自从 19 世纪中叶起就有诸多名医在此开设诊所。

神奇之处。”

“天啊！”我说，“你的意思是——”

“你会明白的。”他说着拿起一个量杯，看了看桌子上的东西。“玻璃杯，”他说，“还有水，都在这里了。第一次试服不要服用太多。”

珍贵的药水从小药瓶里面咕噜咕噜地流了出来。“别忘了我交代你的话。”他就像意大利侍者调制威士忌那样把量杯里面的药水倒进了玻璃杯中。“闭目静坐两分钟，”他说，“然后注意听我说。”

他往每个玻璃杯中又添了大约一英寸高的水。

“对了，”他说，“不要把玻璃杯放下，把它拿在手里，手靠在膝盖上。对了——就是这样，那么——”

他举起他的那杯药水。

“敬新加速剂。”我说。

“敬新加速剂。”他回答道。我们碰了杯，喝下药水，我立刻闭上眼睛。

你们知道人吸了毒品之后会陷入的那种丧失自我认知的虚无感吧，有那么一阵子我就有这种感觉。随后我听到吉伯恩叫我醒来。我动了动，睁开了眼睛。吉伯恩站在老地方，手里还拿着杯子。杯子空了，这就是我睁眼前后的唯一不同。

“嗯？”我说。

“有没有感觉什么异常？”

“没有。可能有一点点兴奋，没有别的了。”

“听到什么声音了吗？”

“一切都很安静。”我说，“天哪！是的！是很安静，只是有一种微弱的打击声，什么东西在啪啪作响，就好像雨滴落在各种各样的东西上面。这是什么声音？”

“被分解了的声音。”我好像听到他这么说，但是我不确定。他盯着窗户。“你之前见过窗帘像这样定在窗前吗？”

我朝着他的视线看过去，看到了窗帘的下端定格在空中，一角高高扬起，似乎正被微风轻盈地吹拂起来。

“没，”我说，“这太奇怪了。”

“再看这里。”他说着，松开了握着玻璃杯的手。我本能地躲了一下，以为玻璃杯要掉到地上摔得粉碎。但是它不仅没有摔碎，而且似乎都没有动，它就这么悬在半空中，一动不动。“粗略地说，”吉伯恩说，“处在这个纬度上的物体在下落的第一秒会落下十六英尺。这个玻璃杯正在以十六英尺每秒的速度下落。只是你看，它现在下落还不到百分之一秒。这可以让你对我的新加速剂的功效有一些认识。”他在缓慢下落的杯子四周和上下方挥舞着手，最后抓住杯底，把杯子拉过来，非常小心地放在桌子上。“嗯？”他对我说，大笑起来。

“看起来很不错。”我说。我小心翼翼地从椅子上站起身来。我感觉非常好，身体轻盈舒适，头脑也很清晰。我全身都被加速了。比如说，我的心脏一秒钟跳动一千次，但是这完全没有让我觉得不舒服。我看向窗外，一个骑着自行车的人一动不动，正低着头奋力地想要超过一辆同样一动不动地行驶着的游览车。自行车的车轮后面扬起一阵凝结在空气中的灰尘。这不可思议的一幕让我目瞪口呆。“吉伯恩，”我大喊，“这种令人混乱的药物可以持续多久的药效？”

“天知道！”他回答，“上次我服了药，上床睡了一觉后药效才过去。和你说，我当时很害怕。药效一定持续了几分钟，我想——但是却像是持续了几小时一样。但是我相信，药效一会儿之后就会突然减弱的。”

我很得意地发现我并没有感到害怕，我想这是因为我们两个人一起服了药。“为什么我们不出去呢？”我提议。

“为什么不呢？”

“他们会看到我们的。”

“他们不会的，天哪，看不到的！因为我们要比最快的魔术表演还要快上一千倍。来吧！我们该走哪里？窗户还是门？”

最后我们从窗户翻了出去。

我很确定，在我的经历和想象中，或者我读到过的其他人的经历和想象中，没有任何经历能比与吉伯恩一起在新加速剂生效期间游历福克斯通的利亚斯[1]的这段经历更加奇异古怪。我们穿过大门来到马路上，花了一分钟的时间细细地看了看雕塑一般静止不动的过往车辆。一辆大游览车的车轮顶端、拉车的马的几条腿、马鞭的末端和售票员的下巴——他正要开始打哈欠——这些东西能看出是在动，但这辆笨拙的交通工具的其余部分似乎都是静止的。除了一个人的喉咙发出低沉的咯咯声，一切似乎也寂然无声。你要知道，在这个似乎被冻住了的庞然大物里面可有着一名车夫、一名售票员和十一名乘客呢！我们在车的四周走动，一开始惊奇万分，最后却有些不自在。那些人和我们一样，却又和我们有所不同，他们带着一种漫不经心的态度，以各种姿势定在那里。一个女孩和一个男人相视微笑，那种暧昧的笑容似乎要永远定在他们脸上。一个头戴松软的宽檐帽的妇女把胳膊倚在扶手上，目不转睛地盯着吉伯恩的房子，似乎要一直看下去。一个男人摸着自己的小胡子，就像一尊蜡像，另外一个男人僵硬呆板地伸出手，手指张开，伸向松了的帽子。我们盯着他们看，朝着他们大笑，向他们做鬼脸，直到我们感到厌烦，才转身走到了那个正前往利亚斯的骑车者面前。

“天哪！”吉伯恩突然大喊道，“看那儿！”

1. 位于福克斯通的一处崖顶步道，有广场、花园、音乐台等设施。

他伸出手指，在他指尖处有什么东西正缓缓地拍打着翅膀在空中飞行，速度如同特别慵懒的蜗牛——那是一只蜜蜂。

我们就这样来到了利亚斯。那里的场面看上去更为怪异。乐队正在台上演奏，但在我们听来，乐队奏出的是一种音调低沉、断断续续的咯咯声，时而如同一声长长的叹息，而后又转为一口巨钟在走动时缓慢沉闷的嘀嗒声。僵立不动的人们直挺挺地站着，在草坪上散步的人看上去诡异、沉闷，如同傻瓜一般，摆着不稳定的姿势呆在那里。我走近一只似乎刚刚一跃而起的贵宾犬，看着它四条腿缓慢移动，落在地上。“天哪，看这里！”吉伯恩大喊道。我们在一位气质高贵的男人面前停了下来，他穿着白底暗色条纹的法兰绒衣服，脚下踩着一双白鞋，戴着一顶巴拿马帽。他正转向身边路过的两位衣着华丽的女士，冲她们眨眼。我们仔细研究了一下眨眼这个动作，发现这动作实在是引人生厌。眨眼这个动作失去了所有机敏喜人的特点，我注意到正在眨着的眼睛并没有完全合上，在正在下垂的眼皮下方，露出了眼球的下缘和一丝眼白。“愿上帝让我记住，”我说，“我再也不眨眼了。”

“也不微笑了。”吉伯恩说，他正看着一个姑娘微笑时露出的牙齿。

“不知为何，现在热得很。”我说，“我们慢点走吧。”

“哎呀，快跟上！”吉伯恩说。

我们在小径上的巴思椅[1]之间穿行而过，许多人懒洋洋地坐在椅子上，看上去非常自然，但身着红色制服的乐队成员扭着身子，看上去有些刺眼。一位紫脸膛的绅士僵在那里，正在风中努力把报纸折起来。很明显一阵强劲的风刚刚吹过这些行动迟缓的人，而我们

---

1. 一种为老人或病人提供的带有轮子和软垫的椅子。

却完全没有感觉到这阵风。我们走出人群，走到离他们有些距离的地方，转过身去回望人群。看到各式各样的人凝成一幅画，似乎被什么东西所困住，僵立不动，就像是栩栩如生的蜡像一般，这种感觉令人难以置信地美妙。当然，这个场面有些荒诞可笑，但我的心中却浮现起一种没来头的优越感。想想，这是多么神奇！自从药物开始在我的血管中起效后，我说了这么多，想了这么多，又做了这么多，但这一切对于那些人来说，对于整个世界来说，只过了一刹那而已。“新加速剂——”我开口说，但是吉伯恩打断了我。

“那个可恶的老太太在那儿！”他说。

“什么老太太？”

“住在我隔壁的，”吉伯恩说，“她有一只到处乱叫的小狗。上帝啊！我实在是忍不住了！”

吉伯恩的性格有时会非常幼稚冲动。我还没来得及劝他，他就猛冲出去，神不知鬼不觉地抓起那只可怜的动物，朝着利亚斯边缘的悬崖飞奔而去。但你们要知道的是，最令人惊讶的事情是那只小动物既不叫也不动，没有显露出任何活力。它一直呆呆地保持安静，似乎被施了催眠术一样，吉伯恩抓着它的脖子，就好像提着一只木头狗一样狂奔。“吉伯恩，”我喊道，“把它放下来！”随后我指出了另外一点。“如果你这么跑的话，吉伯恩，”我大喊，“你的衣服会烧起来的。你的亚麻裤子已经焦了！”

他用双手拍着大腿，在悬崖边上犹豫不决。“吉伯恩，”我大喊着爬了上来，“把狗放下。太热了！是我们跑步产生的热量！我们每秒钟跑两到三英里，空气的摩擦力！”

“什么？”他瞟了一眼狗，问道。

“空气的摩擦力，”我大喊道，“空气的摩擦力。跑得太快了。就像陨石一样，太热了。而且，吉伯恩！吉伯恩！我现在浑身灼痛、汗流浃背。你可以看到人们已经开始动弹了。我觉得药效快过了！快把狗放下来。”

“啊？”他说。

“药效快过了，”我重复道，“我们现在太热了，药效也快过了！我浑身都湿透了。”

他注视着我，之后又注视着乐队。他们演奏出来的断断续续的咯咯声明显变得更快了。吉伯恩猛地挥了一下胳膊，把狗扔得远远的。狗旋转着向上飞去，依旧一动不动，最后悬浮在了一大群正在闲聊的人头顶张开的阳伞上面。吉伯恩抓住了我的胳膊肘。“天哪！”他大叫道，“我想你说得对！我现在感觉一阵灼热，而且——是的，我看得出那个人正挥舞着手帕！我们得赶紧离开！”

但我们离开得还不够快。也许这反而是我们的运气！因为我们本想跑步离开，而如果我们确实跑起来的话，我相信我们身上会着火！你也知道，我们两个都没想到这一点……但我们还没来得及跑，药效就过了。这只是一瞬间的事情。新加速剂的效果就像拉上窗帘一样，手一挥就消失不见了。我听到吉伯恩惊慌失措的声音。他喊着：“坐下！”我一下子坐在利亚斯的崖边草地上，坐下的时候把周围的草都烧焦了。在我当时坐下的那个地方，现在还有一小片烧焦了的草地。整幅停止的景象似乎在我坐下去的时候活动起来。乐队断断续续的演奏汇集成了音乐的洪流，散步的人的脚落在地面上，开始行走。报纸和旗帜开始在风中猎猎作响，微笑变为交谈，眨眼的人眨完了眼，心满意足地继续前行，坐着的人们开始动弹，相互交谈起来。

整个世界又重新焕发生机，以和我们相同的速度运转着，或者说，我们现在终于并不比世界的其他部分运转得更快了，就像是正在进站的火车一样。我感觉天旋地转，经历了一次最为短暂的眩晕，一切就都结束了。至于那只小狗，刚才吉伯恩使劲抡胳膊的时候它似乎在空中滞留了片刻，现在它以极大的加速度砸穿了一位女士的阳伞。

这件事挽救了我们。一位坐在巴思椅中身材肥胖的老绅士无疑一开始就看到了我们，之后又用他那双黑色的眼睛狐疑地不时看看我们，我觉得，他最后还和他的护士说了些关于我们的话。除了他之外，我认为没有任何人注意到了我们的突然现身。扑通！我们的出现一定非常突然。我们几乎立刻就摆脱了灼热之苦，尽管我身下的草坪还很烫，让我很不舒服。所有人的注意力——甚至包括娱乐协会的乐队，他们竟然破天荒地走了调——都被一件令人惊讶的事情以及这件事情导致得更为令人惊讶的狗叫声和一阵骚乱吸引过去了：一只养尊处优的小狗本来正在演奏台东面安安静静地睡着，此时却突然穿过坐在演奏台西边的一位女士的阳伞从天而降，身上的毛还有一点烧焦的痕迹，因为它刚刚急速穿过空气。在那个荒唐可笑的年代，人们都很神经质，很愚蠢，也很迷信。人们纷纷站起身来，踩在别人身上，椅子翻来滚去，就连利亚斯的警察也在到处乱跑。我不知道最后事情是如何收场的——我们急于离开事件现场，摆脱那位巴思椅上的老绅士想要仔细调查一下我们的目光。当我们的身体冷却下来，从头晕目眩的状态中恢复过来后，我们站起身来，绕过人群，沿着梅特罗坡下面的路直接朝着吉伯恩的房子走去。但在一片喧嚣之中，我还是非常真切地听到一位先生的话，他坐在那位遮阳伞被砸坏了的女士身边，口气生硬地质问一个帽子上写着“监护”的护理人员：“如果这条狗不是你扔的，那是谁扔的？”

外界的运动速度和喧嚣声音突然复原，我们自己又惊魂未定（衣服仍然烫得要命，吉伯恩那条白裤子的大腿前部已经被烫得焦黄），我们没能仔细观察发生的一切，我本应该很乐意观察一下。实际上，我在回去的路上没有做任何有科学价值的观察。蜜蜂当然已经飞走了；当我们回到上桑盖特路的时候，那个骑车者也已不知去向，或许汇入了车流之中。至于那辆游览车，正载着车上生机盎然、活泼欢快的人们，吵吵闹闹地驶向前方，即将到达附近的教堂。

但我们还是注意到，我们离开房间时踩过的窗台有烧焦的痕迹，我们踩在沙砾小路上的脚印也异常深。

以上就是我第一次服用新加速剂的经历。我们当时的一切动作、一切话语、一切行为，实际上都是在一秒左右的时间内完成的。我们觉得自己经历了半小时，而乐队在此期间大概只演奏了两小节左右。但对我们来说，这种药剂的效果就像是整个世界都暂停了下来，以便我们观察。现在回想起这一切，尤其是回想起我们冒冒失失、急急忙忙地跑出房间，事情的结果很有可能会更糟。毫无疑问，这次经历意味着吉伯恩要想让自己的药剂成为易于控制的方便有用之物，还需要做很多研究，但是这种药物的实际效果已经确凿无疑。

自从那次冒险之后，吉伯恩一直在致力于让药物的效果易于控制，我也在他的指导下定量地服用过几次药剂，没有任何不良反应。尽管我必须承认，在药性未过时我再也没有贸然外出过。我需要提一句，我写这篇文章一气呵成，其间吃了一些巧克力，此外未受外界任何打搅。我在六点二十五分开始写作，现在我手上的手表很接近三十一分。在事务缠身的一天中获得好长一段无人打扰的工作时间，这种方便怎么说都不为过。吉伯恩现在正在做药物剂量方面的研究，尤其是药物对不同体质的人产生的不同效果。他还希望能找到一种减速剂，可以用来抵消加速剂的过度效果。当然，减速剂会起到加速剂的反作用。单独使用减速剂能使服药者感到通常的几小时转瞬即逝，使得他能在最为繁乱嘈杂的环境之中不慌不忙，平心静气好似万年冰川。这两种药物一定可以彻底变革人类社会。这是我们摆脱卡莱尔所说的“时间外壳”[1]的起点。加速剂可以保证我们在任何需要集中精力的时候全神贯注，减速剂则可以让我们心神稳定地度过艰难沉闷的漫长时光。也许我对减速剂有些过于乐观了，毕竟这东西还没有做出来，但加速剂却无论如何都不需疑虑。方便、可控而好用的加速剂走向市场也就是几个月之后的事情。在所有药剂师和药商处，你都可以买到装在绿色小瓶子里面的药剂，价格高昂，但是考虑到超乎寻常的药效，这个价格绝对物有所值。这种药物会被命名为“吉伯恩神经加速剂”，他希望能提供三种不同的效果：加速二百倍、加速九百倍和加速两千倍，分别以黄色、粉色和白色标签来做区分。

毫无疑问，加速剂的应用会让一系列超乎寻常的事情成为可能。其中最值得关注也是最可能的，当然是罪犯可能通过这种药剂在时间的缝隙中作案，以此来逃脱惩罚。就像所有的强效药剂一样，加速剂也很可能被滥用。然而，我们已经非常彻底地讨论过这方面的问题，我们认为这完全是法医学上的问题，不在我们需要考虑的范围之内。我们会生产并销售加速剂，至于其影响——让我们拭目以待。

（赵佳铭　译）

1. 参见苏格兰哲学家托马斯·卡莱尔关于时间的哲学论述。

文艺之争

尽管玛丽·雪莱的《弗兰肯斯坦》描绘了一位太过大胆妄为的科学家，但拜伦和雪莱[1]对科学启蒙运动的前景都感到乐观。歌德不仅是一位文学天才，也是位著名的科学家。爱伦·坡庆祝技术进步。丁尼生预见了人类美好的未来。不过，在工业革命和第一次世界大战之间的某个时候，文学文化在相当程度上背叛了对进步的普遍信仰，谴责科学和技术，并鼓吹回归传统美德和永恒价值。

布莱克[2]抱怨，“黑暗的撒旦工坊”[3]正在掠夺英国农村。卡莱尔[4]承认，“在对外部事物的管理上，我们超越了所有其他时代”，但论到“纯粹的道德本性，灵魂和人格的真正尊严，我们很可能是不如绝大多数文明时代的”。[5]霍桑笔下的科学家摧毁了他们所热爱的一

1. 指玛丽·雪莱的丈夫珀西·比希·雪莱，英国著名诗人。著名诗人拜伦是雪莱的好友。《弗兰肯斯坦》就是在拜伦召集的一次“写作会”当中创作的。
2. 英国浪漫主义诗人，画家。
3. 出自布莱克晚年的代表作《耶路撒冷》，所指究竟为何尚有争议，一般认为代指工业革命带来的新式工坊，但也有人认为是在比喻他眼里异端教派的教堂。
4. 英国历史学家、评论家。
5.《时代的特征》（“Signs of the Times”），《爱丁堡评论》，1829 年。

切。对爱默生[1]来说，“物坐鞍上，驾驭人类”。[2]

斯诺在1959年他的《两种文化》演讲中说，“人文知识分子……是天生的勒德分子”，他们“从未试过去理解，也不想去理解，甚且无法理解工业革命，更不用说接受它了……几乎到处都一样……知识分子们不明白正在发生的事情。作家们当然也不。他们中的许多人耸耸肩走开了，就好像一个有感情的人的正确做法只能是回避；另一些……试着写出各式各样的幻想，其实只不过是惊恐的尖叫”。

剑桥大学的评论家F. R. 李维斯对此回应说，在人类的各种禀赋当中，文学所最看重的是道德自觉，并坚持认为，伟大的文学作品对其所处的文明提出了极为重要的问题，但“当然，对于这样的问题，不可能有任何通常意味上的答案”。此外，所有这样的问题都会让社会犹豫不决，放慢脚步，对未来失去信心，不再信任社会规划和技术进步。

斯诺–李维斯之争实际上与19世纪80年代托马斯·亨利·赫胥黎和马修·阿诺德之间的分歧[3]，以及20世纪第二个十年里H. G. 威尔斯和亨利·詹姆斯之间的分歧颇为类同。人文文化对威尔斯的进步信念，尤其是他后期那些宣传小说中的乌托邦图景的回应，是“反乌托邦”。最近这种社会图景又被叫作“敌托邦”，词头来自希腊语，意思是“病态的”“坏的”。这些作品的表述中，状况是越来越差，而不是越来越好，世界更可能会走向毁灭，而不是臻于完美。

然而，反乌托邦并不仅仅是对遍地机器、由科学家和工程师统治的威尔斯式美好未来图景所做出的文学反应，尽管威尔斯和他建立一个为创造更美好的世界而“公开合谋”的组织的努力是反对者

1. 美国著名思想家、文学家。
2. 出自《颂诗，致威廉·H. 钱宁》（“Ode, Inscribed to William H. Channing”）。
3. 19世纪60年代，英国发起了一场“科学与文化”之争，其中最具代表性的人物即托马斯·亨利·赫胥黎和马修·阿诺德。

们最明显的靶标。被斯诺描述为“不能更强烈地表达了未来不该存在的意愿”的《1984》(1949),其作者乔治·奥威尔谈及威尔斯时写道:

> 生于本世纪初的热爱思考的人们[1],在某种意义上是威尔斯本人创造出来的。一位单纯的作家,尤其是一位作品时效性很强的“大众”作家,其影响力有多大,容或可议,但我很怀疑在1900年至1920年间的作者们,至少在英语世界里的,还能有谁对年轻人有他这么大的影响。

不过,两次世界大战和一次大萧条也将幻灭的氛围带到了文学当中,这种文学氛围产生了阿道斯·赫胥黎[2]的《美丽新世界》(1932)、扎米亚京(Zamyatin)的《我们》(*We*,1924)、C. S. 刘易斯(C. S. Lewis)的“皮尔兰德拉”(*Perelandra*)三部曲[3](1938、1943和1945)、戈尔·维达尔(Gore Vidal)的《弥赛亚》[4](*Messiah*,1953)、伊夫林·沃(Evelyn Waugh)的《废墟中的爱》[5](*Love Among the Ruins*,1953)、安东尼·伯吉斯(Anthony Burgess)的《发条橙》(*A Clockwork Orange*,1962)和许多其他作品。

反乌托邦式的想象出现在科幻杂志上,也出现在斯坦顿·A. 科布伦茨(Stanton A. Coblentz)、戴维·H. 凯勒(David H. Keller)和S. 福勒·赖特(S. Fowler Wright)等作家的头脑中,有时甚至出

1. 这里奥威尔是在解释自己为什么会(为希特勒等灾难)指责威尔斯。
2. 阿道斯·赫胥黎是托马斯·亨利·赫胥黎的孙子,马修·阿诺德的甥外孙。
3. 一般称为“太空三部曲”或者“空间三部曲”。其中《皮尔兰德拉》是其核心的第二部。“皮尔兰德拉”是书中对金星的称呼。
4. 该书描述了被一个新兴宗教统治的未来世界。
5. 该书标题来自勃朗宁的同名诗歌,还有个副标题《一段近未来的罗曼史》。该书是一部反乌托邦式讽刺小说。

现在杰克·威廉森（Jack Williamson）这样基本上抱乐观主义态度的作家的头脑中。弗雷德里克·波尔（Frederik pohl）和西里尔·科恩布鲁斯（Cyril Kornbluth）用他们的小说《太空商人》（*The Space Merchants*）让反乌托邦在科幻小说的主流中牢牢占据了一块阵地［该小说于 1952 年在《银河》上以《图利星球》（*Gravy Planet*）为名连载］。

然而，最早和最著名的反威尔斯式敌托邦作品是 E. M. 福斯特的《大机器停转》。这个故事的发表时间通常被定在 1928 年，当年他的《永恒瞬间》[1]（*The Eternal Moment*）一书收录了该故事，但实际上它首次发表于 1909 年［《牛津剑桥评论》（*Oxford and Cambridge Review*），米迦勒学期[2]号］。

福斯特是一位小说家、散文家和评论家，他的作品和观点在数十年间都为人敬重。他最著名的那些小说，特别是《印度之行》（*A Passage to India*，1924），着眼于不同文化间的理解问题；但他也写了一些幻想故事，比如收集在《永恒瞬间》中的作品，以及那篇著名的，被收录于 1923 年出版的同名小说集中的《天国公共马车》（“The Celestial Omnibus”）。

在《大机器停转》中，正如讽刺文学惯常所做的那样，福斯特将威尔斯式的未来城市推向了这样一个极端：其中的居民极度依赖机器，以至于没有它们的生活不仅是“野蛮”的，而且是不可能的。

（何锐　译）

1. 其中收录了发表于 1911 年的同名短篇小说。
2. 英国部分大学对秋季第一学期的称呼。

大机器停转

[英国]爱德华·摩根·福斯特

第一部分
飞空船

如果可以的话，想象一下：一个小小的房间，呈六边形，就像是蜂房当中的小格子。没有采光的窗户，也没有照明的灯火，但有种柔和的光线把房间照得通明。这里没有通风口，可屋里的空气新鲜。没有乐器，但随着我的冥想开始[1]，房间里便有悦耳的音符跳动。小屋正当中有把扶手椅，椅子边上是张书桌——只有这两样家具。在扶手椅里头塞着一大团被裹得严严实实的肉体——是个女人，身高大约五英尺，脸色惨白，好似蘑菇。正是这房间的主人。

有电铃响起。

女人触动了某个开关，音乐停了。

“我想，不去看看来的是谁是不行了。”她这么想着，并让椅子移动起来。和音乐一样，由机械操控的椅子在地上滚动，将她送到

1. 在 19 世纪末到 20 世纪上半叶，很多人相信冥想可以预见未来。

了房间的另一面，那边的电铃依然在喋喋不休地叫唤。

“谁啊？”她叫道。她的声音有些不耐烦，因为她经常在音乐刚刚响起时被打搅。她认得的人有好几千；人类间的交际在特定的方向已取得了巨大的进步。

但一听见话筒里的声音，她苍白的脸上便露出了笑容。她说：

“很好，我们谈谈。我会把自己隔绝起来。我希望接下来的五分钟里不会有任何重要事务——因为这样我就可以把那五分钟完完整整地用在你身上，库诺。然后我必须去做个讲座，关于澳大利亚时代的音乐。”

她按了下隔绝按钮，好让其他任何人都没法找她讲话。然后她按了下照明装置，于是整个小房间沉入了黑暗之中。

“快点！”她喊道，她又不耐烦了，“快点，库诺；我这边在黑暗中浪费我的时间呢。”

但足足过了十五秒，她手中拿着的那个圆盘才亮了起来。一道微弱的蓝光从盘面上掠过，又暗淡下去，变得有些发紫；这会儿她能看到她儿子的图像了，同时，在地球另一边的他也能看到她了。

“库诺，你动作太慢了。”

他露出个沉重的笑容。

“我真的觉得，你就是喜欢磨蹭。”

“我之前就给你打过电话，母亲，但你总是在忙，要不就进入了隔绝。我有些特别的事情要说。”

“什么事，最亲爱的小男孩？快点。为什么你不用气动系统发邮件过来？”

“因为这种事情我更想亲口说出来。我想——”

“嗯？”

“我想你过来看看我。”

瓦实提[1]打量着蓝色圆盘上他的面孔。

“可我现在就能看到你啊！”她大声说道，“你还有什么不满？”

“我不想透过大机器看你，”库诺说，“我也不想通过这讨厌的大机器跟你说话。”

“喔，别说了！”他母亲略感震惊地说，“你不可以说任何反对大机器的话。”

“为什么不可以？”

“谁都不可以的。”

“你说得好像大机器是哪个神明造出来的，”对面大叫起来，“我估计，你不高兴的时候还会向它祈祷吧。别忘了，制造它的是人。伟大的人，但仍是人类。大机器意义非凡，但并不是一切。我在这盘子上看到了跟你类似的形象，但我并没有见到你。我透过这个话筒听到了和你类似的声音，但我没听到你的声音。这就是为什么我希望你能过来。来跟我待在一起。来看看我吧，这样我们可以面对面地聚聚，来谈谈我心中在希望的那些事。”

瓦实提回答说，她不太可能抽出时间去拜访他。

“飞空船只要两天就能从你那边飞到我这里。”

“我不喜欢飞空船。”

“为什么？”

“我不喜欢看见下面那可怕的棕色大地、海洋，还有夜里的星星。在飞空船上我想不出任何新的想法。”

“我倒是在别的任何地方都没有新想法。”

“飞在半空能让你想出什么？”

库诺停了一下。

---

1. 该人物和《旧约·以斯帖记》中因不从夫命被废黜的波斯废后同名，此名意谓“最好的”“被爱的”。

“你知不知道，有四颗大星组成了一个长方形，然后在长方形中间有三颗星星聚在一起，这七颗星边上又挂着另外三颗？”

“不，我不知道。我不喜欢星星。但它们让你有了新想法？真有趣，给我讲讲。”

“我觉得它们像是个人。”

“我不明白。”

“那四颗大星是这个人的双肩和双膝。中间的三颗是腰带，从前人们腰上系的那种东西，而挂在边上的那三颗就像是一把剑。”

“剑？”

“人们以前身上会带着剑，用来杀死动物或其他的人。”

“这并不是个能打动我的好点子，但倒是非常新奇。你最初是怎么想到这个的？”

“在飞空船上——”他顿住了。瓦实提觉得他看上去有些悲哀，她并不能非常肯定，因为大机器并不会把细微的表情差别传输过来。它只是给出个大体的印象，足以满足任何实用需求的印象——她这么想着。有个可疑的哲学流派认为，那种被大机器合情合理地忽略掉了的难以捕捉的风采，是人际交往中真正的精髓所在，就像是葡萄上被人造水果的制造者们忽略掉的那层难以捕捉的白霜。我们人类早就已经惯于接纳这种“足够好”的东西。

“其实，”库诺继续往下说道，“我还想再看看那些星星。它们很不寻常。我希望不是从飞空船上，而是从地球表面看看它们，就像是我们的祖先千万年前那样。我想去地表看看。”

瓦实提再度震惊了。

“母亲，你一定要过来啊，哪怕只是为了给我解释下，去看看地球表面有什么样的害处。”

“没什么害处，”她控制住自己的情绪答道，“但也没好处。地表只有尘埃和泥土，上面没有生命残留，而且你还需要戴个人工呼吸器，不然外面冰冷的空气会杀死你的。暴露在外面的空气中，人一下子就会死掉。”

“我知道；当然，我会做好所有的防护措施。”

“除此之外——”

“嗯？”

瓦实提考虑了下，小心地选择用词。她希望能说服自己这性情古怪的儿子，让他不要去冒险。

“这和时代的精神背道而驰。”她最后断言。

“你这话的意思，其实，是跟大机器背道而驰吧？”

“某种意义上来说，是的，但——”

蓝色圆盘上库诺的形象隐去了。

“库诺！”

他进入了隔绝状态。

瓦实提感到一阵孤独。

然后她打开了灯。灯光照亮了她的整个房间，到处装点着按钮的房间，这景象让她恢复了活力。到处都是按钮和开关——呼叫送餐的，点播音乐的，索要衣饰的。这里有洗热水澡的按钮，一按下去就会有一个（仿）大理石的浴缸从地板中冒出来，里面满满地装着温热的除臭液。也有冷水浴按钮。还有文学创作的。当然，还有那些她用来跟朋友们通话联络的。这房间虽然空空荡荡，却跟这世上她所在乎的一切都紧密相连。

瓦实提随即关闭了隔绝开关，于是之前三分钟内累积起来的讯息骤然涌向她。房间里满是铃声和通话管的喧闹声。那种新食品怎么样？她能不能给推荐下？她最近有没有什么新想法？也许有人可以给她讲讲自己的？她近期要不要约个时间，拜访下公立托儿所？——下个月的今天如何？

她答复大多数问题的时候都带着怒气——在这个飞速发展之后的时代，这种心情正日渐增多。她说那种新食品糟糕透顶。她说她去不了公立托儿所，各种预约安排已经多得让她不堪承受了。她说自己没什么新想法，但刚听到了一个——四颗星星，再加上中间三颗，看起来像个人；她很怀疑这有多大意义。然后她关闭了回复线路，因为到了发送她关于澳大利亚音乐讲座的时候了。

公众集会那种拙劣的体系早就被抛弃了；无论瓦实提还是她的听众都无须离开自己的房间。她坐在自己的扶手椅上讲，听众们坐在各自的扶手椅上听她讲，看她讲，听得挺清楚，也看得挺清楚。她开始先轻松诙谐地介绍了下前蒙古时代的音乐，接下来描述了在中国大征服之后歌曲的爆发式涌现。她说，虽然艾山叟和布里斯班学派的方法太过古老和原始，但她仍然觉得他们值得今日的音乐家们进行研究：他们生机勃勃；最重要的是，他们带来了很多新想法。

她的讲座持续了十分钟，反响很好。结束后，她和她的许多听众一起又去听了一个关于海洋的讲座；海洋能给人们提供新的思路；演讲者不久前曾戴着人工呼吸器去看过海。然后她去用餐，跟众多友人聊天，又去洗了个澡，继续聊天，最后召出了自己的床铺。

这张床并不合她的意。太大了，而她喜欢的是小床。抱怨是没有用的，因为全世界的床铺都是一个尺码，想要张不一样大小的会涉及大机器内部的大范围更动。瓦实提让自己进入隔绝状态——在地底，没有白天也没有黑夜，所以这是必须的——又回顾了一遍上次她召出床铺到现在之间发生的一切。新想法？几乎没有。要事——库诺的邀请算得上一件？

在她旁边，在小书桌上，有一件从那些混乱时代中幸存下来的东西——一本书，是《大机器之书》。其中包含了针对任何可能发生的状况的建议。如果她热了、冷了、消化不良了，或是不知该怎么说话了，她就去求助于这本书，书会告诉她该按下哪个按钮。书是“中心委员会”印行的，被装饰得富丽堂皇——和近来愈发盛行的风潮一致。

她坐在床上，将书恭恭敬敬地捧在手中。她把明亮的房间整个扫视了一遍，就像可能会有人正在观察她。然后，她半是尴尬半是快活地小声呢喃：“噢，大机器！噢，大机器！”同时将那卷册举到自己唇边。她三度亲吻书皮，三度低下自己的头颅，三度感觉到那顺服[1]的狂喜。她执行完仪式之后，把书翻到了第 1367 页，那上面给出了从南半球的岛屿出发，去往北半球岛屿的飞空船开船时刻表——她住在南面岛屿的土层之下，她儿子住在北面。

她想：“我没那个时间啊。”

她让房间暗了下去，睡了；她醒来，让房间亮了起来；她进食，跟她的朋友们交流想法，听音乐，参加讲座；她让房间暗了下去，睡了。在她上方，在她下面，在她周围，大机器永远在嗡嗡作响；她注意不到这噪声，因为她出生时就满耳都是这声音。地球携着她，嗡嗡作响，在寂静的太空中飞驰，让她忽而转向那看不见的太阳，忽而转向那看不见的群星。她醒来，让房间亮了起来。

“库诺！”

他的回应是：“我不跟你讲话。除非你过来。”

“我们上次谈话之后，你去过地表了吗？”

他的影像消失了。

她再度求教于那本书。她非常紧张不安，躺倒在自己的椅子上，心悸不已。想象下，没有牙齿，也没有头发的她。她随即让椅子移

---

1. 基督教术语，指对神的意志毫无异议地接受。

动到墙边，按下了一个不常用的按钮。墙壁缓缓地分开。透过开口，她看到一条隧道，走向略有弯曲，让人看不到它的终点。如果她要去见她的儿子，旅程就要从这里开始。

当然，她对交运系统一清二楚。这其中没什么神秘的。她会招来一辆小车，车子会带她飞过隧道，直抵通往飞空船港的升降梯：这套系统已经沿用了许多个年头了，早在大机器在世界范围内建立起来之前就有了。当然，她也研究过在她之前最近的那一个文明——那个文明对这一系统的功能完全是误用了，它利用这一系统来把人们带到物品旁边，而不是把物品带到人们身边。在过去那个可笑的年代，人们得出去呼吸新鲜空气，而不是把新鲜空气送到房间里来！可她还是被隧道吓到了：自从她最小的孩子出生以来，她就再也没看过它一眼。它是弯曲的——但没她记忆里的那么弯；里面亮着灯——但并没有某位演讲者描述的那么亮。切身体验带来的恐惧压倒了她。她缩回了房间里，墙壁再度合拢了。

“库诺，”她说，“我没法去看你。我身体不舒服。”一台大型仪器随即从天花板上冒了出来，降到她身体上方，一根体温计自动插进了她嘴里，一个听诊器自动贴到了她胸口。她虚弱无力地躺着。清凉垫在她的额头上摩挲。库诺给她的医生打了电报。

就是这样，在大机器下仍有人类的感情，跌跌撞撞，起起落落。

瓦实提把医生注入她嘴里的药剂喝了下去，那台设备也退回到了天花板中。她听到了库诺的声音，在问她感觉怎么样。

“好些了。”她恼火地说，“但为什么就不能是你来看我呢？”

“因为我不能离开这个地方。”

“为什么？”

“因为有件非同小可的事情，随时都可能发生。”

“你去过地表了吗？”

“还没有。”

“那你说的是什么事？”

“我不会透过大机器告诉你的。”

她又继续过着自己的日常生活。

但她会想起库诺，想起他婴儿时的样子，想起他的降生，想起他被带到公共抚育院，想起自己那次去抚育院探望他，想起他一次次前来看望自己——在大机器给他在地球另一边分配了一个房间之后，他就不再前来了。“父母，其责，”大机器之书这样说，“在降生之刻即告消灭。第 422327483 页。”确实如此。但库诺的情况有些特别——实际上，她所有的孩子多少都有些特别——所以说到底，如果他实在想要，瓦实提必须鼓起勇气踏上旅途。还有那个“可能发生”的“非同小可的事情”。那是指什么？这毫无疑问，是年轻人的胡思乱想，但她必须要去。她再一次按下那个陌生的按钮，墙壁再一次分开，她又看到了那条蜿蜒到她视野之外的隧道。她紧抱住圣书，站起身来，踉跄着走到站台上，召唤小车。她的房间在她身后关上了：前往北半球的旅程开始了。

当然，这绝对是轻而易举。车来了，她发现里面有把扶手椅——跟她自己的完全一样。她发出信号，车就停了，然后她踉跄着走进了升降梯。升降梯里除了她还有另一名乘客，这是她几个月来面对面看到的头一个生灵。当今时代，很少有人还会出门旅行了——多亏了科学的发展，整个地球到处都是一个样。之前的文明曾极为渴望的便捷人际交往，在实现之后又自我消亡了。北京和什鲁斯伯里一模一样，那去北京又有什么意义？什鲁斯伯里和北京也没差别，那又何必回什鲁斯伯里？人们几乎不会再挪动自己的身体；所有的躁动不安都只在方寸之间。

飞空船是上一个时代遗留下来的交通工具。它被保留下来，是因为停运或者销毁它更费事，虽然现在它的运力远远超过了所需。一艘艘飞空船从拉伊或是克赖斯特彻奇（我这里用了它的古名）的出入口升起，驶入拥挤的天空，然后在南方的码头停下，船上总是空空如也。系统调校非常精准，完全不受天气影响，无论是碧空如洗还是阴云密布，天穹都犹如一个巨大的万花筒：同样的图案在上面周期性地重复。瓦实提乘坐的航班在日落或是黎明起航。但在它飞过兰斯上空时，总是会和往返于赫尔辛基与巴西的飞空船并行；每当它第三次越过阿尔卑斯山时，巴勒莫的船队都会横向穿过它在身后留下的轨迹。白天或是黑夜，风暴、潮汐和地震，都已不能阻挡人类。他们驾驭了利维坦般的巨力。所有那些旧时代的文学，它们对于自然伟力的赞美和恐惧，听起来都已如同孩子口中的呓语，毫无真实感。

但当瓦实提看到巨大的船体，看到那由于暴露在外部空气中而沾染上的污迹之时，切身体验到的恐惧又回来了。这跟电影图像中的飞空船可不太一样。首先，它有股味道——并不强烈，也不是臭味，但就是有味道，她闭上眼睛也会知道有个陌生的东西正在靠近。然后她还得从升降梯里走过去，不得不忍受其他乘客偶尔投来的目光。她前面的男人把自己的圣书弄掉了——不是什么大事，但让所有人都感觉不安。在房间里的话，如果圣书掉了，地板会自动把它抬升回来，但通往飞空船的走道可没这种功能，于是那神圣的书就一动不动地躺在地上。人们停下脚步——这景象难得一见——那个男人也没有去捡起他的宝贵财富，而是捏着自己胳膊上的肌肉，想搞清它们怎么就出问题了。这时，有人居然真的发声说话了：“我们要迟到了。”——于是登船队伍继续向前，当中瓦实提还踩到了书页上。

进船后，她的焦虑有增无减。船内的陈设过时且简陋。这里甚至还有个女乘务员，在旅途中瓦实提若有什么需求只能向她提出。当然，还是有一条自动回转走道贯穿全船，但她还是得从那上头自行走到自己的舱位去。有些舱位比其他的要好些，而她分到的并不是最好的。她觉得乘务员行事不公，气得她的决心又有些动摇。玻璃阀门已经关上了，她回不去了。她看着船道的尽头，之前她乘坐的升降梯正悄然上上下下，里面空无一人。在通道那些闪亮的瓷砖下面，是一个个房间，一层下面还有一层，直到地底深处，在每个房间里都坐着一个人，或在吃饭，或在睡觉，又或是在创造新想法。她自己的房间就掩藏在这蜂巢深处。想到这里，瓦实提感到很害怕。

“噢，大机器！噢，大机器！”她低声呢喃着抚摸自己的圣书，借此获得了安慰。

然后船道的两侧似乎融合到了一起——我们在梦中就会见到通道那个样子——升降梯消失了，先前掉下去的圣书滑向左侧后也消失了，那些亮闪闪的瓷砖像流水般飞驰而过。飞空船微微一震，冲出了隧道，翱翔于热带海洋的水面之上。

时当夜晚。片刻间，她看到了苏门答腊的海岸线，它被散发磷光的海浪勾勒成形，边上装点着灯塔，那些灯塔依旧在射出光柱，尽管已经没人在意。这些消失不见之后，吸引她注意的只剩那些星星。它们并非静止的，而是在她头顶上前后摇摆，集体从一个天窗中蹿进另一个天窗里，就好像在疾驰的并不是飞空船，而是宇宙。还有（在晴朗的夜晚常常如此），它们有时看起来有明显的透视关系，有时又看似在一个平面上；有时看似朝着无尽天穹层层叠叠，有时又将浩瀚天际遮蔽起来，好似一个即便以人类的视野而言也太过局促的屋顶。无论哪种情况，看起来都让人难以忍受。“我们要在黑暗中旅行吗？”乘客们愤怒地喊叫起来。那个粗心大意的乘务员打开了灯，拉下了柔性金属窗帘。建造这些飞空船的时候，亲眼观看东西的渴望还在这世间徘徊未灭。这就是为什么天窗和舷窗的数量多得异乎寻常——由此导致了当今有教养的高雅人士大感不适。就算是在瓦实提的舱内，也还有一颗星星从窗帘上的一个缺口透进了光芒。在辗转反侧了几个小时之后，一道陌生的光芒让她再也睡不着了，那是一线曙光。

船向西行驶得很快，但地球向东旋转的速度更快，于是瓦实提和她的旅伴们被拖了回来，拖进阳光中。科学可以延长夜晚，但只是一小会儿；人们曾期望能中和掉地球追赶太阳的旋转，这种奢望而今已然不再——若干也许更加宏大的期望亦然。“赶上太阳的步伐”，甚至超越它，为了这一目标，人们建造了能以极高的速度飞行，由当时的顶尖人物驾驶的飞空船。它们在人们的欢呼声中绕着地球飞行，一圈又一圈，向西，再向西，一圈又一圈。徒劳无益。地球向东的速度仍然更快。并且还发生了可怕的事故。于是当时崛起的大机器委员会宣布，这种追日行为是非法的，反大机器的，当处以无家刑。

关于这个“无家刑”，我们后面再介绍。

毫无疑问，委员会是正确的。但“击败太阳”的尝试曾最后一次唤起了我们这一种族历史上对天体，确切说，是对任何事物的那种共同兴趣。那是人类最后一次团结在一起，思索着这世界之外的伟力。太阳获胜了，但那成了它对人类心灵统治的终点。黎明、正午、薄暮、黄道带，都不再能影响人们的生活，不再能触动他们的心灵，科学退回了地底，将注意力集中到那些它确实可以解决的问题之上。

所以，当瓦实提发现玫瑰色的阳光探出一根指头，侵入她的舱室时，她大为恼火，竭力想要把窗帘调好。但帘子整个飘了起来，于是她透过天窗看到了几朵小小的粉色云团，在蓝色的背景上浮动；随着太阳越升越高，它的光线直接照了进来，照得满墙都是，有如一片金色的海洋。阳光随着飞空船的运动起起伏伏，就像是浪头起起落落，但还是在持续推进，就像是上涨的潮水持续向前。一个不小心，阳光差点就照到了她脸上。她一时间吓得发抖，于是按铃叫来了乘务员。乘务员也恐惧不已，但她无能为力：修理遮光窗帘并不是她的职务。她只能建议这位女士换间船舱，瓦实提也准备照办。

全世界的人们都差不多，但飞空船上的这名乘务员，可能是由于她岗位的特殊性吧，变得和大众略有不同。她必须时常和乘客直接对话，这让她举止间带上了某种特别的粗野和个人特色。当瓦实提叫喊着逃开太阳的光束时，她做出了野蛮人的行为——她伸出手扶住了瓦实提。

“你怎么敢这样！”乘客指责道，“太失态了！”

这女人手足无措，为没任她摔倒而向她道了歉。人类绝不可以接触他人。多亏了大机器，过时的传统习惯已经被淘汰了。

“我们现在在哪？”瓦实提居高临下地问道。

“我们正在亚洲上空，”急于想表现得彬彬有礼的乘务员说道。

“亚洲？”

“对我惯常的说话方式请务必见谅。我实在是习惯了用非大机器定名的方式来称呼我经过的地点。”

“噢，我知道亚洲。蒙古人就来自这里。”

“在我们下方，矗立着一座暴露在空气中，曾被称为西姆拉的城市。”

“你从没听说过蒙古人，或是布里斯班学派？”

“没有。”

“布里斯班也是暴露在空气中的。”

“请容我向您介绍一下——右面的群山。”乘务员推开一张金属遮光帘，露出了外面喜马拉雅的主山脉。“那些山，它们曾一度被称为世界屋脊。”

“这称号太愚蠢了！”

“请不要忘了，在文明的黎明到来之前，它们看起来是一堵直抵星空，无可逾越的墙壁。人们以为，它们的顶峰凡人无法抵达，唯有神明才能踏足。感谢大机器，我们的文明如此先进！”

“感谢大机器，我们的文明如此先进！”瓦实提说道。

“感谢大机器，我们的文明如此先进！”那个头天晚上失手落下了自己圣书的乘客应和道。他正站在通道上。

“在裂口当中的那些白色的东西呢？那是什么？”

“我忘记那东西的名字了。”

“请把窗户盖上吧。那些群山没让我有什么想法。”

太阳刚刚才爬上印度一侧的山坡，因此喜马拉雅山的北面笼罩在深沉的暗影之中。在印刷品盛行的年代，为了提供制造新闻纸所需的纸浆，这里的森林都被砍伐殆尽了，但在晨光中白雪依旧会再度显露它的光辉；在干城章嘉峰的山腰上，也依然有朵朵白云浮动。在平原上可以看到城市的废墟：沿着它们的城墙，水量大减的河流缓缓流过；在边上时而可见大出入口[1]的标志，它们标志着当今的城市所在。一艘艘飞空船从这一切景象之上匆匆掠过，以一种难以置信的镇定从容横越山脉或是与之交错而过；在需要摆脱低空大气的扰动，越过世界屋脊之时，它们又会以漠然的姿态爬升。

“感谢大机器，我们的文明如此先进！”乘务员重复了一遍，然

1. 原指古罗马角斗场的出入口拱门，这里借指地下世界的出入口。

后将喜马拉雅山挡在了金属窗帘之后。

这个白天过得格外漫长，令人生厌。乘客们各自坐在自己的舱室中，极力避开他人，那种拒斥感几乎要化为实体。他们渴望着再度回到地面之下。一共有八到十个乘客，多数都是年轻男性，公立抚育院把他们送出，去继承世界各地死亡者留下的房间。那个把自己的圣书弄掉了的男人是在回家的路上。他之前为了繁衍种族被派到了苏门答腊。只有瓦实提是因个人愿望出行。

中午的时候，她再一次看了看地面。飞空船正在越过另一片山区，但云层让她几乎看不到什么。她脚下巨大的黑色岩峰起伏不定，隐约之间仿佛融入了灰色的云中。它们的形状千奇百怪；有一块像是个趴着的人。

“没有新想法。”瓦实提嘟哝着，把高加索山挡在了金属帘幕之后。

傍晚时分她又看了看。他们正越过一片金色的海洋，海上散布着众多小岛，还有一个半岛。

她重复了一遍：“没有新想法。”然后把希腊挡在了金属帘幕之后。

第二部分
维修机

经过门廊，经过升降梯，经过隧道铁路，经过平台，经过一道滑门——经过和她离开时正相反的所有一系列步骤之后，瓦实提抵达了她儿子的房间——和她自己的完全相同的房间。她满可以断言，这次造访是多此一举。按钮，把手，书桌和上面的圣书，温度，空气，照明——全都一模一样。就算库诺，她肉中的肉[1]，终于站到了她身旁，那到底又有何益处？她太有教养了，不可能跟他握手。

她转开自己的视线，说出了这样的话：

“我来了。我经历了最可怕的旅程，极大地延缓了我灵性的成长。这不值得，库诺，这不值得。我的时间太宝贵了。阳光差点就照到我身上，我还不得不遇到些粗鲁得要命的人。我只能待几分钟。把你要说的说出来，然后我就得回去了。”

“我有被处无家刑的危险。”库诺说道。

瓦实提直直地看着他。

“我有被处无家刑的危险，这种事情我是没法透过大机器来告诉你的。”

无家刑意味着死亡。犯人会被暴露在大气中，从而被夺去生命。

“上次跟你讲话之后，我到外面去过了。非同小可的事情已经发生了。而且他们已经发现了我。”

“但你出去又有什么不可以的！”瓦实提叫道，“去地表看看，这完全是合法的，完全符合机器之道。我最近就去听过一次在海上举办的讲座；这并没什么好反对的；你只要招来一副呼吸器，取得外出许可就行了。虽然这并不是关心自己灵性的人该做的事，我也请求你别这么做，但做了也并不违法啊。”

“我并没有取得外出许可。”

“那你怎么出去的？”

“我自己找到了一条路。”

瓦实提似乎觉得这话毫无意义，于是库诺不得不重复了一遍。

---

1. 出自《圣经・创世记》：“这是我骨中的骨，肉中的肉。”

“自己找路？”她小声说，“但那是不对的啊。”

“为什么？”

这问题对她的冲击大得无可估量。

“你开始崇拜大机器了，”库诺冷冷地说道，“你觉得我找到自己的路是亵渎之举。委员会在威胁要判我无家刑的时候，他们也是这么想的。”

这话激怒了瓦实提。“我什么都不崇拜！”她大喊道，“我是思想最先进的人。我不觉得你亵渎神明，因为如今已经没有宗教这种东西了。所有曾经存在过的恐惧和迷信都已经被大机器摧毁了。我只是说，你自己找出条路是——另外，并没有别的路可以出去。”

“人们确实一直误以为如此。”

“要通过大出入口你必须有外出许可。除此之外是没办法出去的。圣书是这么说的。”

“嗯，那本书错了。因为我已经自己走出去过了。”

库诺有着相当的体力。

在当今时代，身强力壮是个缺点。每个婴儿一出生就要接受检查，所有那些预计未来将有过强体力的婴儿都会被销毁。人道主义者会反对这种做法，但让一个强壮的人活下来并不是真正的仁慈；生活在大机器安排给他的环境中，他永远也不会快乐；他会渴望有树可以攀爬，有河可以沐浴，有草地和山岗可以让他估量自己的体能。人必须适应自己的生存环境，不是吗？在世界的黎明期，体虚力弱的人必须被丢到泰格图斯山[1]上；在世界的黄昏期，身强力壮的人则要被安乐死，如此大机器才可进步，如此大机器才可进步，如此大机器才可永恒进步。

1. 希腊山名。传说古代斯巴达人会将族中身体虚弱的婴儿丢到该山上，任其自生自灭。

"你知道吧，我们已经失去了对空间的感觉。我们说'空间被消除了'，但我们消除的不是空间，只是对它的感觉。我们失去了一部分的自我。我决心要把它找回来，于是我开始步行上下我房间外的平台。上去又下来，直到我身体疲惫，于是我重新拥有了'近'和'远'的认知。'近'就是我可以靠我的双脚迅速抵达的地方，而不是火车或者飞空船能迅速带我抵达的地方。'远'就是我无法靠双脚迅速抵达的地方；这里的大出入口就在'远'处，只要叫来列车，我三十八秒内就能到达那里。人是衡量之尺[1]。这就是我获得的第一个经验。衡量距离的是人的双脚，衡量所有权的是人的双手，而他的身体，衡量的是一切可爱可想望的东西，以及力量。然后我去到了更远的地方：就在我第一次给你打电话，而你不愿意来这里的那个时候。

"这座城市，正如你所知，建立在地表之下很深的位置，只有那些大出入口突出地面。我步行走过自己房间外的平台后，搭乘升降梯到了另一层，也同样在上面步行，如此一层层上去，最后我到了顶上的一层，在那上面就是土层了。每一层平台都是完全相似的，我走过了所有的平台，从中获得的唯一收获就是增强了我的肌肉和对空间的感知。我想我或许该满足于此了——这收获也不小了——但我边走边想，忽然就想到，建造我们的城市之时，人们仍然呼吸外头的空气，那么这里就肯定有为干活的人们建造的通风井。我的思维完全集中到了通风井上。它们已经被大机器后来逐步发展出来的食品管道、医疗管道和音乐管道完全破坏掉了吗？或者尚有遗迹残留？有件事是确定无疑的。要说在什么地方我能找到它们的话，那肯定是在最顶楼的铁路隧道里面。其他任何地方的空间都已经被

1. 古希腊哲学家普罗塔哥拉名言："人是万物的尺度。"

占用了。

“我现在说起来快，但别以为当时我没有胆怯过，别以为你的回答没有让我意志消沉过。沿着铁路隧道步行，这事不对，这不‘机器’，这不得体。我或许会踩到导电轨上被电死，但我对这倒并不害怕。我怕的是某种更加难以捉摸的东西——做完全在大机器考量之外的事情。然后我对自己说，‘人是衡量之尺’，于是我又去了。然后，在去过许多次之后，我找到了一个出口。

“隧道里自然是有照明的。到处都有光，人造的光明；黑暗才是规则的例外。所以当我看到瓷砖当中有一道黑色的沟壑时，我知道那就是例外之处，因而欢欣鼓舞。我把我的手臂伸了进去——起初只有手臂能伸进去——狂喜不已地一圈圈晃动手臂。我卸下另一块瓷砖，把我的头伸了进去，朝着黑暗高呼：‘我来了，我会做到的。’我的声音在无尽的通道中回荡。我似乎听到了那些死者灵魂的声音，那些每天傍晚回到星光下和他们的妻子团聚的工人，那生活在露天里的所有世代，他们在向我回话：‘你会做到的，你来了。’”

他停了下来。尽管他的行为如此荒诞不经，他最后的那些话还是让瓦实提为之感动。库诺前不久曾想要成为父亲，但他的申请被委员会拒绝了。他的基因并不是大机器想要传承下去的那种。

“然后一辆列车经过。车子和我擦身而过，但我把头和胳膊都塞进了洞里。我这一天的进展已经够多了，所以我爬回了平台，搭乘升降梯下去，然后唤出了我的床铺。啊，一夜好梦！然后我再一次给你打了电话，你也再一次拒绝了。”

瓦实提连连摇头：“别。别再说这些可怕的事了。你让我非常难受。你在抛弃文明。”

“但我已经找回了空间的感觉，就不可能停下来了。我下定决心要钻进洞里，从通风井爬上去。为此我锻炼我的双臂。日复一日，我进行各种荒唐的运动直到肌肉酸痛；终于我可以靠双臂把自己悬在空中，或是将我床上的枕头举起，持续许多分钟。于是我要了个呼吸器，动身启程。

“起初很容易。灰泥多少有些腐朽了，我很快就把更多的瓷砖推进了通风井，然后我也爬进了黑暗中。亡者的灵魂抚慰着我。我也不清楚我这话究竟是什么意思。我只是在陈述我的感受。我觉得，这是第一次有人对堕落提出了抗议；我还觉得，正如那些死者在抚慰我，我也在抚慰着那些尚未出生的人。我感觉到人性是存在的，它的存在无关外饰。我要怎么才能解释清楚这点呢？它是赤裸裸的，人性看起来是赤裸裸的；所有的这些管道、按钮和机械装置，它们并不是和我们一起降生到这世上的，我们离世的时候它们也不会跟去，我们在此世之际，至关重要的也不是它们。如果我够强壮，我会扯掉身上的每件衣饰，不戴呼吸器就冲进露天的空气中。但我做不到，大概我这一代的任何人也都做不到。我往上爬得戴着我的呼吸器，穿着我的健康衣，携着我的营养药片！但总比无所作为要好。

“那里有道梯子，是用某种古代的金属制成的。来自铁道的灯光照在最底下的几级上，让我看到梯子是从通风井底部的瓦砾间伸出来，然后笔直向上延伸的。也许我们的先祖在建造城市的时候，每天都要沿着它上上下下十几次。我往上爬时，梯子粗糙的边缘割穿了我的手套，我的手流血了。借助灯光，我向上爬了一小会儿，然后黑暗来临；并且，更糟糕的是，寂静犹如利剑，刺痛我的耳朵。大机器的嗡嗡声！你知道吗？它的嗡嗡声弥漫在我们的血液中，也许甚至影响了我们的思维。谁知道呢！我正在超出它的权力范围。然后我觉得：‘这寂静意味着我犯错了。’但我在寂静中听到了声音，那些声音再一次给了我力量。”他大笑起来，“我需要声音。下一刻，我的脑袋撞到了什么东西上。”

瓦实提叹了口气。

“我抵达了那些为我们阻挡外面空气的气阀塞中的一道。你在飞空船上或许曾注意到它们。眼前一片漆黑，我的脚踩在看不见的梯子的梯级上，我的手还被割破了；我无法解释我是怎么从这样的环境中活下来的，但那些声音一直在抚慰我。然后我伸手去摸索门闩。我估计那个阀塞直径大约有八英尺。我用手沿着它摸过去，尽可能向远处摸索。它的表面一片光滑。我差不多摸到了它的正当中。还没到正当中，因为我的胳膊不够长。然后那个声音说：‘跳吧。值得的。在正当中也许有个把手，你也许能抓住它，然后你就会以自己的方式来到我们这里。而若是没有把手，那你也许会掉下去，摔得粉碎，但那还是值得的：你依旧会以自己的方式来到我们这里。’于是我跳了出去。那里有把手，于是——”

他停住了。他母亲的眼中噙满了泪水。瓦实提知道，他已经注定要毁灭了。不是今天死，也就是之后不久的某天。这世上没有房间可供这样的一个人栖身。可她的怜悯中又混杂着厌恶。她为诞下了这样一个儿子而感到羞愧，她，这样一位总是饱受尊敬、灵感充沛的人物！她教会了那个小男孩如何自己使用制动器和按钮开关，给他上了第一节关于圣书的课，现在这个男人真的是他吗？他那些让自己嘴唇丑陋不堪的毛发完全显示出，他正在返祖，变回野蛮的人类。对于返祖者，大机器是无法给予慈悲的。

“那里有个把手，我也确实抓住了它。我迷迷糊糊地吊在黑暗之中，听着这些装置的嗡嗡声，仿佛是一场正在逝去的梦境里最后的呢喃。我曾关心过的一切，我曾透过管道与之交谈过的任何人，都显得无比渺小。与此同时，那把手转动起来。我的体重启动了某个机关。我缓缓地旋转着，然后——

“我无法描述之后的事。我躺倒在地，阳光照耀在我脸上。血从我的耳鼻往外直涌，我听到一阵惊人的轰鸣。我攀在下面的那个阀塞直接被从地下喷了出来，我们在下面制造的空气通过这个出气口漏到了上面的空气中。猛然爆发，就像是个喷泉。我爬回到那里——因为上面的空气对我有害——然后，我好像是在那边上大口大口吸气。我的呼吸器已经被炸到了不知什么地方，我的衣服也破了。我就躺在那儿，用嘴靠近那个窟窿，用力吸气，直到出血止住。你想象不出那有多么怪异！在草地——待会儿我再说那是什么——上有这么个洞，阳光闪烁，说不上灿烂，但透过了斑驳的浮云——那种平静，那种安宁，那种空间的感觉，还有，吹拂在我脸上的，我们的人造空气形成的嘶吼着的喷泉！不久，我看到了我的呼吸器，就在我的脑袋上方，在气流当中上下飘动；再往上，高处有许多飞空船。但没人会从飞空船往外看，对于我这种情况，上面的人也不可能把我救上去。我被困在那里了。太阳沿着通风井往里照进去了一点点，让我能看见梯子的最上面一级，但毫无爬回那里的希望。我要不就会被漏出的气体再度吹飞，要不就会掉下去，然后摔死。我只能躺在草地上，一口又一口啜饮着空气，一次又一次环顾四周。

“我知道我在威塞克斯，因为我出发之前特意去听了一次关于这个话题的讲座。威塞克斯就在我们如今交谈的这个房间的正上方。它曾经是个举足轻重的国家。它的几代国王控制了从安杰德斯瓦德到康沃尔间的整个南方海岸，万斯壕蜿蜒在高地之上，保卫着它的北方。但是演讲者关心的只是威塞克斯的崛起，所以我不知道它在国际舞台上作为强国持续了多久，即使知道，对我也没什么帮助就是了。老实说，我当时什么也做不了，只能哈哈大笑。我就在原地，身边是个气阀塞，头顶上是个人工呼吸器，我们仨都被困住了，困在一片凹地中，这里绿草丛生，周围长着蕨类植物。”

然后他又严肃了起来。

“幸好这里是块凹地。因此空气开始落回到这里，充满周围，就像是水灌进碗里。我可以四下爬动了。然后我站了起来。我呼吸的是混合气体，当我试图从斜坡往上爬时，其中有害的那种空气就占大多数了。这也并不算太糟糕。我的药片还在，而且仍然没来由地欢欣鼓舞[1]，至于大机器，我已经忘得一干二净了。我的下一个目标是爬到坡顶上——长着蕨类植物的地方，然后去看看再前面有些什么。

“我冲上了斜坡。新的空气对我来说还是太刺激了，我刚看到些灰蒙蒙的东西就又滚回了下面。阳光变得暗淡了许多，我想起来了，太阳这时候在‘天蝎座’——我之前也去听过一次关于这个的讲座。如果太阳在‘天蝎座’，而你在威塞克斯，那就意味着你得赶快了，不然天色会太黑。（这是我从讲座中获得的信息当中头一回有一点派上用场的，我希望也是最后一次。）这让我疯狂地挣扎，想要呼吸新的空气，在我勇气允许的范围内尽可能地向前，离开我所在的凹地。空气灌满这块凹地的速度太慢了。我时不时就觉得，喷泉的势头减弱了。我的呼吸器舞动的位置离地面似乎更近了些；嘶鸣声也在减弱。”

他忽然停下了。

“我觉得您对这不感兴趣。剩下的部分你只会觉得更无趣。这也不会带给你什么新想法，我现在真希望我没麻烦你过来。我们太不一样了，母亲。”

瓦实提让他继续说。

“我爬到坡上的时候已经是傍晚了。这个时候太阳已经几乎要从天空中溜掉了，我没法看得很清楚。你刚刚越过了世界屋脊，不会想要听我讲述那些我看到的小丘——低矮、单调的丘陵。但对我

1. 人吸入过高浓度氧气时可能出现的反应之一就是兴奋。

来说，它们是生机勃勃的；覆盖在它们顶上的草皮是皮肤，在下面有肌肉脉动；我觉得那些小山曾以难以估计的力量向人类呼喊，人类也爱它们。现在它们沉睡着——大概会永远睡下去。它们和人类在梦中密谈。和威塞克斯的众山同醒的那些男人、那些女人，他们是多么幸福啊。因为纵使它们现在沉睡了，但它们是永不会死灭的。”

他的语声激昂起来。

“你看不出来吗，你们所有这些演讲者就看不出来吗？我们其实正在死去；在地下这里，唯一真正活着的是大机器。我们创造了大机器，为了让它执行我们的意愿，但现在我们无法让它执行我们的意愿了。它从我们这里夺走了对空间的感觉、对触碰的感觉，它将所有的人际关系变得含混不清，将爱贬抑到只剩肉体行为，它麻痹了我们的身体、我们的意愿，而现在它还要驱使我们去崇拜它。大机器在发展——但并不是依循我们的路线。大机器在前进——但不是朝向我们的目标。我们活着，只是作为它的血球，在它的血管中奔流；如果有一天它不需要我们也能运行，那它就会让我们去死。噢，我没有救治的良方——或许，至少，还有一个——去告诉人们，一遍又一遍地告诉他们，我见过了威塞克斯的群山，阿尔弗雷德击败丹麦人的时候见到的同样的群山！

“然后太阳下山了。我忘了提了，有一层雾气笼罩在我所在的小山和其他的小山之间，色泽和珍珠类似。”

他又一次骤然停了下来。

“继续吧。”他母亲疲惫地说。

他摇了摇头。

“继续说。现在你说什么都不会让我难过了。我已经更加坚强了。”

“我本来想把剩下的都告诉你，但现在不行了；我清楚，我现在做不到；再见。”

瓦实提犹豫不决地站了起来。她所有的神经都因儿子那番亵渎的言行在颤抖。但她还是很好奇。

“这不公道，”她抱怨道，“你把我叫来，跨过整个世界来听你的故事，那我就要听完。告诉我——尽可能地简短，因为这样浪费时间实在是太糟糕了——告诉我你是怎么回到文明社会中的。”

“哦——那个啊！”他说话间猛地一惊，“你会喜欢听关于文明社会的部分。当然了。我说到我的呼吸器落下来了没？”

“没——但我现在全明白了。你戴上了你的呼吸器，设法沿着地表走到了某个大出入口，你的行为在那里被上报给了中央委员会。”

“压根不对。”

库诺的手在额前一挥，似乎想要驱散某种强烈的印象。然后他继续讲下去的时候，又热情洋溢起来。

“我的呼吸器在日落时分掉了下来。我之前提到过，喷泉看起来势头减弱了，是不是？”

“是的。”

“差不多就在日落时分，它弱到让呼吸器掉了下来。我说过了，我先前完全忘了大机器的事情，这时候我也没太在意，我被别的事情占据了心神。我有这么一池的空气，外面的刺人空气让我无法忍受时就可以去里面吸一些；假如不被风吹散的话，这些空气或许可以维持好几天。当我意识到气体泄漏的停止意味着什么时，一切都太晚了。你瞧——隧道里面的豁口被修补好了；维修机，维修机，它就跟在我后面。

“我还收到了另一个警兆，但被我忽略了。夜里的天空比白天更加澄澈，月亮跟在太阳后面，隔着差不多半个天穹，它的光芒时常照进这片谷地，相当明亮。我正待在我通常所在的位置——两种空气的交界处，这时候我觉得看到了个什么黑乎乎的东西横穿谷底，消失在通风井当中。我傻傻地跑了下去，俯身倾听，然后感觉听到了通风井深处传来一阵微弱的刮擦声。

“这声音让我警觉起来——但太迟了。我决定戴上自己的呼吸器，马上走出这片谷地。但我的呼吸器不见了。我很清楚它落到了哪里——就在阀塞和井口之间——我甚至能摸到它在草皮上压出来的印痕。它的消失让我意识到，有某个邪恶的东西正在行动，我最好是逃到另一边的空气当中；如果我一定要死的话，就死在奔向先前那些珍珠色的云雾的路上吧。我没能起步。从通风井里爬出了——那东西太恐怖了。一条蠕虫，一条长长的白色蠕虫，从井里爬了出来，正在被月光照亮的草地上滑行。

“我拼命大喊起来。我做了一切不该做的事情，我拿脚去踩那东西，而不是逃走，于是它立刻缠上了我的脚踝。然后我们搏斗了一番。蠕虫任凭我在那片凹地里四处乱跑，但它同时就不断沿着我的腿往上爬。我大叫：‘救命！’（这段经历太可怕了。你永远都不会理解的。）我大叫：‘救命！’（我们为什么在痛苦时不能保持沉默？）我大叫：‘救命！’然后我的双脚被捆在一起了，我跌倒了，被拖走了，远离那些可爱的蕨类植物和小山，越过那个硕大的金属阀塞（这部分我能对你说清楚），我觉得如果我能抓住上面的把手，那也许还能得救。可把手也被缠得严严实实。噢，整片谷地里全是那玩意。它们在朝四面八方搜索，它们在剥噬大地，还有更多的蠕虫的白鼻子从洞口伸出来，需要的话随时可以冲出来。它们带上了所有能拖得动的东西——灌木、蕨丛，一切，然后我们缠绕在一起，向下冲进了地狱。那阀塞在我们身后关闭了，那之前我最后看到的一样东西，是那些细小的星星，让我感觉天空中住着个人，像我这样的人。我确实战斗过了，我战斗到了最后一刻，只是因为我的脑袋撞到了梯子上，才让我停下不动了。后来，我在这个房间中醒来了。那些虫子已经不见了。我周围是人造的空气，人造的光线，人造的安宁；我的朋友们正在通过扬声管呼叫我，想知道我最近有没有什么新的想法。”

他的故事讲完了。实在没什么讨论的可能。瓦实提转身准备离开。

“你会为此被判处无家刑的。”她平静地说。

“正合我意。”库诺回道。

“大机器是最仁慈不过的。”

“我更乐意指望上帝的仁慈。”

“说这种迷信的话，你是以为你可以在外面的空气当中存活不成？”

“是的。”

“在那些大出入口周围，你没看到那些在大反叛之后被驱逐出去的人的累累白骨吗？”

“看到了。”

“他们被遗弃在那里死去，是为了给我们启示。有少数爬开了些，但一样死掉了——难道有谁对此能有所怀疑吗？我们这个时代的无家者们也一样。地球的表面已经不能维持生命了。”

“确实。”

“蕨类植物和几种小草也许尚能幸存，但所有高等形式的生命都已灭绝了。有哪艘飞空船探测到它们吗？”

“没有。”

“有哪位演讲者提及它们吗？”

“没有。”

“那你为什么如此固执？”

“因为我看到了。”库诺爆发了。

“看到什么？”

“因为我在暮色中看到了她——因为在我喊叫的时候她前来帮我——因为她和我一样，也被那些蠕虫缠住了，然后，她比我幸运——一条蠕虫戳穿了她的喉咙，她被杀死了。”

他疯了。瓦实提离开了。在之后麻烦多多的日子里，她再也没有跟库诺见过面。

第三部分
无家者

在库诺逃脱事件之后的几年里，大机器采取了两大重要的新举措。表面上都是革命性的，无论哪一个都是人类的思维未曾预料到的，但他们的表现确实就像是心中早有准备。

第一是废弃呼吸器。

瓦实提这样有修养的思想家，一直都觉得去拜访地表是件蠢事。飞空船也许有其必要，但仅仅为了好奇而外出，搭乘地面车辆慢慢晃上一两英里，这样有何益处？此种习俗实在肤浅，而且可能略有不当：此举并不能创造新想法，和那些有意义的习俗也毫无关联。所以，呼吸器被废弃了，当然了，地面车辆也一并被废弃了。除了少数抱怨他们被禁止访问自己的研究对象的演讲家，人们平静地接受了这一新政。那些还想要了解地上是什么样的人毕竟只需要去听听留声机，或者是去看看电影胶片。即便是那些演讲家，后来也默默接受了新政策：他们发现，要讲海洋，只要利用早先其他关于海洋的讲座加以编纂，结果也一样引人入胜。“谨防所谓的第一手理念！”最有修养的演讲家之一这样声称。“其实并不存在第一手的理念。第一手的亲身体验不过是爱和恐惧对肉体造成的影响，在这样粗陋的基础上有谁能创设哲思？让你的想法出自第二手，如果可能的话，第十手更好，如此一来，它们方可最大程度地远离那恼人的元素——直接观察。不要从我的演讲中了解演讲的主题——法国大革命。而要从中了解我认为恩里恰蒙认为乌利壬认为古奇认为何荣认为池博兴认为拉夫卡迪奥·赫恩[1]认为卡莱尔认为米拉波[2]针对法国大革命说过些什么。以这八颗伟大头脑作为中介，那些洒落在巴黎的鲜血和凡尔赛宫被砸碎的玻璃会被澄清，化为你们在自己的日常生活中可以极为轻松运用的理念。但要确保中介者够多，且各不相同，因为在历史上，一个权威的出现就是为了对抗另一个。乌利壬必然会与何荣与恩里恰蒙的怀疑主义相抗，我自己必然会与古奇的狂热相抗。听我讲座的你们处于比我能更好地评断法国大革命的有利位置。你们的后代会处于更有利的位置，因为他们会从你们的理念中学习，如此一来，这中介的链条上又多了一环。这样下去，迟早”——他的音调升高了——“会出现一代人，这一代人超然于事实和印象之上，这一代人纯然中立，这一代人——

> ‘天使般纯洁，
> 未经人性染污’[3]

他们看待法国大革命，不是从发生了什么的角度，也不是从自己希望发生了什么的角度，而是从如果它发生在大机器的时代，会发生些什么的角度。”

---

1. 爱尔兰裔日本作家小泉八云的原名。再往前的几个人名当属作者虚构的学者。
2. 法国大革命时期的政治家和演说家。
3. 摘自英国诗人、小说家乔治·梅瑞狄斯的长诗《云雀高飞》。

这次演讲获得了惊人的赞誉，它不过是说出了一种早已潜在人们心中的感觉——他们觉得，地上的事实必须被漠视，而废弃呼吸器是一项积极的进步。甚至有人提出，飞空船也应该被废弃。这没能实行，因为飞空船多多少少将自己整合到了大机器的体系之中。但年复一年，它们被使用得越来越少，也越来越少被有识之士提及。

第二项大的举措是重建宗教。

那场杰出的演讲对此也有提及。没有人会误解那冗长演说结尾时所流露出的虔诚语气，这语气在每个人的心中都激起了共鸣。那些长久以来默默崇拜大机器的人，现在开口了。他们描述着自己手持圣书时感受到的奇异的安宁；在重复其中的某些数字时感受到的欢愉，无论那些数字在肉体的耳朵里听来是多么毫无意义；在碰触按钮时、按动电铃时感受到的狂喜，无论那按钮是多么无关紧要，按铃是何等多此一举。

“大机器，”他们宣称，“以食食我，以衣衣我，以家家我；我等彼此对话是通过它，我等彼此见面是通过它，我等实在是活在它里面的。大机器，乃是理念之友，迷信之敌；大机器是全能者，是永恒者；大机器是神圣的。”没过多久，这些话作为训谕被印在了圣书的第一页上，在接下来的版本当中，仪式膨胀成了一套繁复的赞颂和祈祷的体系。“宗教”这个词被小心翼翼地回避了，理论上而言，大机器仍然是人类的造物，人类的工具。但在实践当中，除了个别落伍者，所有人都对它顶礼膜拜。礼拜的形式并不统一。一位信徒可能主要敬仰的是那些发出蓝光的圆盘，他透过圆盘跟其他的信徒见面；另一位敬仰的可能是那些维修机，罪孽深重的库诺曾把它们比作蠕虫；又一位是升降梯；再一位是圣书。每个人会对着这样或者那样东西祈祷，然后请求它代他向作为整体的大机器说情。宗教迫害——这也已经出现了，并没有骤然爆发——个中原因很快就会提及。但它隐伏在社会中，所有那些不肯接受最低限度的所谓“无宗教约束力的大机器主义”的人都生活在被判无家刑的危险之中。正如我们所知，那种刑罚意味着死亡。

如果把这两大举措归因于中央委员会，那你对于文明的视野就太狭隘了。没错，发布政策的是中央委员会，但他们和政策起因之间的关系，并不多于帝制时代的国王们和战争起因之间的关联。他们只是更多地屈从于某种沛然莫御的压力，这种压力没人知道来自何方，一旦它的要求得到满足，又会被某种新的，同样无法抵抗的压力所取代。对于这样的事情，方便起见，可称之为“历史进步”。没人承认大机器已经失控了。年复一年，人们使用它的效率越来越高，对它的了解却越来越少。一个人越是清楚自己对大机器所负的职责，他对自己邻居的职责所知就越少，全世界已经没有一个人能对这庞然大物有整体性的了解。那些掌握全局的大脑都已不在了。没错，他们留下了完整的指南，他们的后继者们每人都掌握了这些指南中的一部分。但人类，在对舒适的追求中，让自己走得太远了。它们对自然的宝藏开发过度。它们正沉沦堕落，悄然无声，怡然自得；“进步”已经只意味着大机器的“进步”了。

至于瓦实提，在最后那场灾难降临前，她一直过着安宁的生活。她让自己的房间暗下去，入睡；她醒来，让房间亮起。她做讲座，也听讲座。她和无数的朋友交流理念，相信自己的灵性得到了成长。间或有个朋友会获批安乐死，把他或她的房间留给那些自外于人类全部观念的无家者。瓦实提对此并不太在意。在演讲失败之后，她有时候自己也会申请安乐死。但死亡率不可以超过出生率，故而大机器迄今为止一直拒绝了她。

在她意识到之前很久，故障就悄然开始出现。

有一天，她震惊地收到了一条来自她儿子的讯息。已经没有任何共同语言的母子自那之后一直都没联系过，她只是间接听说库诺还活着，被从北半球（他做出那种顽劣行径的地方）强制搬到了南半球——居然就搬到离她不远的一个房间里。

“他是想我去看他吗？”瓦实提想着，“再也不会了，绝对不会。我也没那个时间。”

并不是。这次是另一种癫狂。

库诺拒绝让自己的脸在蓝色圆盘上显现，他在一片黑暗中用庄严的语气说道：

“大机器停转。”

“你在说什么？”

“大机器正在停止运转。我知道。我知道那些迹象。”

她忽然大笑。库诺听到了，生气了，那之后他们什么都没说了。

“你能想到比这还荒唐的事吗？”瓦实提对一位朋友喊道，“一个曾是我儿子的男人相信大机器正在停止运转。他不是疯了就是亵渎机器。”

她朋友的回应是：“大机器正在停止运转？这是什么意思？这句话在我听来毫无意义。”

“我也一样。”

“我猜，他指的不会是最近播放音乐时出现的小麻烦吧？”

“哦，不是，当然不是。我们来谈谈音乐的事吧。”

“你向有关部门投诉过了吗？”

“投诉过了，他们说那东西需要修理，建议我去找维修机管委会。我投诉的是那些奇怪的叹息声，一阵一阵的，破坏了布里斯班学派的交响乐。听起来好像是有人在痛苦呻吟。维修机管委会说很快就会处理好的。”

她恢复了自己的日常生活，但心中隐隐有些焦虑。一方面是因为音乐中的缺陷让她烦恼。另一方面是她忘不了库诺的话。如果他知道音乐设施失修的事——他不可能知道的，因为他厌恶音乐——可如果他知道那玩意出了问题，那“大机器停转”正是他会做出的那种刻毒评论。当然，他肯定是在胡说八道，但这一巧合让她大为恼火，跟维修机管委会通话时也带上了几分急躁。

他们的回复和之前一样，只说问题会很快解决。

“很快！马上！”她反唇相讥，“为什么我要被不完美的音乐困扰？一直以来，出问题的东西都会马上被修复。如果你们不马上来修好它，我就要向中央委员会投诉。”

“中央委员会不接受任何个人投诉。”维修机管委会答复道。

“那我该通过谁向上投诉？”

“通过我们。”

“那我现在就投诉。”

“轮到你的投诉的时候它就会被提交。”

“其他人也投诉了？”

这问题可不机器，因此维修机管委会拒绝回答。

“这太糟糕了！”瓦实提对她另一位朋友叫道，“再也没有我这么不幸的女人了。我现在对我的音乐设备完全信不过了。每次我唤出它的时候，它的毛病总是越来越严重。”

“我也有我的麻烦，”那位朋友回答说，“我的构思时不时会被细微的刺耳噪声打断。”

“那是什么？”

“我不知道它到底是来自我的大脑，还是来自墙里面。”

“无论如何，去投诉吧。”

“我投诉了，我的投诉也在排队等待被提交给中央委员会。”

时间流逝，他们不再对故障感到愤愤不平。故障一直也没修好，但在最后那段日子里，人类的机体对机器已经变得极为顺服，以至于大机器任何的反复无常他们都会迅速让自己适应。在布里斯班交响乐的关键时刻响起的叹息不再困扰瓦实提了；她把那些声音当作旋律的一部分。她的朋友也不再抱怨那些不知是来自头脑中还是墙壁里的细微噪声了。发霉的人造水果，开始发臭的洗澡水，作诗机输出的押韵出了问题的诗句，人们也都适应了。所有问题开始都会被强烈抗议，然后被习以为常，最后被忘却。在无人怀疑的情况下，状况越来越糟。

睡眠设备的停摆又是一回事了。这是严重得多的故障。有一天，全世界——在苏门答腊，在威塞克斯，在库尔兰和巴西的无数城市中——的床铺，在它们疲惫的主人召唤它们的时候都没有出现。这事情看起来或许荒唐可笑，但它的发生让我们可以断定，人类的破灭不远了。和往常一样，要为此负责的是维修机管委会；他们遭遇了大量的投诉。他们的反应是向大家保证，大家的投诉会被提交给中央委员会。但不满有增无减，因为人类的适应能力还没强到可以不睡觉。

“有人在乱动大机器——”他们开始这么说。

“有人在妄想让自己成为国王，重新引入个人因素[1]。”

“判这种人无家刑。”

“紧急抢救！为大机器复仇！为大机器复仇！”

“战争！杀死那个人！”

但维修机管委会这时候出面了，用精心选择的词句平息了恐慌。它坦白承认，这次是维修机本身需要修理了。

这一番直率坦白的回应的效果令人钦佩。

1. 和“社会”“体系”相对，指个人对体系能产生重大影响的特质。

“当然了，”一位著名的演讲家——讲法国大革命的那位，任何新的衰颓都会被他镀上金色的光辉——“当然了，我们现在不该坚持投诉。过去维修机把我们照料得那么好，我们现在都对它深感同情，会耐心地等待它恢复。等它本身的状况好了，它就会恢复履行职责。在此期间，就让我们暂别我们的床铺，我们的药片，我们其他的小小需求吧。我确定无疑地感觉到，这会是大机器所希望的。”

他的听众们纷纷在千万里外鼓掌称善。大机器仍然把他们联结在一起。在海底，在山根，延伸着电缆，人们通过那些电缆来看，来听；他们从先辈那里继承到了无数的耳目，现在这些耳目和许多机械运转的嗡嗡声一起，给他们的思考蒙上了一层顺从的外皮。只有那些老人和病人还是闷闷不乐，因为有流言说，安乐死系统也出问题了，痛苦又回到了人们当中。

阅读变得困难了。某种有害物质进入了空气中，让照明光线暗淡了。有时候瓦实提连自己房间的另一边都很难看清了。空气还发臭了。抱怨声大了，维修措施无能为力，那位演讲者倒还在以大无畏的气势喊道：“勇气！勇气！既然大机器还在运转，那不就没什么大不了的？对大机器来说，光明和黑暗是一体的。”尽管一段时间之后状况有所改善，旧日的辉煌却再也无法重现，人类进入黄昏之后再也没能恢复。有些人在歇斯底里地谈论着“措施”“临时独裁统治”，苏门答腊的居民们被要求熟悉中央动力站的运作——而那个动力站位于法国。但大多数地方都被恐慌所统治，人们把精力用在向自己的圣书祈祷上——大机器无所不能，圣书就是实实在在的证据。恐怖的程度时深时浅——时不时会有些充满希望的流言——维修机差不多要修好了——大机器的敌人已被镇压——新的“神经中枢”正在进化，它们工作起来的表现会比之前更加精彩。但那一天来了，没有丝毫警示，事先没有任何衰弱的迹象——全世界的整个通信系统崩溃了，于是，人们所了解的整个世界走到了尽头。

当时瓦实提正在演讲，她前面的话语时不时被掌声打断。她继续往下说的时候，听众们渐渐没了声音，到末尾的时候，完全一片沉默。她有些不高兴，打电话找一个朋友，那是位研究同情心的专家。没声音：无疑，那位朋友睡了。她试着叫另一位朋友，也一样；再下一位，还是一样……直到最后她想起了库诺那句意义不明的言语：“大机器停转。”

这句话听起来仍然不明所以。就算那永恒的存在眼下停了，要不了一会儿它也会再度运行起来。

比如说，这里还是有少数的灯亮着，还有空气——空气质量几个小时之前刚得到了改善。圣书也依旧在，只要圣书在，信心就在。

然后她崩溃了。因为随着活动的中止，一种出乎预料的恐怖降临了，那就是寂静。

瓦实提从不曾知道有寂静这种东西，几乎要被它的降临杀死了——还有千千万万的人真的被杀死了。自从出生以来，她就被那一成不变的嗡嗡声包围着。它之于耳朵就像是人造空气之于肺叶一样，于是此刻难以忍受的痛苦一阵阵扫过她的头颅。她几乎是在浑浑噩噩之间踉踉跄跄地朝前走去，按下了一个不熟悉的按钮，那个打开她房门的按钮。

房门现在只有一边合页还会动作。它和中央动力站失去了联系，后者正在遥远的法国渐渐停止运行。门打开了，瓦实提心中燃起了无限的希望，因为她觉得大机器正在被修复。门打开了，她看到了昏暗的隧道，蜿蜒向前，通往自由。她看了一眼，立刻退缩了。因为隧道里满是人——她差不多是这城市里最后才有所警觉的人了。

任何时候，人群都会让她感到恐惧，何况眼前这些简直像是从她最糟糕的噩梦里走出来的梦魇。人们在胡乱蠕动，在尖声叫嚷，呜咽啜泣，艰难喘息，互相碰撞，在黑暗中消逝，不时有人被从导电轨上的平台挤了下去。有些人在电铃周围打斗争抢，想要叫来已经永远叫不来的列车。还有些人在大声叫喊，要求安乐死，索要呼吸器，或是咒骂大机器。还有一些，像她本人一样，站在自己的房间门口陷入恐惧，他们害怕待在房间里，也害怕离开。这一切喧嚣有着统一的背景，寂静——这寂静是地球的声音，是死去的一代代人类的声音。

不——这一切比孤独更可怕。她又关上了门，坐下来等待结果。崩溃还在继续，伴随着可怕的咔嚓声和隆隆声。收纳医疗装置的阀门肯定也已经虚弱不堪了，它裂开了，难看地倒挂在天花板下。地板时起时落，把她从椅子上掀了下来。一根管子里渗出了水，滴落在她蜷缩的身形上。最后，终极的恐怖来临了——灯光开始变得暗淡，于是她明白了，这文明漫长的日子正在终结。

瓦实提四下乱转，祈祷着从这末日中得救，无论如何，得救就好；她亲吻着圣书，接连不断地按下一个个按钮。外面的喧嚣声越来越大，甚至透过了墙壁。渐渐地，她房间里的光线越来越暗，她那些金属开关上的反光也消失了。现在她连阅读架都看不见了，也看不到圣书了，哪怕书就被她拿在手中。光线跟在声音的队列之后消失，在光线之后则是人造空气，原初的真空又回到了这个洞穴中，回到了这个这么长时间以来一直将它排斥在外的地方。瓦实提继续四下乱转，像是某个早期宗教的狂热信徒，尖叫着、祈祷着，用流血的双手猛击按钮。

就这样，她打开了自己的牢房，逃了出去——在精神上；至少，在我冥想结束之前，看起来是如此。若说她在肉体上也逃离了——我是没有看到的。她偶然地敲中了打开大门的开关。恶臭的空气扑面而来，冲向她的肌肤；啜泣私语汇成巨响，冲向她的双耳。这让她知道，她再度面对着通道，还有那个巨大的月台，之前她曾看到人们在上面争斗。现在他们不再争斗了。剩下的只有窃窃私语，伴着少许呜咽呻吟声。在外面的黑暗里，他们正大批大批地死去。

她放声大哭。

有哭声回应。

这两个人在哭泣，为的是人类，而不是为他们自己。今日当即末日，这一事实让他们难以承受。在寂静笼罩一切之前，他们的心灵敞开了，他们明白了在这地球上什么才是最重要的。人，一切肉身中最美的花朵，一切可见的生灵中最为高贵者，曾经用自己的形象创造神明的人，曾将自己的力量投影在星群间的人，美丽的、赤裸裸的人，正在死去，被束缚在自己织就的外衣中死去。人类曾一个世纪又一个世纪地辛苦劳作，而今得到的是这样的报偿。确实，那外衣起初看上去无比美好，它摄取了文化的光彩，以弃绝自我的丝线缝就。很长时间里，它也确实无比美好，只要它仅仅是衣饰，而不是别的，只要人类还能凭自己的意愿摆脱它，靠着真正重要的东西生活——那就是人的灵魂，以及，同样神圣的，人的肉身。背弃肉身的罪孽——这就是他们悲恸哭泣的原因；几个世纪以来，人类错误地背弃了肌肉、神经，还有我们可以自行掌握的和世界之间的五道门户——用所谓的“进化”来掩饰这种罪行，直到身体成为苍白的软肉，孕育出的只有些单调乏味的“理念”，曾把握星辰的灵魂最后只剩下那一点庸俗得可悲的颤抖。

“你在哪？”她抽泣着问。

黑暗中传来他的声音：“这里。”

“还有希望吗，库诺？”

“我们没希望了。”

“你在哪？”

瓦实提朝儿子爬过去，从死尸上爬过去。他的血喷溅到了她的手上。

“快点，”库诺喘息着说，“我要死了——但我们确实地接触了、交谈了，而不是通过大机器。”

他吻了她。

“我们已经恢复了本来的自我。我们要死了，但我们重获了生命，就像在威塞克斯，阿尔弗雷德击败丹麦人的时候一样。那些外面的人，那些住在珍珠色的云中的人，他们所知道的，我们现在也知道了。”

“但，库诺，那是真的吗？地表上真的还有人？这——这隧道，这毒气熏人的黑暗——还不是一切的末日？”

库诺的回答是：

“我见过他们，和他们说过话，我眷恋着他们。他们躲藏在雾气和蕨类植物中，直到我们的文明终结。今天他们是无家之人，而明天——”

“噢，明天——某个傻瓜又会让大机器重新启动，明天。”

“绝对不会。”库诺说，“绝对不会。人类已经受到了教训。”

他说话的时候，整座城市像一个蜂巢般被打碎了。一艘飞空船通过大出入口驶了进来，驶进了已成废墟的码头。它向下坠落，边下落边爆炸，用它的钢翼将一层层楼廊劈得粉碎。一瞬间，死者的国度映入了他们的眼帘；但在加入那个国度之前，他们也见到了一星半点的天空，洁净无垢的天空。

（何锐　译）

天空中的岛屿[1]或传奇的凯旋

19 世纪中叶是伟大的非洲大开发时代，这一时代随着斯坦利的那句“我想你就是利文斯顿医生吧”[2]臻至巅峰时刻。1909 年，罗伯特·皮尔里抵达北极点，而罗尔德·阿蒙森于 1911 年到达南极点。至 1912 年，人类足迹已经覆盖了地球这颗行星上（除了大洋深处与喜马拉雅山峰顶）最后的难以到达之地，尽管还不能说勘探完全。

很少再有合情合理的地方能供人发现一个失落的种族，或做些不寻常的活动而不被发现了：诸如加拿大西北部或南极洲某个隐藏的山谷，南太平洋上的孤岛，遮天蔽日的非洲丛林，西伯利亚的冻原，或是空心地球内部，由于俄亥俄的约翰·克利夫斯·西姆斯上尉[3]的拥护，地球空心说在 19 世纪一度甚嚣尘上。但渐渐地，地球内部之外的所有地方都被造访，被描述，变得愈来愈为人所知而不再神秘。既想保持可信性又想展现当代性的传奇小说作家不得不到别

1. 此处原文为“Islands in the Sky”，海明威有小说《海流中的岛屿》（*Islands in the Stream*）。
2. 这句话是 1939 年上映的电影《斯坦利与利文斯顿》中的名台词，电影根据 19 世纪美国探险家斯坦利远赴非洲，寻找英国探险家及传教士利文斯顿的真实事迹改编。
3. 美国军官、商人、演说家。1818 年，他提出地球是中空的，有一个厚约 1 300 千米的壳，在两极处有约 2 300 千米的开口。他成为最著名的地球空洞说支持者。

处寻找故事背景。

意大利天文学家斯基亚帕雷利在1877年火星大冲期间画出了火星表面地形图，并于1881年描绘了一套他称之为“卡那利”[1]或说“渠道”的复杂直线图样，这个词被误译为英文“运河”。珀西瓦尔·洛厄尔在亚利桑那州建造了他自己的天文观测台。自1894年起，他开始了对火星的观测，并最终绘制出详细的火星“运河”和运河交汇而成的“绿洲”图样，同时，他也完成了书籍《火星及其运河》（*Mars and Its Canals*，1906）及《作为生命居所的火星》（*Mars as the Abode of Life*，1908），这些成果普及了这样一个概念：火星是一个宜居星球，火星文明有能力建造一张运河网，用以输送融化的冰盖散发的水分，从而缓解这颗将死之星的极端干燥。

金星比火星更像是地球的姊妹星球，却依然充满神秘。永恒的白色云层使生命存在的可能性变得更低，却方便了各类推测大行其道。大多数推论都将其描绘成一个拥有巨大动植物群的水世界，就像中生代的地球。但近些年的观测，特别是俄国的探测，显示出那些云层仅仅是遮罩层，受大气层中二氧化碳造成的温室效应影响，金星地表一片死寂。此后，科幻作家（包括一些科学家，如卡尔·萨根）开始推演如何对金星进行地球化改造。

其他的行星依然不适合生命或冒险活动。水星太小太热，而外行星[2]则太大太冷，尽管偶尔也有故事将舞台架设其上，或是木星、火星最大的卫星之上。

不过，火星依然是天选之星。威尔斯曾在《水晶蛋》（“The Crystal Egg”，1897）中将之描绘为一个有人居住的文明世界，并在《世界大战》（1898）中将其描摹为一个嫉妒的入侵者。继月球后，

1. 原文为Canali，意大利语Canale的复数形式，表示运河、导管、沟渠等。
2. 此处指火星轨道之外的行星，即木星、土星、天王星和海王星。

火星成了天空中最宜人的岛屿。

对于埃德加·赖斯·巴勒斯来说它理当如此。巴勒斯在科幻小说发展中的重要作用主要不是因为他高超的写作技巧或概念、主题、技巧方面的革新，而是因为他的高产和成功，以及他的传奇所形成的品牌效应。几乎所有科幻作家，也包括许多读者都将巴勒斯视作是早年时首次带给他们“奇妙体验”的作家。

巴勒斯本人转向写作时已经35岁。此前，他从事过若干职业，都失败了，此时他发现自己可以为纸浆杂志写作，而20世纪的前两个10年正是纸浆杂志激增的年代。1929年时他写道：“如果人们愿意为那些我读过的破烂儿作品付钱，那我也完全可以写出同样的破烂儿来。”尽管他在这句话里所鄙视不屑的东西从未曾出现在他的作品中。

他的第一部手稿是自1912年2月起在《故事大全》上连载的长篇小说，连载时题为《火星月下》，成书时改名为《火星公主》。他的成功立竿见影，在接下来的38年里他完成了69部书，其中26部都由20世纪最受欢迎的虚拟角色人猿泰山领衔。他在“火星”系列的框架下发表了11篇小说，在关于空心地球的“地底世界”系列下发表了11篇小说，在“金星”系列下发表了4篇小说。在这个过程中，他赚取了一笔财富（在他有生之年至少达到了1 000万美元），建立了自己的小镇（泰山镇），还创建了自己的出版社。他的作品在世界范围内不断再版，始终保持着对年轻人的吸引力。

巴勒斯的作品可能都是仓促而就的，极少考虑文学性，他所感兴趣的——显然也是他的读者所感兴趣的——是一个包含许多浪漫元素和动作场面，特别是肉搏战的好故事。他不惧使用巧合（凡尔纳也是如此，他把巧合视作神灵在人事上的显现）。尽管巴勒斯鲜少改写故事，但他会在事前便对故事的背景环境、历史、文化乃至地理、文字和语言做详细设计。

巴勒斯的作品大多是小说，他的小说属于那个最适合被称为“冒险幻想”的品类（“英雄幻想”这个名词在被用于当代文类派别时所代表的含义是有所不同的）。他不像后来的科幻作家那样在意小说的合理性；当他把约翰·卡特送上火星时，卡特只是字面意思上地“向星星许了个愿”。但正如 R. D. 马伦（R. D. Mullen）教授[1]指出的，当卡特到达火星，他所看到的便是时人所熟知的珀西瓦尔·洛厄尔笔下的火星，巴勒斯凭借自己的想象，使这个星球充满了自己创造的神奇生物。

巴勒斯并不是创作“冒险幻想”的第一人——或许有人会提到加勒特·P. 塞维斯和乔治·艾伦·英格兰，无疑定会有人说到亨利·赖德·哈格德，或许也有人会提 M. P. 希尔、阿瑟·柯南·道尔和其他人。巴勒斯的灵感来源可能也并非只有洛厄尔，而是如理查德·卢波夫（Richard Lupoff）[2]所推断，也受到了他之前埃德温·莱斯特·阿诺德（Edwin Lester Arnold）的小说《腓尼基人弗拉》（*Phra the Phoenician*，1890）和《格列佛·琼斯上尉：假期》（*Lieut. Gullivar Jones: His Vacation*，1905）影响。但巴勒斯将这种文学类型的精神内核捕捉得如此之好，致使后来者都将他的作品视为模仿的典范，这种模仿持续到了今时今日。

以下这段选文来自巴勒斯的首部出版物，故事中，一位联盟[3]军军官约翰·卡特在西部勘探金矿时遭遇印第安人袭击，藏身到洞穴之中，夜幕降临，他来到岩崖上仰望星空，认出了（代表战神[4]的）火星，并祈愿自己能去往那里。再醒来时，他已经到了火星。

（憬怡　译）

1. 美国科幻学者、评论家，印第安纳州立大学荣誉教授。
2. 美国科幻和犯罪小说作家。
3. 指“美利坚联盟国”，美国南北战争期间的南方政权名。
4. 英文中的火星（Mars）以罗马神话的战神马尔斯命名。

火星月下（节选）

[美国] 埃德加·赖斯·巴勒斯

1. 我到了火星上

我睁开眼睛，看到一幅奇异的景象。我知道我在火星上。我一点也不怀疑自己的理智和清醒。我没有睡着，不需要掐自己。我的内在意识清清楚楚地告诉我，我是在火星上，就像你的意识告诉你你是在地球上一样。你不会怀疑这个事实，我也不会。

我发现自己趴在一片淡黄色的苔藓状植被上，这些植被在我周围向四面八方蔓延，无边无际。我好像躺在一个很深的圆形盆地里，沿着盆地的外缘，我能辨别出那些不规则的低矮山丘。

那是正午时分，太阳光直射在我身上，对赤身裸体的我来说，热度相当强烈，但并不比在类似条件下亚利桑那沙漠中的阳光更强。到处都是稍稍露出地面的石英岩，在阳光下闪闪发光。在我左边大约一百码的地方，有一个矮墙护着的围场，约四英尺高。没有水，除了苔藓之外看不到其他植物，我有些口渴，便决定稍做一番探索。

我一跃而起，领受到了火星上的第一个惊喜，因为在地球上能让我站起来的力量，在火星上却把我带到了离地面约三码高的空中。

我轻轻落在地上，并未感觉到明显的冲击和震荡。接着发生了一连串即使在那时看来也非常滑稽的演变。我发现，我必须从头开始学习走路，因为能让我在地球上轻松安全行走的肌肉张力，使我在火星上玩起了奇怪的滑稽动作。

我不能正常庄重地前行，我尝试着走路，结果却成了各种各样的跳跃，每一步都把我带离地面好几英尺，每跳两三下就会摔个狗啃屎或者仰八叉。我的肌肉完全适应并习惯了地球上的重力，在第一次尝试对付火星上较小的重力和较低的气压时，跟我玩起了恶作剧。

然而，我决定去探索这座低矮的建筑，这是我视野内唯一有人居住的证据，因此我突然想出这么个独特的计划：回归运动的第一原则——爬行。我在这方面干得不错，一会儿就爬到了低矮的围墙跟前。

离我最近的这面墙似乎没有门窗，但由于墙只有大约四英尺高，我小心翼翼地站起来，从墙头向内张望，看到了我从未见过的最奇怪的景象。

围场的屋顶是由大约四五英寸厚的实心玻璃做成的，下面是几百枚巨大的蛋，浑圆、雪白。这些蛋的大小几乎相同，直径约为二英尺半。

有五六个蛋已经孵化出来，那些在阳光下眨着眼睛的奇形怪状的滑稽生物，足以使我怀疑自己的神志是否正常。他们看起来大部分是头，小小的身体瘦骨伶仃，脖子很长，还长着六条腿。可我后来了解到，那是两条腿，两条手臂，中间还有一对肢体，可以随意当作胳膊或腿。他们的眼睛长在头部的两侧，在头中心稍高一点的地方，这种突出的方式使得他们既能向前也能向后，还可以彼此独立。这样一来，这种奇怪的动物就可以看向任何方向，或者不必转动头部就能同时看向两个不同的方向。

耳朵是杯状的小触角，略高于眼睛，靠得很近，在这些年幼的怪物头上突出来，仅有一英寸长。他们的鼻子长在嘴巴和耳朵之间，只不过是面部中央的纵向裂缝。

他们身上没有毛发，呈淡淡的黄绿色。就像我很快就会知道的那样，他们成年时，这种颜色会加深为一种橄榄绿，且雄性比雌性的颜色更深。此外，成年时的头并不像幼年时那样和身体不成比例。

眼睛就像白化病人那样，虹膜呈血红色，而瞳孔则是黑色的。眼球本身非常白，牙齿也很白。后者给原本就狰狞可怖的面孔更添了几分凶相，因为他们的下獠牙向上弯曲，锋利的牙尖一直伸到地球人眼睛所在的位置。牙齿的白色不是象牙白，而是那种最亮的雪白和最闪耀的瓷白。在深暗的橄榄色皮肤衬托下，他们的獠牙显得格外引人注目，这些“武器”呈现出一种异常可怕的外观。

这些细节大都是我后来才注意到的，因为我几乎没有时间思考我新发现的奇迹。我看到那些蛋正在孵化中，当我站在那里看着那些可怕的小怪物破壳而出时，没有注意到身后有一群成年火星人正在逼近我。

他们来了，走过柔软无声的苔藓。除了两极的冰冻带和零散的耕种区之外，这种苔藓几乎覆盖了整个火星表面。他们本来可以轻而易举地俘虏我，但他们的意图却要险恶得多。走在最前面的武士，装备发出的咔嗒声引起了我的警惕。

我的生命就悬在这样一件小事上，我常常惊叹于自己竟能如此轻易地虎口脱险。要不是这伙人的头领的步枪从他马鞍旁的扣件上垂下来，撞到他那有金属包头的长矛底座上，我早就被干掉了，甚至都不知道死神近在身旁。但是这种微小的声音使我转过身来，正对着我的，是一支巨矛的矛尖，就在我身体上方，离我的胸口还不到十英尺。那是支四十英尺长的巨矛，矛头包着闪闪发光的金属，低举在一个和我刚才所见一模一样骑在动物上的小恶魔一侧。

但是，在这个巨大而可怕的仇恨、报复和死亡的化身面前，他们显得多么弱小无害啊。这个人——我这样称呼他——足有十五英尺高，如果在地球上，大概会有四百磅重。像我们骑马一样，他坐在坐骑上，用下肢夹牢骑乘动物的躯干，两只右手把他的巨矛平放在坐骑的一侧，两只左臂向侧面伸出，以保持平衡。他骑的那个东西既没有笼头，也没有任何用来引导的缰绳。

还有他的坐骑！怎么能用地球上的语言来形容呢！它的肩膀高达十英尺，两边各有四条腿；一条宽阔扁平的尾巴，尾巴尖比根部还大，奔跑时尾巴在后面伸得笔直；一张大嘴，把它的头部从鼻子分裂开来，一直延伸到又长又粗的脖子上。

和它的主人一样，它完全没有毛发，但一身深蓝灰色，非常平滑有光泽。它的腹部是白色的，它的腿从肩膀和臀部的深蓝灰色逐渐变为足部的鲜黄色。它的脚本身长有厚厚的肉垫，且没有趾甲，这使得它在靠近时悄无声息，就像有多条腿那样，这也是火星动物的一个特征。只有最高级的人类和另外一种动物——火星上唯一存在的哺乳动物——才有结构良好的趾甲，那里根本不存在有蹄类动物。

冲在最前面的恶魔背后，还跟着另外十九个恶魔。他们在各个方面都很像，但是，据我后来了解，他们也有自己的个人特征，正如我们虽然都是从一个相似的模子里造出来的，却没有两个是完全相同的。我已经详细描述了这幅景象，或者不如说是一场现实中的噩梦，当我转身面对它时，只给我留下一个可怕而迅疾的印象。

我手无寸铁，赤身裸体，自然的第一法则就体现在唯一可能解决我眼前问题的办法上，那就是避开伸过来的矛尖。于是我来了个很自然同时又超凡的一跳，跳到了火星孵卵房的顶部——因为我决定必须这么干。

我的努力取得了圆满成功，这让我感到震惊，似乎一点也不亚于火星武士们的惊讶，因为那一跳把我带到了足有三十英尺高的空中，使我降落在围场的另一边，距离我的追捕者有一百英尺远。

我轻松降落在柔软的苔藓上，没有任何不测，转过身来，看见我的敌人沿着远处的围墙排成一行。有些人打量着我，带着那种我后来发现表示极端震惊的表情，另一些人则显然对我没有打扰他们的孩子感到很满意。

他们在一起低声交谈，同时打着手势，指着我。他们发现我没有伤害小火星人，而且我手无寸铁，这肯定使他们看我的时候没那么凶狠了，但是我后来才知道，对我最有利的东西还是我的跨栏表演。

火星人身材巨大，他们的骨骼也很大，他们的肌肉也只是与他们必须克服的重力成比例。其结果是，就他们的体重而言，他们的灵敏性和力量远远不如地球人。我怀疑，如果他们中的一个被突然运到地球上，他能不能从地面上撑起自己的体重，说实在的，我确信他做不到。当时，我的壮举在火星上就像在地球上一样不可思议，而那些火星人，从想要杀死我到突然把我看作一个了不起的发现，想要抓住我并在同伴中间展示。

我出人意料的敏捷给了我喘息的机会，这使我能够为下一步制订计划，并能更仔细地观察那些武士的外貌，因为我无法在心中把这些人与那些前一天还在追捕我的武士分开。

我注意到，除了我描述过的巨矛之外，每人还装备了其他几种武器。使我决定不再试图逃跑的显然是一种步枪，出于某种原因，我感觉他们使用起这种步枪来特别有效。

这些步枪是用一种白色金属制成的，枪托是木制的，我后来才知道，这是一种很轻且质地特别坚硬的木材，在火星上非常珍贵，而我们地球居民却对其一无所知。枪管的金属，是一种主要由铝和钢组成的合金，他们学会了把这种合金淬炼到远远超过我们所熟悉的钢的硬度。这些步枪重量较轻，口径小，而且他们使用的是爆炸性激光弹，加之枪管很长，所以极其致命，其射程在地球上是无法想象的。理论上这种步枪的有效半径是三百英里；但在实际使用中，即使装备了无线探测器和瞄准器，其最远射程也不过二百多英里。

这足以使我对火星人的火器充满了极大的敬意，一定是某种心灵感应警告了我，不要企图在光天化日之下从这二十支致命武器的枪口下逃跑。

火星人交谈了一会儿，转身朝着他们来时的方向骑去，只剩下一个同伴独自守在围场旁边。他们走了大约二百码后停了下来，把坐骑转向我们，坐在那里注视着围场旁的那个武士。

他就是那个差点用长矛刺穿我的人，显然是这伙人的头领；因为我注意到，他们似乎是按照他的指示来到了现在的位置。当他的队伍停下来之后，他下了坐骑，放下他的巨矛和小武器，绕过孵卵房的一端向我走来，除了头上、肢体和胸前系着的饰物外，他没带任何武器，也像我一样赤身裸体。

当离我大约不到五十英尺时，他解下一个巨大的金属臂章，托在张开的手掌上对着我，用清晰宏亮的声音对我喊话，但不必说，那是一种我听不懂的语言。然后他停下来，好像在等待我的回答，竖起触角似的耳朵，抬起那双奇怪的眼睛直往我这边看。

当这种沉默变得难以忍受时，我决定冒险为自己说几句话，因为我猜他正在提议和解。在向我走来之前，他放下了武器，撤走了军队，这在地球上任何地方都意味着讲和，那么，为什么在火星上不是这样呢！

我把手放在心脏的位置，向那个火星人深深鞠了一躬，对他解释道，虽然我听不懂他的话，但是他的举动代表着和平与友谊，这是我此刻最珍爱的。当然，就我的讲话传递给他的全部信息而言，我可能更像一个喋喋不休的饶舌者，但他明白了我讲完后立刻做出的那个动作。

我向他伸出手，走向前去，从他张开的手掌上取下臂章，系在肘部上方的胳膊上；我向他微微一笑，站在那里等着。他宽大的嘴巴露出回应的微笑，并用中间的一只手臂挽住我的胳膊，我们转过身子，向他的坐骑走去。同时，他示意他的部下继续前进。他们开始向我们狂奔，但被他的信号制止了。显然，他害怕如果我真的再次受到惊吓，可能会完全跳出这个地方。

他和他的部下交谈了几句，示意我可以坐在一个武士的身后，然后他跨上自己的坐骑。他指定的那个武士伸出两三只手把我举起来放在他身后，骑在坐骑光滑的背上，我尽可能地抓紧火星人系武器的皮带和饰物上的带子。

随后，整个队伍转身向着远处的群山疾驰而去。

2. 俘虏

我们走了大约十英里，这时地面开始迅速升高。我后来才知道，当时我们正在接近火星上一个早已死寂的海洋边缘，我与火星人的冲突就发生在这个死海的底部。

我们不久就到了山脚下，穿过一道狭窄的峡谷之后，来到一个开阔的山谷，山谷的尽头是一片低矮的平地，在那儿我看到一座巨大的城市。我们向着那里疾驰而去，沿着一条似乎通向城内、已经毁坏的道路进入，但只能到达平地的边缘，道路突然终止在一段宽阔的台阶跟前。

我们经过那些建筑物的时候，我仔细观察了一下，发现它们都荒废了，虽然衰败得不是特别严重，但看上去已经很多年、也许是几百年无人居住了。靠近城市中心的地方有一个大广场，在广场上和广场周围的建筑里，驻扎了大约九百到一千个和那些俘虏我的人同一种类的生物——当时我就是这样看待他们的，尽管他们抓捕我的方式十分温和。

除了饰物以外，所有人都光着身子。女性的外表与男性区别不大，只是她们的獠牙相较于身高显得太大，有些女性的獠牙几乎弯曲到了她们高高的耳朵上。她们的身形较小，皮肤颜色较浅，手指和脚趾上长有指甲的雏形，男性则完全没有这种印迹。成年女性的身高在十到十二英尺之间。

孩子们的肤色很浅，甚至比女性的肤色还浅。在我看来，他们都长得一模一样，只是有些比另一些更高，我猜，这也许是年长的缘故。

我在他们中间没有看到极度衰老的迹象，从大约四十岁的成熟年龄，到大约一千岁的年纪，他们在外表上也没有什么明显的区别。约一千岁时，他们中的有一些人会自愿沿着伊斯河进行最后一次奇怪的朝圣，这导致没有一个活着的火星人知道这条河流向了何处，有没有人从它的怀抱中返回，也不知道一旦进入它那寒冷、黑暗的水域，即使侥幸返回，还能不能活着。

每一千个火星人之中大约只有一个会死于疾病，可能会有大约二十人自愿走上朝圣之旅，另外九百七十九人会惨死于决斗、打猎、飞行和战争。但死亡人数最多的可能是儿童，这一阶段会有大量的小火星人成为火星大白猿的牺牲品。

成年后，火星人的平均预期寿命大约是三百岁，但如果不是各种原因导致的暴死，火星人可以活到近一千岁。由于这颗行星资源匮乏，显然有必要消减他们在治疗和外科手术方面的非凡技能所带来的日益延长的寿命，因此火星上并不重视人的生命，他们那些危险的体育运动和不同社区之间几乎连绵不断的战争就可以证明这一点。

造成人口减少的还有其他的自然因素，但没有什么比这个事实更重要的了：没有一个男性或女性火星人会自愿放下毁灭性武器。

当我们走近广场，我的存在被发现的时候，我们马上就被成百上千的生物包围了，他们似乎急于把我从卫兵身后拖下来。这伙人的头领说了一句话，平息了他们的喧嚣。我们一路小跑穿过广场，来到一座在凡人眼中十分宏伟壮丽的大厦门口。

这座建筑很矮，但是占地极广。它由闪闪发光的白色大理石建造而成，上面镶嵌着黄金和璀璨的宝石，在阳光下熠熠生辉。正门入口处约有一百英尺宽，从建筑本身延伸出来，在门廊上方形成了一个巨大的天棚。那里没有楼梯，只有一个平缓的斜面通到建筑的二楼，通向一个有走廊环绕的巨大房间。

房间地板上摆设着雕刻精美的木制桌椅，四五十个男性火星人聚集在一个讲台的台阶上。一个巨大的武士蹲坐在讲台上，全身挂满了金属饰物、艳丽的羽毛和做工精美的皮饰，皮饰上巧妙地镶嵌着宝石。他肩上披着白色毛皮短斗篷，衬里是鲜艳的红丝绸。

关于这次集会和他们聚集的大厅，最令我吃惊的一个事实是，这些生物与那些桌子椅子和其他家具完全不相称。这些东西的大小适合像我这样的人类，火星人的庞大身躯几乎不可能挤进那些椅子，桌子下面也没有地方放他们的长腿。那么，很显然，除了俘虏我的这些野蛮而奇特的生物之外，火星上还有其他居民，我周围这些极其古老的证据表明，这些建筑可能属于某个在混沌的火星远古时代就已绝灭并被遗忘的种族。

我们一伙人在大厦的入口处停下，在头领的示意下，我被放到了地上。他再次用手臂挽住我的胳膊，我们走进谒见室。在走近火星酋长的时候，几乎没有什么礼节可循。我的劫持者只是大步走上了讲台，其他人在他前行时都给他让路。酋长站起来，呼唤我的护卫的名字，接着护卫也停下来，重复着酋长的名字和头衔。

当时，这种仪式和他们所说的话对我毫无意义，但是后来我才知道这是绿色火星人之间常用的问候方式。倘若相互不认识，无法交换姓名，他们会默默地交换饰物（如果是和平使命的话）；否则他们会相互射击，或者动用其他武器。

我的劫持者叫塔斯·塔卡斯，实际上是这个社区的副酋长，一个很有才能的政治家和武士。很显然，他简单解释了他这次远征所发生的事情，包括我的被俘，他讲完后，酋长又对我说了很久的话。

我用纯正古老的英语来回答，只是为了让他相信我们两个都听不懂对方的话，但我注意到，当我答话结束微微一笑时，他同样也笑了一下。这一事实，以及我第一次与塔斯·塔卡斯交谈时所发生的类似事件使我确信，我们至少有某些共同之处：我们都会微笑，因此也会大笑，用来表示幽默。但我后来才知道，火星人的微笑只是敷衍，而火星人的大笑则会把强壮的男人吓得脸色发白。

绿色火星人的幽默观，与我们的因兴奋而欢乐的概念大相径庭。对这些奇怪的生物来说，同伴死亡的痛苦会激起最为狂野的欢闹，而他们最为常见的消遣方式就是用各种巧妙而可怕的方法来处死战俘。

聚集在一起的武士和酋长们仔细地检查了我，感受了我肌肉和皮肤的质地。接着，大酋长明确表示想要看我表演，他示意我跟在后面，他和塔斯·塔卡斯动身向露天广场走去。

自从第一次严重失败后，除了紧紧抓住塔斯·塔卡斯的胳膊外，我再也没有尝试过走路，所以现在我在桌椅之间蹦跳飞跃，活像一只怪异的蚱蜢。我把自己撞得遍体鳞伤，让火星人乐不可支的是，我再次求助于爬行，但这并不合他们的心意，一个高大的家伙粗暴地把我从地上拽了起来，对我的不幸开怀大笑。

当他把我摔在地上时，他的脸和我的脸靠得很近，在这种野蛮、粗鲁、无视陌生人权利的情况下，我做了一位绅士唯一能做的事：我大拳一挥，正好击中他的下巴，他像一头公牛那样倒了下去。当他倒在地上的时候，我转过身子，背靠最近的桌子，料想会被为他报仇的同伴所打倒，但我决定，在放弃生命之前，尽可能地与他们好好展开一场众寡悬殊的战斗。

然而，我的担心是没有根据的，因为其他的火星人一开始惊得目瞪口呆，后来却爆发出一阵狂笑和掌声。我不知道掌声是怎么回事，当我熟悉了他们的风俗之后，我才知道我赢得了他们很少给予的东西——一种赞许的表现。

被我击中的那个家伙躺在他摔倒的地方，也没有任何同伴靠近他。塔斯·塔卡斯向我走来，伸出一只手臂，我们就这样向广场走去，没有另生枝节。我当然不知道我们来到户外的原因，但不久就明白了。他们先是把“萨克”这个词重复了好几遍，然后塔斯·塔卡斯做了几次跳跃的动作，每次跳跃之前都重复同一个词，然后他转向我说：“萨克！”我明白了他们想要什么，便打起精神“萨克”

了一下，我取得了非凡的成功，跳了足有一百五十英尺高，这次我没有失去平衡，而是双脚稳稳落地，没有跌倒。然后，我用每次二十五或三十英尺的轻松跳跃回到了那一小群武士身边。

我的表演被几百个小火星人看到了，他们立刻要求我重复一次，酋长就命令我再来一次，但是我又饥又渴，唯一的自救办法就是要求这些生物考虑我的需要，但他们显然不会主动给予。因此，我对反复发出的“萨克”命令置之不理，每当他们发出这个命令，我就指指我的嘴巴，揉揉我的肚子。

塔斯·塔卡斯和酋长交谈了几句，然后从人群中叫出一个年轻女人，向她做出了一些指示，并示意我跟她走。我抓住她伸过来的胳膊，我们一起穿过广场，向远处的大楼走去。

我美丽的同伴大约八英尺高，刚刚成年，但是身量还没有长足。她浅橄榄绿色的皮肤光滑而润泽。我后来得知，她叫索拉，是塔斯·塔卡斯的随从。她把我领到了广场前一栋大楼中的一个宽敞房间里，从地板上铺的丝绸和毛皮看来，我认为这是几名当地人的卧室。

房间有许多大窗户，采光良好，用壁画和马赛克装饰得很漂亮，但这一切似乎保留着那种难以形容的古老艺术风格，这使我确信，创造这些奇迹的设计师和建筑工人与目前占据它们的这些野蛮的半人半兽毫无共同之处。

索拉示意我坐在靠近房间中央的一堆丝绸上，然后转过身，发出一种奇怪的嘶嘶声，仿佛在向隔壁房间的某个人发出信号。她的呼唤得到了回应，我也初次见识了一个新的火星奇迹。它用十条短腿摇摇摆摆地走了进来，像只听话的小狗那样蹲在女孩面前。这东西和一匹谢德兰小马差不多大小，但它的头有点儿像青蛙，只是嘴里长了三排又长又尖的獠牙。

3. 我摆脱了警卫犬

索拉盯着那畜生邪恶的眼睛，低声发出了简短的命令，指指我，然后离开了房间。我不禁纳闷，把这只样子凶猛的怪物单独留在这里，如此靠近这么一块鲜嫩的肉，它会怎么样呢。但我的恐惧是没有根据的，这只野兽仔细地审视我片刻之后，穿过房间，走到通往街道的唯一出口，直挺挺地横躺在了门槛上。

这是我第一次接触火星警卫犬，但肯定不是最后一次，因为在我被这些绿色火星人俘虏期间，这家伙一直小心守护着我，两次救了我的命，而且一刻也不曾主动离开我。

索拉不在时，我乘机更加细致地观察了囚禁我的房间。壁画描绘的是罕见而奇妙的美景：山川、河流、湖泊、海洋、草地、树木和花朵、蜿蜒的道路、阳光照耀的花园——这些场景可能描绘的是地球上的景色，但植物的颜色有所不同。这显然是某位大师的手笔，风格如此巧妙，技巧如此娴熟，但是画里却没有描绘活生生的动物，既没有人也没有兽，由此我可以猜测火星上其他可能已经灭绝的居民模样。

就在我天马行空地想象迄今为止在火星上遇到的奇异现象的可能解释时，索拉带着食物和饮料回来了。她把东西放在我身旁的地板上，在不远处坐下，专心地看着我。食物中有大约一磅奶酪般黏稠的固体物质，几乎没有味道，而饮料则显然是某种动物的奶，虽然有点儿酸，但味道并不令人讨厌，我很快就明白了，要非常珍惜它。后来我发现，它不是来自动物——因为火星上只有一种哺乳动物，且非常稀有——而是来自一种几乎没有水也能生长的大型植物，它似乎是从土壤、空气的水分和太阳光线中提炼出了充足的奶汁。

一株这样的植物每天能提供八到十夸脱奶汁。

吃过饭后，我精力充沛，但感到需要休息一下，便躺在丝绸上，很快就睡着了。我肯定睡了好几个小时，因为醒来时天已经黑了，我感到很冷。我注意到有人在我身上盖了一张毛皮，但是一部分已经滑落，我在黑暗中看不清，没法重新盖好。突然，有只手伸过来，把毛皮拉回我身上，不久又给我加盖了一张。

我猜这个警惕的卫士就是索拉，果然没错。在我所接触过的所有绿色火星人当中，只有这个女孩流露出了同情、友善和关爱的品性，她始终如一地照料着我的身体需求，她的热心照顾使我免受许多艰难困苦。

据我所知，火星上的夜晚极为寒冷，由于这里几乎没有黄昏或黎明，温度的变化十分突然且令人不适，从明亮的白昼过渡到黑夜也是如此。夜晚要么极为明亮，要么黑暗无比。如果碰巧火星的两个月亮都不在天上，那结果就是完全的黑暗，由于火星上缺乏大气，或者更确切地说是大气非常稀薄，无法在很大范围内散射星光；相反，如果夜里两个月亮都在天上，地面就会被照得通亮。

火星的两个月亮距离它都比我们的月亮距离地球要近得多，较近的月亮距离火星只有五千英里左右，较远的也只有一万四千英里多一点，而我们与月亮的距离却有将近二十五万英里。较近的月亮环绕火星一周需要七个半小时多一点，因此看起来就像一颗巨大的流星，每晚两三次从天空疾驰而过，每次穿过天空时都会显示出所有的月相。

较远的月亮环绕火星一周约需三十小时又一刻钟多一点，它和它的姊妹卫星把火星的夜景变成一种壮丽而奇异的景观。大自然如此优雅而慷慨地照亮了火星之夜，这太好了，因为绿色火星人作为一个智力并不发达的游牧民族，只有原始的人工照明手段，主要依靠火把、一种蜡烛和一种独特的油灯，这种油灯能产生气体，燃烧时不用灯芯。

最后这种器具能够发出极其明亮的白光，而且照得很远，但是它所需要的天然石油只能在几个相距遥远的偏僻地区开采，所以这些生物很少使用这种油灯。他们只考虑眼下，而且憎恨体力劳动，这使得他们在无尽的岁月里一直处于一种半野蛮状态。

索拉给我加盖东西之后，我又睡着了，直到天亮才醒。房间里还有其他五个住客，都是女性，她们仍在睡觉，身上堆满了形形色色的丝绸和毛皮。那只不眠不休直挺挺躺在门口的警卫兽，和前一天我最后一次见到它时一模一样，显然连动也没动过。它的眼睛紧紧地盯着我，我开始想，如果我试图逃跑的话，会发生什么事呢?

我总是喜欢冒险，喜欢在那些聪明人放任不管的地方做些调查和试验。因此，我突然想，要想弄清楚这只动物对我的确切态度，最可靠的方法就是尝试离开这个房间。我坚信，一旦我出了大楼，如果它追我的话，我是能够逃离它的，因为我已经开始对自己的跳跃能力引以为豪。此外，从它的短腿可以看出，这只野兽不善跳跃，可能也不善奔跑。

因此我慢慢地、小心翼翼地站了起来，只见我的监视者也站了起来。我谨慎地向它走去，发现如果拖着脚走的话，我既能保持平衡，又能相当迅速地前进。当我靠近这只动物的时候，它警惕地向后退去，当我走到门口时，它闪到一边，让我通过。然后它跟在我后面，当我沿着荒凉的街道向前走的时候，它就在我身后大约十步远的地方跟着。

我想，它的任务显然只是保护我，但是当我们抵达城市边缘的时候，它突然跳到我面前，发出奇怪的叫声，露出它那丑陋凶残的獠牙。我想拿它消遣一下，于是向它冲过去，当快要扑到它身上时，我却跳到了空中，降落到城外离它很远的地方。它立刻转过身子，以我所见过的最可怕的速度向我冲来。我原以为它腿短不够敏捷，但假如让它去追猎犬，后者就会像是在门垫上睡着了一般。我后来才知道，这是火星上跑得最快的动物，由于它聪明、忠实而凶猛，常被用来狩猎、打仗，以及保护火星人。

我很快意识到，如果沿直线奔跑，我很难逃脱这只野兽的利齿，因此我用折返跑的办法来对付它的袭击，并在它几乎扑到我身上时从它身上跳过去。这种策略对我相当有利，我得以比它更早到达城内，当它在我后面呼啸而至时，我跳上了一个离地面约三十英尺高的窗户，它位于一座俯瞰山谷的大楼的正面。

我抓住窗台，支起身子坐下来，我没有往大楼里看，而是低头看向下面那只困惑的动物。可是，我的狂喜转瞬即逝，因为我刚在窗台上坐稳，就有一只巨手从后面抓住我的脖子，把我粗暴地拖进了房间。我被仰面朝天扔在那里，看见面前站着一只巨大的类似猿猴的动物，除了头上长了一大堆乱蓬蓬的粗硬毛发之外，它全身雪白且没有一丝毛发。

4. 一场赢得朋友的战斗

这东西比我见过的火星人更像我们地球人，它用一只大脚把我踩在地上，同时向我身后某个回应它的生物叽叽喳喳地比画着。另一只显然是它的配偶，它很快就向我们走来，拿着一根粗大的石棒，显然想用它打我的脑袋。

这种生物大约有十到十五英尺高，直立，和绿色火星人一样都有一对中间的臂或腿长在上下肢之间。它们的双眼靠在一起，并不凸出；它们的耳朵位置很高，但是比火星人的耳朵更偏向两侧；它们的口鼻和牙齿则与我们的非洲大猩猩惊人地相似。总之，与绿色火星人相比，它们并不难看。

石棒沿着一道弧线劈向我来不及转开的脸，这时，一只多腿的可怕动物闪电般射进门内，猛地扑向刽子手的胸口。随着一声恐惧的尖叫，踩着我的白猿从开着的窗户跳了出去，但它的配偶却与我的保卫者陷入了一场可怕的殊死搏斗，我的保卫者正是我那忠实的警卫兽，我不能把这么可怕的动物叫作狗。

我尽可能快地站了起来，背靠着墙，目睹了这样一场很少有人能看到的战斗。这两种生物的力量、敏捷和盲目的凶猛是地球人所知的任何东西都无法企及的。我的警卫兽占得了先机，它那锋利的獠牙深深陷入了对手的胸口，但是，凭着远远超过我所见过的火星人的肌肉，白猿用粗大的前臂和爪子锁住了我的警卫兽的咽喉，慢慢使它窒息，还把它的头和脖子扭向它的身后，这时我真希望白猿在拧断它的脖子之前就瘫软在地。

在此过程中，白猿的前胸被紧紧控制在警卫兽像老虎钳一样的劲爪之下，整个都被撕裂了。它们在地板上滚来滚去，谁也没有发出害怕或痛苦的声音。不久，我看见警卫兽的大眼睛完全从眼眶里凸了出来，鲜血从鼻孔里流出。显然，它的力量正在变小，但白猿也是这样，它的挣扎瞬间弱了下来。

我突然回过神来，带着那种似乎总能促使我履行自己职责的奇怪本能，我抓起那根战斗开始时落在地板上的石棒，用我地球人的手臂的全部力量抡起来，重重地打在了白猿的头上，把它的头骨像蛋壳一样敲得粉碎。

这一棒刚刚打下去，我就遇到了新的危险。白猿的配偶从最初的惊吓中恢复过来，从大楼内部回到了打斗现场。在它走到门口之前，我就瞥见了它。当看见它那气息奄奄的配偶直挺挺地躺在地板上时，它怒不可遏，口吐白沫。见它这样，我必须承认，我心中充满了可怕的预感。

在力量悬殊，形势对我并不是十分不利的情况下，我从来都愿意英勇战斗，但这一次，以我相对弱小的力量来对抗这个来自未知世界的暴怒居民——它有着钢铁般的肌肉和野蛮的凶残——我既看不到光荣，也看不到好处。事实上，在我看来，这种遭遇的唯一结果似乎就是暴毙身亡。

我站在窗边，我知道一旦到了街上，我就可以在那个怪物追上我之前到达广场并获得安全。至少，我还有逃生的机会；相反，如果留下来，不管我多么拼命地战斗，几乎都必死无疑。

我的确是握着石棒，但是用它怎么能对付得了白猿那四条粗壮的胳膊呢？即使我第一棒就能打断其中的一条，我估计它会设法避开，在我回头进行第二次攻击之前，它就会伸出其他的胳膊，把我抓住并消灭掉。

在这些念头闪过我脑海的那一刻，我转身向窗口走去，但当我的目光落在我刚才的保卫者身上时，我就把所有逃走的想法抛到了九霄云外。它躺在房间地板上气喘吁吁，大眼睛紧紧盯着我，似乎正在可怜巴巴地请求我的保护。我受不了那种目光，再一想，它为了我表现得那么棒，在没有像它那样战斗之前，我不能抛弃我的救命恩人。

因此，我马上转过身去面对那只狂怒的公猿的袭击。现在它离我太近，石棒根本没有什么实际用处，所以我只是用尽全力，把石棒砸向它逼近的庞大身躯。石棒正好击中它的膝盖下面，引发了一阵痛苦而愤怒的嚎叫，它失去了平衡，向我猛扑过来，同时伸出前臂，想减缓摔倒的势头。

像前一天一样，我又采取了地球上的战术，我挥起右拳，狠狠地击在它的下巴上，然后又挥起左拳，重重地打在它的腹部正中。这两拳效果惊人，就在我打出第二拳后轻轻闪开时，它踉跄着倒在了地上，痛得弯下身子，直喘粗气。我跳过它倒在地上的身子，抓起石棒，在它来不及重新站起之前结果了这个怪物。

当我打下这一棒时，身后响起一阵低沉的笑声，我转过身，看见塔斯·塔卡斯、索拉和三四个武士站在房门口。当我的目光和他们相遇时，第二次获得了他们热情而谨慎的喝彩。

索拉醒来后发现我不见了，急忙通知了塔斯·塔卡斯，他立即和几个武士一起开始寻找我。他们靠近城市边缘的时候，目睹了那只气得口吐白沫的公猿冲进大楼的举动。

他们紧紧跟在公猿后面，认为它的举动不太可能提供我行踪的线索，他们亲眼看到了我和白猿之间短促而果断的决战。这次遭遇，再加上前一天我和火星武士的对决，以及我的跳跃本领，使他们对我推崇备至。这些人显然缺乏友谊、爱情或关爱等所有较为细腻的情感，却相当崇拜体力和勇敢，只要他们的崇拜对象能够通过重复展示其技能、力量和勇气来保持其地位，那就再好不过了。

索拉是自愿陪同搜寻小队来的，当我在为自己的生命而战时，火星人中只有她的脸没有因为狂笑而变形。相反，她表情十分严肃，带着明显的关心，我刚结果了那个怪物，她就冲到我跟前，仔细检查我的身体有没有受伤。见我毫发无损，她很满意，静静地笑了笑，然后拉起我的手向门口走去。

塔斯·塔卡斯和其他武士已经进来了，站在那只正在迅速恢复的野兽旁边——它救过我的命，我也救过它的命。他们似乎在激烈地争吵，最后，有个人对我说话，但想起我不懂他的语言，就再次转向了塔斯·塔卡斯。塔斯·塔卡斯便说了一句话，做了一个手势，对那家伙发出了某种命令，然后转身跟着我们离开了房间。

他们对我的警卫兽的态度似乎有某种威胁，我犹豫着是否要等到知道结果后再离开。幸亏我这么做了，因为那个武士从枪套里抽出一支邪恶的手枪，正要干掉那只动物，我跳起来猛撞他的胳膊。子弹击在木制窗框上，爆炸了，在木头和砖石上炸出一个洞来。

然后，我跪在那只可怕的动物旁边，把它扶起来，示意它跟我走。我的行动把火星人惹得满脸惊讶，这很滑稽可笑，他们只能以一种微弱而幼稚的方式理解诸如感激和怜悯之类的品性。被我打掉枪的那个武士疑惑地看着塔斯·塔卡斯，但是后者表示让我自己决定，于是我们回到了广场，我伟大的警卫兽紧跟在我后面，索拉则紧紧抓住我的胳膊。

我在火星上至少有了两个朋友，一个是慈母般照料我的年轻女人，一个是不能说话的动物，后来我才知道，它那丑陋身躯里所蕴含的爱、忠诚和感激，比在火星废弃的城市和死海底部游荡的整整五百万绿色火星人身上所能发现的更多。

5. 火星上的育婴工作

吃过和前一天一模一样的早饭后——实际上，我和绿色火星人在一起时，每顿饭都是这个样子——索拉护送我来到广场。在那里，我发现整个社区都在忙着观看，或者帮忙把庞大的乳齿兽套在大型三轮战车上。这样的车子大约有二百五十辆，每辆由一头动物拉着，从它们的外表来看，每头动物都能轻而易举地拉起一整列满载的马车。

战车本身又大又宽敞，装饰华丽。每辆车里都坐着一个女火星人，身上挂满了金属饰物，还有珠宝、丝绸和毛皮，每头拉车的巨兽背上都坐着一个年轻的火星车夫。像武士们的坐骑一样，这些负重的巨兽既没有笼头也没有缰绳，完全靠心灵感应的方式来指挥。

这种能力在火星人身上都得到了完美的进化，这主要是由于他们的语言简单，即使在长时间的交谈中，口头交流也相对较少。这是火星上的通用语言，在这个自相矛盾的世界里，高等动物和低等动物能够通过这种语言媒介或多或少地进行沟通，沟通的程度取决于物种的智力范围和个体的发展。

当车队排成一列纵队向前行进时，索拉把我拖入一辆空着的战车，我们和车队一起向着我前一天进城的地方行进。车队前面大约有二百名武士，五人一排，后面也是同样的数量，而每侧还有大约二十五到三十名骑卫守护着我们。

除了我之外，每个火星人——男人、女人和孩子——都全副武装，在每辆战车后面都有一条火星猎犬跟着跑，我自己的警卫兽也紧跟在我们身后，事实上，我在火星上度过的整整十年里，这个忠实的家伙从未主动离开过我。我们要路经城市前面的小山谷，越过山丘，一直来到死海的底部，我从孵卵房到广场的旅程就穿过这里。事实证明，孵卵房正是我们这一天旅行的终点，当我们来到平坦辽阔的海底时，整个车队立刻开始狂奔。我们很快就看见了我们的目的地。

一到那里，战车就精准有序地停在了围场的四边，包括塔斯·塔卡斯和另外几个较小头领在内的十名武士，由大酋长带领，下了坐骑，向孵卵房走去。我能看到塔斯·塔卡斯正在向大酋长解释着什么，顺便说一下，大酋长的名字——我尽量将其翻译成英语——叫洛夸斯·普托梅尔·杰德，杰德是他的头衔。

我很快推测出他们谈话的主题，因为塔斯·塔卡斯在叫索拉，示意她带我去见他。此时我已经掌握了在火星环境下步行的复杂技巧，于是迅速响应他的命令，走向孵卵房旁边武士们站着的地方。

走到他们身边时，我扫了一眼，发现除了极少数的蛋之外，其余的都孵化出来了，有了这些可怕的小恶魔，孵卵房里生气勃勃。他们身高三至四英尺，在围场里不停地跑来跑去，好像在寻找食物。

我停在塔斯·塔卡斯面前，他指着孵卵房上方说："萨克。"我明白，他想让我重复昨天的表演，好让洛夸斯·普托梅尔开开眼界。我得承认，我的本领给了我极大的满足感，我迅速做出回应，一下子跳过了停在远处孵卵房一侧的战车队。我回来之后，洛夸斯·普托梅尔对着我咕哝了几句，然后转向他的武士说了几句有关孵卵房的命令。他们不再注意我，允许我留在近旁，观看他们的行动，包括在孵卵房的墙上打一个足够大的洞，以便年幼的火星人钻出来。

在这个洞的两侧，女人和年轻火星人——男女都有——形成了两道坚实的人墙，一直通向战车，延伸到远处的平原。小火星人在两道人墙之间蹦蹦跳跳，像小鹿一样狂野。他们可以跑到通道的尽头，在那里，女人和年长的孩子会一个一个地把他们抓住。队伍中的最后一人要抓住第一个跑到通道尽头的小火星人，她对面的那个人抓第二个，以此类推，直到所有的小家伙都离开围场，被某个青年或女人占有为止。女人们抓到小火星人之后就离开队伍，回到各自的战车上，而那些落入年轻男子之手的小火星人后来也被交给了一些女人。

我看到这个仪式——如果这个名称可以让它显得庄重的话——结束了，便到处寻找索拉，我发现她在我们的战车里，怀里紧紧搂着一个可怕的小东西。

养育幼年绿色火星人的工作仅仅是教他们说话，以及使用从出生第一年起就装备的战斗武器。他们在蛋里度过了五年的孵化期，出来后，他们一踏入世界就已经发育完全，只是体形较小。他们的母亲对他们一无所知，也很难准确地指出他们的父亲，他们是社区共同的孩子，他们的教育依赖于那些在他们离开孵卵房时碰巧抓住他们的女人。

他们的养母甚至可能还没有在孵卵房里生过一个蛋，索拉就是这样，直到不到一年前她成为另一个女人的后代的母亲，她都还没有开始下蛋。但这对绿色火星人来说无关紧要，因为亲子之爱在我们当中十分普遍，而他们却完全不知道。我认为这种实行了多年的可怕制度，就是这些可怜的生物失去所有美好感情和更高人道主义本能的直接原因。从出生起，他们就不知道父爱或者母爱，他们不知道“家”这个词的意义，他们被教导说，他们只能忍受生活之苦，直到能够靠体格和凶猛来证明自己适合生存。如果他们有任何残疾或者缺陷，就会立刻遭到枪杀，从婴儿时起，他们就要经历很多艰难困苦，但不会看到有人为此流下哪怕一滴眼泪。

我的意思不是说成年火星人会不必要或者故意残忍地对待年幼的火星人，而是说他们要在一颗濒死的星球上进行艰苦而无情的生存斗争，火星上的自然资源已经减少到了这种程度，即每抚养一个额外的生命，都意味着给这个生命所在的社区增加了一笔负担。

通过精挑细选，他们只养育每个物种最顽强的样本，并以几乎超自然的远见来控制出生率，仅仅是为了弥补死亡所造成的损失。每个成年火星女性每年大约产十三枚蛋，那些符合大小、重量和特殊比重测试的蛋会被储藏在一个地窖的深处，那里温度很低，无法孵化。每年，这些蛋都要由一个由二十名酋长组成的委员会仔细检查。每年所下的蛋，除了大约一百个最完美的之外，其余的都要销毁。五年后，再从成千上万个蛋当中选出大约五百枚近乎完美的蛋。然后，把它们放进几乎密封的孵卵房里，再过五年，阳光才会把他们孵化出来。我们今天所目睹的孵化就是这样一个相当有代表性的事件，两天之内，几乎所有的蛋都孵出来了，只有大约百分之一的例外。即使剩下的蛋孵出来了，我们也不知道那些小火星人的命运会怎样。火星人不需要他们，因为他们的后代可能会继承或遗传这种孵化期延长的倾向，从而打乱维持多年的系统，这种系统可以让成年火星人计算出返回孵卵房的合适时间，几乎精确到小时。

孵卵房建在偏僻安全的地方，几乎不可能被其他部落发现。如果发生意外，这种灾难的后果将意味着在接下来的五年内该社区都不会有孩子了。后来，我目睹了一处外星人的孵卵房被人发现的后果。

该社区大约由三万人组成，这些和我息息相关的绿色火星人是它的一部分。他们在南纬四十度到八十度之间的这一大片干旱和半干旱的土地上游荡，并以东西两侧那两大片肥沃的土地为界。他们的总部位于这一地区的西南角，靠近两条所谓的火星运河交汇处。

由于这个孵卵房建在他们领土的北部，据说是一个无人居住且人迹罕至的地方，因此我们前面有一段很长的路要走，对此我当然一无所知。

回到死城后，我过了几天比较空闲的日子。我们回来后的第二天，所有的武士一大早就跨上坐骑出发了，直到夜幕降临前才回来。后来我才知道，他们去了存蛋的地窖，把蛋运到了孵卵房，然后用墙把孵卵房再封上五年，在此期间，很可能不会再去那里了。

在进入孵卵房之前，蛋是藏在地窖里的，地窖位于孵卵房以南数英里的地方，由二十名酋长组成的委员会每年都要去那里。他们为什么不把地窖和孵卵房建在离家较近的地方，这对我来说一直是一个谜，就像火星上许多其他的谜团一样，不能用地球上的推理和习俗来解决，也无法解决。

现在，索拉的职责增加了一倍，因为除了照顾我之外，她还不得不照顾那个年幼的火星人，但我们都不需要太多的关注，由于我们在火星上受教育的程度大致相同，索拉就独自承担起了同时训练我们两个的重任。

她的战利品是一个身高约四英尺，非常强壮，体格完美的男孩；而且，他学得很快，从我们表现出的激烈竞争中，我们得到了很多乐趣，至少我是这样认为的。如我所言，火星人的语言极其简单，在一个星期内，我就能让人明白我所有的需要，并且能听懂火星人对我说的几乎每一句话。同样，在索拉指导下，我开发了自己的心灵感应能力，因此，我很快就能感知到周围发生的几乎每一件事。

最令索拉感到惊奇的是，虽然我能轻易地从别人那里捕捉到心灵感应信息，而且通常这些信息不是有意为我准备的，但在任何情况下，都没有人能读懂我的哪怕一点儿心意。起初这让我很苦恼，但是后来我感到非常高兴，因为这无疑给了我比火星人更大的优势。

6. 来自天空的美丽俘虏

孵卵房仪式结束后的第三天，我们启程回家，但是先头部队刚一踏上城市前的空地，就接到让他们立即返回的命令。绿色火星人似乎在这种特殊的进化过程中受过多年的训练，他们就像烟雾一样消散在附近建筑物的宽阔门廊里，不到三分钟，由战车、巨兽和武士组成的整支车队都不见了。

索拉和我进入了城市前面的一座大楼，事实上，这就是我遇见白猿的那座楼，我想看看到底是什么原因导致了这次突然撤退，我爬到上面的一层，从窗口眺望远处的山谷和山丘，在那里，我看到了他们突然匆忙躲避起来的原因。一艘飞得很低，长长的、漆成灰色的巨大飞船缓慢飘荡在最近那座小山山顶的上空。紧跟着又来了一艘、一艘、又一艘……一共来了二十艘飞船，在地面上游荡，缓慢而庄严地向我们驶来。

每艘飞船上都挂着一面奇怪的旗帜，飘扬在船头和船尾之间，每艘飞船的船头上都绘着一些怪异的图案，在阳光下闪闪发光，即使这些飞船距离我们很远，也能看得清清楚楚。我能看见飞船的前甲板上和船体里挤满了人。我不知道他们是发现了我们，还是仅仅在观察这个荒芜的城市，但不管怎样，他们受到了粗鲁的接待，因为绿色火星武士突然毫无征兆地从小山谷对面的大楼窗户里发动一阵猛烈扫射，而那些大飞船正在平静地向前推进。

场面马上变了，像变魔术一般。最前面的飞船立刻把侧舷转向我们，开动枪炮进行还击，同时向我们面前平行移动了一小段距离，然后掉头回去，显然是想完成一个大转弯，再次飞到我们火力线对面的位置，其他飞船紧随其后，每艘飞船一飞到合适的位置就向我们开火。我们自己的火力从未减弱，我怀疑我们的射击是否只有百分之二十五没有打中。我从来没有见过如此致命的精确瞄准，似乎每射出一粒子弹，就有一个小人儿从飞船上掉下来，而旗帜和船体也在喷射的火焰中分崩离析，因为我们的武士那不可抗拒的炮弹击穿了它们。

飞船的火力大部分是无效的，据我后来所知，这是因为我们第一次的射击是出乎意料的突袭，使得飞船上的船员措手不及，枪炮的瞄准装置在我们的武士的致命瞄准下毫无防护。

在较为相同的战争环境下，似乎每名绿武士都有特定的射击目标。例如，他们中的一部分人，通常是神枪手，会把火力完全对准正在进攻的舰炮上的无线探测和瞄准装置，另外的人则用同样的方式对付那些较小的枪炮，有些人瞄准炮手，有些人瞄准军官，还有一部分人集中精力对付船体、操舵装置及推进器上的其他船员。

第一次扫射二十分钟之后，这支庞大的船队就摇摇摆摆地向着它最初出现的方向飞去，渐渐消失了。有几艘飞船显然飞得很艰难，看起来几乎不受筋疲力尽的船员们的控制。它们的火力完全停止，所有的精力似乎都集中在了逃跑上。随后，我们的武士冲到我们所占领的大楼的楼顶，用连续不断的致命火力一齐扫射撤退中的船队。

不过，那些飞船一艘接一艘地设法沉潜到远处的山峰之下，最后视野内只剩下一艘几乎飞不动的飞船。这艘飞船饱受我们炮火的攻击，似乎完全无人驾驶，因为它的甲板上看不到一个移动的人影。它慢慢偏离了航线，以一种古怪而可怜的方式掉头向我们飞来。我们的武士立刻停止了射击，因为很明显，这艘飞船是完全无助的，它非但不能对我们造成伤害，甚至也不足以控制自己而逃走。

当它靠近这座城市时，武士们冲到了平地上去迎接它，但是很明显，对他们来说，它还是太高了，他们不可能够到它的甲板。从窗口的有利位置，我可以看到船上到处都是船员的尸体，但我看不出他们是哪种生物。当它随着微风向东南方向缓慢飘移时，船上没有显示出任何的生命迹象。

它飘浮在距离地面大约五十英尺的地方，后面跟着上百名武士，他们已受命返回屋顶，以应对船队或者援军返回的可能性。很快，情况变得清楚起来：它要撞上我们所在位置以南大约一英里的几幢大楼。我密切注视着追逐的进展，我看到许多武士疾驰向前，下了坐骑，进入了它似乎注定要撞上的那座大楼。

飞船靠近了大楼，就在它撞上大楼之前，火星武士们从窗口蜂拥而上，用他们的巨矛减轻了碰撞的冲击，一会儿他们又抛出了抓钩，由下面的同伴把大船拉向地面。

固定好飞船之后，他们蜂拥至飞船的两舷，从船头搜到船尾。

我可以看见他们在检查死去的船员，显然是在找寻生命的迹象。不久，他们中的一伙人拖着一个小人儿出现在下面。那生物的身高远不及绿色火星武士的一半，我从阳台上可以看到，它用两条腿直立行走，我猜它是某种我还不熟悉的新的火星怪物。

他们把俘虏带到地上，然后开始有条不紊地搜劫飞船。这项工作需要几个小时，在此期间，他们征用了好几辆战车来运送战利品，其中有武器、弹药、丝绸、毛皮、珠宝、雕刻奇异的石器，还有大量的固体食物和液体，包括很多桶水——我来到火星之后头一次见到水。

最后一批货物运走后，武士们用绳索固定好飞船，排成几行，把它远远地拖向西南方向的山谷。然后，其中的几个人登上飞船，从我所在的位置远远望去，他们似乎正忙着把各种大瓶子里的东西倒在船员的尸体上，还倒在了飞船的甲板和船体上。

完成这项工作后，他们急忙爬过船舷，顺着牵索滑到地面上。最后一个离开甲板的武士转身把什么东西扔回了船上，他等了一会儿，以留意行动的结果。当从导弹击中的地方升起一束微弱的火焰时，他翻过船舷，迅速滑到了地上。几乎就在他落地的同时，牵索解开了，这艘因被劫掠一空而变轻的巨大飞船，悲壮地飞向空中，它的甲板和船体变成了一团熊熊燃烧的烈焰。

它慢慢地向东南方飘移，随着烈焰吞噬了它的木质部分，减轻了船体的重量，它越升越高。我爬上楼顶，看了好几个小时，直到它最后消失在远处朦胧的景色中。注视着这个飘浮的巨大火葬堆飘过火星孤寂的天空，无人引领，无人驾驶，这一景象极其令人敬畏。一艘被遗弃的死亡和毁灭之船，代表了这些奇怪而凶猛的生物的生命故事，命运把它带到了火星人并不友好的手中。

我非常沮丧，这对我来说有些莫名其妙，我慢慢下楼来到街上。

我亲眼看到的这一场面似乎标志着同一种族的军队被击败和消灭，而不是我们的绿武士击败了一群相似却不友好的生物。我无法深入了解这种貌似真实的幻觉，也无法从中解脱，但在灵魂最深处，我对这些未知的敌人有一种奇怪的渴望，我心中涌起一个巨大的希望：船队会回来的，要和这些如此无情而肆意攻击它的绿武士算账。

我身后紧跟着猎犬伍拉，它现在习惯这样跟着我。我刚出现在街上，索拉就冲到我面前，好像我是她一直在搜寻的目标。车队正在返回广场，已经放弃了当天的返乡之旅，事实上，由于害怕飞船的报复性攻击，他们一个多星期后才重新启程。

洛夸斯·普托梅尔是一位很精明的老武士，他不可能领着由战车和孩子组成的车队在开阔的平原上被抓住，所以我们留在了这座荒凉的城市里，直到危险似乎已经过去。

索拉和我进入广场的时候，映入眼帘的景象使我百感交集，希望、恐惧、狂喜和沮丧同时涌上心头，但最主要的是一种微妙的宽慰和幸福感。就在我们靠近那群火星人的时候，我瞥见了那个从战船上抓来的俘虏，她正被几个绿色女火星人粗暴地拖进附近的一座大楼。

闯入我视野的是一个苗条少女似的身影，在各个方面都与我过去生活中的地球女人相似。她一开始没有看见我，但当她消失在那即将成为她的监狱的大楼门口时，她转过身来，我们的目光相遇了。她的脸是椭圆形的，美极了，她的五官轮廓分明，精致绝伦，眼睛又大又亮，一头乌黑浓密的鬈发，松散地扎成一种奇怪但很适合她的发式。她的皮肤是浅铜红色的，衬托着她那红润的脸颊，以及形状优美、红宝石般闪闪发光的嘴唇，有着一种奇特的增强效应。

像她身旁的绿色火星人一样，她也没穿衣服。事实上，除了做工精良的饰品外，她是全裸的，任何服饰都无法使她完美匀称的身材变得更美。

当她的目光落在我身上时，她惊讶得睁大了眼睛，她用那只没被绑住的手做了一个小小的手势。我当然不明白这个手势。我们只是互相注视了片刻，然后，她刚发现我时脸上那种充满希望和勇气的明亮表情，逐渐变成了一种极度的沮丧，夹杂着厌恶和轻蔑。我意识到，我还没有回应她的手势，我对火星人的风俗一无所知，我凭直觉知道她在向我请求援助和保护，但我不幸的无知让我无法回应她。随后，她被拖进了废弃的大楼深处，离开了我的视线。

（刘荻　译）

天上地下许多事

巴勒斯的每一次成功都赋予冒险幻想类型小说新的活力，其他作家的成功也一样。比如柯南·道尔，他的《失落的世界》（*The Lost World*）于1912年出版；乔治·艾伦·英格兰，他最著名的一部小说（后来发展为三部曲）《黑暗与黎明》[1]（*Darkness and Dawn*）也在这一年于《骑士》上连载。

这是属于系列、续集和三部曲的时代。这也是个现实中大事连连的时代：宇宙射线，原子结构行星模型，原子序数的发现；X射线管，坦克，射频管振荡器，不锈钢，质谱仪的发明；还有第一次世界大战的爆发。查尔斯·B. 斯蒂尔松（Charles B. Stilson）从1915年开始在《故事大全》上连载一个关于南极火山谷中的失落种族的三部曲，其第一部名为《雪国的北极星》（*Polaris of the Snows*）[2]；J. U. 吉

1. 三部曲分别是：《最后的纽约人》（*The last New Yorkers*，1912）、《超越大湮灭》（*Beyond the Great Oblivion*，1913）、《余晖》（*Afterglow*，1914）。讲述了地球文明在1920年左右遭到毁灭，1 500年后两名醒来的幸存者和其他人的故事。

2. “北极星”是小说主角的名字。后两部名为《萨达纳的米诺斯》（*Minos of Sardanes*）和《北极星与荣光女神》（*Polaris and the Goddess Glorian*），依次发表于1916、1917年。

西（J. U. Giesy）[1] 从 1918 年开始在《故事大全》上连载三部曲，讲述一个男人将自己的星光体投射到天狼星的一颗行星上进行冒险的故事，其第一部名为《犬星群的帕洛斯》[2]（*Palos of the Dog Star Pack*）。创作该类型小说的其他作家还包括奥斯汀·霍尔[3]（Austin Hall）、荷马·伊安·弗林特[4]（Homer Eon Flint）、雷·卡明斯[5]（Ray Cummings）、维克多·卢梭[6]（Victor Rousseau）、弗朗西斯·史蒂文斯[7]（Francis Stevens）和加勒特·P. 塞维斯[8]。

随后，在 1917 年，纸浆杂志王国中出现了一位新的天才，冒险幻想类型文学中出现了一个新的变化。这变化是作品中出现了更奇妙的场景和史诗式的终极善恶之争。作者则是 A（代表"亚伯拉罕"）. 梅里特。

梅里特职业生涯的大部分时间是作为助理编辑度过的，到最后他成为威廉·伦道夫·赫斯特[9]（William Randolph Hearst）的周日杂志《美国周刊》的编辑。这份工作报酬非常高，但梅里特显然需要释放自己的创造力。经过他案头的文稿可能为他打开了通往这种释放的大门。奇怪的事件，神秘的地点，浪漫的情节，赫斯特提供给读者的周日精神食粮正是由这些主要成分构成。

第一个梅里特故事是一篇东方奇幻故事，名为《穿越龙镜》

---

1. 美国科幻和奇幻小说家，其代表作为"塞米·杜尔"（*Semi Dual*）超自然侦探系列奇幻小说。
2. "犬星群"是书中天狼星的行星上的居民对自己星系的称呼。系列的后两本为《兹图的喉舌》（*The Mouthpiece of Zitu*）与《贾森之子贾森》（*Jason, Son of Jason*），发表于 1919 年和 1921 年。
3. 美国科幻小说家，著有"盲点"（*Blind Spot*）和"乔治·威瑟斯彭"（*George Witherspoon*）系列，均为两部一套。
4. 美国作家，代表作为"金尼博士"系列故事。他是霍尔的朋友，"盲点"第一部的合作者，在故事发表之前神秘死亡。
5. 美国作家，曾是爱迪生的助手。
6. 活跃于英国和美国的记者、作家，创作过若干不同类型的通俗小说。
7. 美国女作家格特鲁德·巴罗斯·本内特的笔名。她是美国第一位比较重要的女性科幻作家，活跃于 1917—1923 年间。
8. 美国天文学家，科普作家，科幻作家。以 1911 年的《第二次大洪水》而知名。
9. 美国著名报业家。

（“Through the Dragon Glass”），出现在 1917 年的《故事大全》上；第二篇《深渊之民》（“The People of the Pit”）出现在一年之后；同样在 1918 年，他的经典短篇《月池》面世。一年后，梅里特为其加上了续集，他的第一部长篇小说《征服月池》（*The Conquest of the Moon*）。同年，二者被合并为单行本《月池》再版。几年后，即 1939 年，当《奇幻神秘名作》[1]（*Famous Fantastic Mysteries*）开始重印芒西旗下杂志上的幻想和科幻小说时，第一期就重刊了《月池》，紧跟着又分六部分刊载了后面的续集（让一个 16 岁的读者[2]和月池中的居民一样如醉如痴）。十年后出版了一本《A. 梅里特奇幻小说》[3]（*A. Merritt's Fantasy*），但只发行了五期。

梅里特成了一名稳定的传奇小说作者，尽管他不像巴勒斯那么多产，但在自己的道路上同样取得了成功。在随后的岁月里，他写出了《金属怪物》（*The Metal Monster*，1920）、《伊斯塔之船》（*The Ship of Ishtar*，1926）、《走向撒旦的七脚印》（*Seven Footprints to Satan*，1928）、《深渊中的脸》（*The Face in the Abyss*，1931）、《蜃境住民》（*Dwellers in the Mirage*，1932）、《烧吧女巫，烧吧！》（*Burn Witch Burn!*，1933）和《匍行吧，暗影！》[4]（*Creep, Shadow*，1934）。所有作品都在杂志（主要是《阿尔戈西》）上连载，屡屡重印，连载完旋即以单行本发行。几十年中它们一直保持着可观的销量，起先是精装本，《月池》和《伊斯塔之船》由普特南[5]发行，《匍行吧，暗影！》在双日出版社的“犯罪俱乐部”[6]（*Crime Club*）系列中，其他的

1. 芒西旗下杂志。存在于 1939—1953 年间，两月或一月一期，共发行 81 期。
2. 即本书编者詹姆斯・冈恩，他出生于 1923 年，这一年正好 16 岁。
3. 双月刊，主要重发梅里特的旧作，辅以新的插画等。存续于 1949 年 12 月至 1950 年 10 月间，其中 1950 年 8 月未发行。
4. 和前一本在结构和内容上有相似之处，常被视为其续集。
5. 现企鹅普特南，美国最早的出版社，始于 19 世纪上半叶，早期以发行硬皮精装本为主。
6. 双日出版社出版的系列丛书，主要是成人犯罪小说和侦探小说。

由利夫莱特[1]发行；然后由埃文[2]书屋发行平装本。这些图书卖出了数百万册。

梅里特在科幻小说史上的重要性不仅在于作品本身的价值，还在于他对其他作家和读者口味的影响。梅里特的作品重刊于根斯巴克的《惊奇故事》，像杰克·威廉森和埃德蒙·穆尔·汉密尔顿（Edmond Moore Hamilton）这样的早期科幻作家最初的创作都在仿照他的奇幻场景、终极威胁和花哨的散体文风。他那些传奇幻想的影响在早期科幻杂志中绵延不绝。

巴勒斯的小说是奇幻背景下的冒险故事，而梅里特的故事最终引向善与恶的殊死搏斗。这些冲突的结果并不仅仅取决于武力、战斗技巧、勇气、荣誉或者才智。主角们转而依赖灵魂之力，来保持坚定，抵抗诱惑或忍受苦难；能获得迎接最终挑战的力量往往是依靠无私的爱。

巴勒斯的英雄们从不承认失败的可能性。"我还活着。"约翰·卡特会这样说。梅里特笔下的男女主人公则不断怀疑自己是否有能力战胜无法逾越的障碍或是超自然的力量，同时他们可能会，并且会不断面对（字面意义上的）比死亡更糟糕的命运。

梅里特将他那些失落的种族设置在地球的偏远角落：洞穴和隐蔽的山谷是他特别爱用的地点，而且通常涉及很远的距离。在隐藏着的地域中有独一无二的奇异生物：能量生物、克拉肯[3]、流着血泪的巨脸、蛇女、恶魔般的黑帮首领……在那些地方，英勇的男男女女被他们难以想象的力量所考验，这些力量往往也极大地超越了他们的能力，将恐怖与奇丽均衡地交织在一起。

1. 美国著名图书出版公司。
2. 1941 年美国新闻集团创立的平装书出版公司。1959 年售予赫斯特集团，1999 年后属于哈珀·柯林斯出版集团。
3. 北欧传说中类似章鱼或者乌贼的巨型海生怪兽。

在描述这些地方和这些力量时，梅里特经常忍不住过度修辞：他喜欢有异国风味的形容词和名词，比如“紫水晶”“月尖般的”“号角样的”“荒诞的交角”“蛋白石色”“冷光”等等；喜欢自相矛盾的混合，比如“迷醉和恐惧混杂”“匪夷所思但又令人不安的对称”等等。但梅里特笔下那些怪异生灵自相矛盾的特征和他的创造力一起让它们生动起来，某种程度上比纯粹的邪恶更加可信，甚至是迷人的。这正是他的作品给人的奇妙感觉中最为奇妙之处。

梅里特花哨的散体文风在他那个时代很受欢迎，如今则不太为人欣赏。不过，他这样是为了在读者心中激发出极度奇幻之感，如果说，他在努力描述那些无法描述的场面时用力过猛了，这种过头举动多半值得原谅，正如巴勒斯笔下过多的巧合一样。

（何锐　译）

月池

［美国］A. 梅里特

1. 思罗克马丁之谜

我将打破长时间的沉默，为大卫·思罗克马丁博士洗刷罪名，帮助他的妻子和他的助手查尔斯·斯坦顿博士摆脱丑闻阴影。从前我没有勇气这样做，但所有那些嫉妒他们科学声誉的人，在读过这些仅托付于我一人的事实之后，就会明白一切。

我要首先概括一下有关思罗克马丁远赴加罗林波纳佩岛探险的实际情况，也就是所谓的思罗克马丁之谜。

你一定记得，思罗克马丁博士打算对南马都尔进行考察研究，那是一组不同寻常的岛屿遗迹，其中一处高等史前文明遗迹，集中在波纳佩的广阔海岸上。与他同行的还有他结婚不到半年的妻子。身为弗拉齐耶-史密斯教授的女儿，她和他一样对这些消失种族的遗迹感兴趣，而且对这些遗迹有着几乎同等程度的了解。这些宏大的遗迹散布在太平洋的一些岛屿上，形成了太平洋沉没大陆理论的基础。

你一定记得吧，思罗克马丁太太伊迪丝比她丈夫年轻得多，至少年轻十五岁。作为思罗克马丁博士的助手而陪伴他们的查尔斯·斯坦顿博士和她差不多大。这三个人外加一个瑞典女人托拉·赫勒范森组成了这次远途探险队，她是伊迪丝·思罗克马丁幼年时的奶妈，完全忠心于她。

思罗克马丁博士计划在遗址中度过一年时间，不仅要研究波纳佩遗址，还有莱莱遗址——这一对古文明中心是人类史上的巨大谜团，其答案之根源古老得不可估量；两者是人类文明的奇葩，早在埃及文明得以萌芽之前就已经盛放；它们的艺术，我们知之甚少；它们的科学与自然奥秘，我们更是一无所知。

他带着全套的工作设备，在波纳佩召集了十来个当地的工人。他们直接前往美塔拉尼姆港口，在南马都尔群岛中的一个叫乌申塔伊的岛上扎营。你记得吧，这些岛屿是完全无人居住的，主岛上的人都避开它们。

三个月后，思罗克马丁博士出现在巴布亚的莫尔斯比港。他乘坐的是一艘由所罗门岛民驾驶，由一个华裔混血船长指挥的纵帆船。他说，他打算去墨尔本，补充科学设备，招募更多白人来帮助他进行挖掘工作。他说，当地人很迷信，所以帮不上什么忙。他很快登上了“南皇后号”，这艘船当天早晨就要起航。三天后的晚上，他从“南皇后号”上消失了。官方报道说，他不是被风浪卷下甲板，就是投海自尽了。

一艘送去波纳佩的救援船在乌申塔伊岛上发现了思罗克马丁的营地，在南塔纳赫发现了一个较小的营地。所有的设备、衣服、用品都完好无损。但却找不到思罗克马丁太太、斯坦顿博士或托拉·赫勒范森的任何踪迹！

人们询问过受雇于考古学家的当地人。他们说这些遗迹是伟大灵魂的住所，这些灵魂在满月时特别强大。月圆之夜，所有的当地人都加倍小心，避开那遗迹。在受雇期内，他们要求从满月的前一天开始休假，一直到月亮亏缺为止，思罗克马丁博士同意了他们的要求。在月圆之夜，他们三次独自离开探险队。第三次回来时，他们发现四个白人消失了，他们“认为阿尼把那些人吃了”，他们特别害怕，就逃跑了。

这就是全部情况。

那个华裔混血船长被找到了，最后他勉强地证实自己从距波纳佩大约五十英里的一艘小船上接到了思罗克马丁博士。这位科学家似乎有点疯了，但他给了船长一大笔钱，让他送自己去莫尔斯比港，并且嘱咐如果有人盘问，就说自己是在波纳佩的港口上船的。

这就是大家已知的关于思罗克马丁远途探险队命运的一切。

你或许会问，为什么我现在要打破沉默；我如何得到了下面要陈述的事实？

对于第一个问题，我的回答是：我最近在一个地理俱乐部，无意间听到两位会员在谈话。他们提到了思罗克马丁的名字，我忍不住在旁偷听。

一个说：“当然，有可能是思罗克马丁把他们全杀了。对一个男人来说，娶一个比他年轻得多的女人，然后把她扔到一个像斯坦顿这样年轻又随和的男人身边去探险，实在是危险之举。毫无疑问，不可避免的事情发生了。思罗克马丁发现了真相，痛下杀手为自己雪耻。接下来就是悔恨与自杀。”

“思罗克马丁看上去似乎不像那种人。”另一个人若有所思地说。

“对，他确实不像。”第一个人表示同意。

“没有别的故事吗？”第二个人接着说，“是思罗克马丁太太和斯坦顿私奔，还带走了托拉这个女人吗？有人告诉我，他们最近在新加坡结婚了。”

“你可以在这两个故事中任选其一。”另一个人回答，“我想，要么是这样，要么是那样。”

哪一个都不是。我了解真相——现在我要回答第二个问题——因为思罗克马丁消失的时候我就在他身边。我知道他告诉我的事实，也知道我亲眼所见的一切。难以置信，颠覆常识，与我们已知的科学事实相反，但我可以证明它。这本书出版以后，我打算乘船到波纳佩去，到南马都尔去，到那座小岛上去，在那座小岛的阴森森的墙下，藏着思罗克马丁寻觅与发现的秘密——这秘密最终也找到了思罗克马丁！

我会留下一份他给我的岛屿地图的复印本。还有他对南塔纳赫巨大庭院的素描，月门的位置，他指出的月池的可能位置，通向月池的通道，以及他对发光球体的位置估计。如果我一去不回，而且今后还有别人信念足够坚定，对科学足够好奇，还具有追寻前人的足够勇气，这些东西将为他们铺平探索的道路。

我现在就直截了当地叙述我的故事。

有六个月的时间，我一直在当特尔卡斯托群岛为我的《南太平洋火山群岛植物群》一书的最后几章收集资料。前一天，我到了莫尔斯比港，确保我的标本妥当安置在“南皇后号”上了。那天早上，我坐在上层甲板上，满怀思乡之情，想着从这儿到墨尔本漫长的路程，还有从墨尔本到纽约那更为漫长的路程。

那天早晨的天色是巴布亚特有的昏黄色，岛屿彰显了她最阴沉诡秘的一面。天空泛出一片郁积压抑的黄褐色。整个岛屿笼罩在阴郁、怪异、难以平和的氛围中，空气中满是危机四伏的味道，潜伏着伺机而出的邪恶力量。这仿佛来自巴布亚岛那不羁的险恶内心——即使在她微笑的时候也带着邪恶。不时地，从原始丛林里吹来一丝气息，充满了陌生的味道，神秘又潜藏杀机。

在这样的清晨，巴布亚岛会向你喃喃低语她那不可追忆的古老和力量。我没有故作妄想，但这种氛围让我神魂不定——我提及它是因为它直接关系到思罗克马丁博士的命运。这种氛围并非巴布亚所独有。我在新几内亚、澳大利亚、所罗门群岛和加罗林群岛都有过这种感觉。但在巴布亚，这种感受似乎最为清晰。她好像在说："我亘古长明。我看见经受成形阵痛的大地；我是万物之初；我目睹各种种族的诞生与消亡，瞧，我的胸中有一些秘密，一旦坦承就会让你们这群悲鸣时代里苍白无力的婴儿全都粉身碎骨。你们不配与我生活在同一世界；然而我现在在此，未来也会长存！你们永远无法了解我，我厌恶你们，尽管我容忍你们！我能容忍——但能容忍多久呢？"

然后我仿佛看到了一只巨大的魔爪，从巴布亚伸向外面的世界，伸展着怪异的爪牙。

所有人都能感受到她的情绪。她的子民将此融入自身，成为血肉的一部分；这种情绪像是来自另一个宇宙的灵魂，偶尔意外地闪烁一下，并且迅速地掩饰自己。

我同巴布亚奋力抗争，每个白人在巴布亚的昏黄早晨里都不得不如此。就在此时，我看见一个高大的身影从码头大步走来。他身后跟着一个卡巴卡巴村的男孩，一步一晃地提着一只崭新的小皮箱。那个高个子有点眼熟。踏上跳板时他抬起头，正好与我对视，他盯了我一会儿，然后挥了挥手。是思罗克马丁博士！

认出他令我十分惊讶，却没那么开心。那是思罗克马丁——但与那个我曾经如此熟悉、与我分别不足一年的人相比，他有了某种令人不安的不同。你知道的，他当时刚满四十岁，身体灵活挺拔，肌肉发达，一副求学者与探索者的模样。他让自己时刻散发出一种热情，一种对知识的敏锐，一种——我该怎么说呢——期待探索的欲望。看到他的脸，就知道他拥有急切求知的头脑。

我一边穷尽脑力琢磨自己对于他这声问候的奇怪感觉，一边急忙跑到下层甲板，发现他和乘务长在一起。我开口时，他转过身来，急切地向我伸出一只手——这时我看到了他身上发生的变化！

我凑近去看，不由自主地感到震惊，当然，他也看到了我的表情。他双眼噙泪，快速转向乘务长，然后急忙向他的舱房走去，留下我站在那里，茫然不知所措。

在楼梯上他稍稍回过头。

“哦，古德温，”他说，“等会儿见。现在，我必须在出发之前写点东西。”

他迅速地走了上去。

“他看上去怪怪的——嗯？”乘务长说，“先生，你们认识？看来好像吓了你一跳啊。”

我答了几句，慢慢地走向我的椅子。我试图分析到底是什么让我如此不安；思罗克马丁发生的深刻改变令我惊骇。现在我想起来了。这个人的灵魂仿佛受到了一种狂喜与恐惧叠加的可怕灼伤；某种精神上的灾难，在其高潮时，从内到外重塑了思罗克马丁的面容，在他的脸上留下了烙印，他的表情交织着狂喜和绝望。仿佛天堂的极乐和地狱的恐怖曾经同时降临到他的身上，占据了他，透过他的眼睛看向人间，离开后又在他身上留下难以抹去的阴影。

我一会儿望望舷窗，一会儿在甲板上踱来踱去，努力想解开谜题；把它从我的脑海里赶走。巴布亚上空始终笼罩着古老邪恶的幽灵，深不可测，难以名状；当“南皇后号”起锚驶进海湾时，它仍在那里。

2. 开启月光之路

我如释重负地看着我们身后的海岸渐渐远去；迎接自由海风

的触摸。我们似乎正在远离某种邪恶的东西；某种东西潜藏在我所描述的海岛咒语中，这个想法从思罗克马丁的脸上悄悄溜进了我的脑海。

我曾希望——希望之中还有一种莫名的畏缩，一种难以言说的恐惧——能在午餐时见到思罗克马丁。他没有下楼，失望之余，我也感到一丝明显的宽慰。整个下午，我都忐忑不安地四处闲逛，而他仍然待在他的小屋里。他也没有在晚餐时露面。

夜幕迅速降临。我觉得有些热，回到躺椅上。“南皇后号”在令人不安的涌浪上翻滚，甲板上除了我再无旁人。

天空的云层泛着微微的光芒，那是云层遮掩下的月光。海面闪着冷冷的磷光。“南皇后号”的前方和两侧不时地飘来奇怪的小雾漩，旋转了一会儿便不见了踪影，就像是海怪在冒出南大洋喘气。我点燃一支烟，又一次试图忘记思罗克马丁的脸。

突然，甲板上的门打开了，思罗克马丁本人从门里走了出来。他犹豫了一下，抬起头，用一种好奇、热切且专注的目光望着天空，稍稍迟疑，随手关上了门。

“思罗克马丁，”我喊道，“过来坐，我是古德温。”

他立刻向我走来，坐在我旁边，长舒一口气，我注意到这一点，觉得很奇怪。他的手碰到了我的手，紧抓着我的手，抓得我很痛。他的手像冰一样冷。我吸了一口烟，靠烟的红光仔细地打量着他。他注视着一个巨大的雾漩在船前经过。背后的磷光照亮了它，雾漩呈现出一阵阵乳白色。我从他的眼睛里看到了恐惧。雾漩消失了；他松了口气，手也放松了，身子一沉，向后倒去。

“思罗克马丁，”我立刻开口，一秒也没迟疑，“怎么了？需要帮忙吗？”

他没回答。

“你妻子还好吗？我听说你去加罗林一年了，你来这儿干什么？”我继续说。

我感到他的身体又紧张起来。他沉默了片刻，然后说：“我要去墨尔本，古德温。”他说：“我需要一些东西——急需。还有更多的人——白人。”

他的声音低沉，听上去心事重重。与我对话像是没有过脑，很是敷衍，带着些不耐烦；他专注地凝视着，竭力捕捉那可怕东西逼近的第一个迹象。

“那么你有什么进展吗？”我问。这是一个白痴问题，说出来只是为了引起他的注意。

“进展？”他重复着，“进展——”

他突然愣住；他从椅子上站起来，凝视着北方。我顺着他的目光望去。

远方，月亮已经从云层中钻了出来。几乎远在海天交界之处，月光洒落在平静的海面上，海水闪着微微的银光。远处的那块亮光随着海波荡漾；云又浓了，月亮再次被遮住了脸，那块亮光也不见了。轮船朝着南方快速行驶着。

思罗克马丁一屁股坐在椅子上。他哆哆嗦嗦地点燃了一支香烟。火光一闪，映在他的脸上，我惊恐万分地注意到那陌生的脸色愈发深重，变得更为奇怪，仿佛表面被轻酸腐蚀过，线条微微加深了。

“今晚是满月，不是吗？”他问道，显然故意装出一副漫不经心的样子。

“第一个月圆之夜。”我回答。他又沉默了。我也沉默地坐着，等着他打定主意说话。他转向我，好像突然下定了决心。

“古德温，”他说，“我确实需要帮助。如果有人需要帮助，那就是我。古德温——你能想象自己置身于另一个陌生的、不熟悉的、恐怖的世界吗？只有你一个人在那里；一个局外人！这样的人是需要帮助的，所以我需要——”

他突然停住，僵硬地站起来；手里的烟掉在了地上。月亮再次冲破了云层，这次月亮离我们更近了。月亮投射在水面上，那块亮光离我们只有不到一英里的距离。亮光后是一条月光铺成的小路，延绵至海的边缘，就像一条荧光闪闪的巨蟒，越过另一个世界的边界，径直朝着这艘船来了。

思罗克马丁凝视着它，似乎化作了石像。他直直地看着它，就像猎人盯着一群隐藏的野鸟。他的样子令我毛骨悚然——但恐惧中夹杂着一种陌生邪恶的喜悦。这种感觉转瞬即逝——留下一种既苦涩又甜蜜的震撼，我不寒而栗。

他身体前倾，全神贯注地盯着那个方向。月光之路越来越近，越来越近，离我们不到半英里的距离了。看上去就像是它在追，船在逃。它的下方，一股激流，闪着光芒，劈开海浪，直逼月光之路。然后——

“我的上帝！”思罗克马丁喘着气说，如果古往今来当真曾经有过祷告祈求的言语，那一定是这几个字。

然后，我第一次看到——它！

正如我说过的，月光之路一直延伸到地平线，四周一片黑暗。仿佛天上的云如幔子拉起，露出一条小路，又如红海的波涛分开让出路来，让成群结队的以色列人通过。天空中厚厚的云层在笔直的月光之路两边投下暗影。月光如水，沿着浑浊的壁垒之间那条笔直的道路，奔流而过，闪烁跳跃。

远远的，似乎远得无法估量，沿着这条银光闪闪的小路，我感觉到——而并非看到——有什么东西来了。它进入了视线，就像月色中一个发光的亮点。它向我们飞驰而来——我看到了一团乳白色的光晕，像是有翅膀的动物在急速飞翔。依稀在我的脑海里浮现出佛陀翼使者的传说——阿克拉鸟，它的羽毛由月光编织，它的心是跳动的蛋白石，它飞翔的翅膀回响着白星的清澈剔透之音——但它的喙是冻结的火焰，能撕碎异教徒的灵魂。它仍在加速前进，这时，悦耳而持续的叮当声来到了我的耳边——就像在玻璃小提琴上拨奏，水晶般纯净清澈的玻璃化为声音。我又一次想起了阿克拉鸟的神话。

但现在它们已经逼近月光之路的尽头；靠近黑暗的屏障，仍然在船和闪耀的月光之路之间。现在它撞在屏障上，就像一只小鸟撞在笼子的栏杆上一样。我知道这不是由海洋和空气产生的雾。它的羽毛绚烂，旋转飞舞，形成有生命的雾漩，内里闪烁着奇怪而陌生的光芒，就像不断变换色泽的珍珠母。沐浴在月光之中，空中各种光芒和发光的小微粒都被它吸引，穿梭而过。

它被波光粼粼的浪花卷得越来越近，我们之间的那道保护屏障也越来越弱。水晶般的声音更响，节奏像是来自另一个星球的音乐。

现在我看见这朦胧的光晕里有一个内核，一个有着更强光芒的内核——纹理清晰，色泽乳白，光辉灿烂，充满活力。在它上面，有七束渐强的光点，缠绕在跳动旋转的羽毛和雾漩之中。

在那——东西——持续而又奇怪地有序移动的过程中，这些光点始终保持稳定。它们就像七个小月亮。一个是珍珠粉色，一个是精致的珠光蓝色，一个是淡淡的橙黄色，一个是能在热带岛屿的浅水里看到的翡翠色，一个是惨白色，一个是幽灵般的紫水晶色，还有一个是只有飞鱼跃过月光时才能看到的银色。这七个颜色各异的小光点就在那不知是什么东西的乳白色薄雾中闪耀着，保持着平衡，又满是期待，等待着被光浪吸引到我们这里来。

叮当声更响了，如一簇小矛刺穿耳朵；这使得心脏欢腾地跳动着——又变得悲伤。它以一种狂喜的悸动扼住你的喉咙，又用无限悲哀的手紧紧抓住你！

这时，我听到一声低吟般的叫声，平息了那清澈的音符，它很真切——但仿佛来自完全不属于这个世界的东西。耳朵听见了喊叫声，有意识地把它翻译成地球的声音。就在被它包围的时候，大脑不由自主地逃避它，同时似乎又怀着不可抗拒的渴望向它靠近。

“阿-噢-噜-哈！阿-噢-噜-哈！”这叫声似乎在颤动。

思罗克马丁的手放松了。他僵硬地走到甲板前面，径直走向那个幻影，它现在离船头只有几码远了。我跑过去抓住他——然后向后倒去。现在他的脸已经完全失去了人形。极度的痛苦和极度的喜悦——在他的脸上并存，互不抵触；邪恶的、非人的同伴们融合成一种上帝的造物都不应有的表情——像他的灵魂一般深邃！魔鬼与神和谐并存！当日的撒旦，从天堂堕落，眷着天堂，又恋着地狱，应该就是这副模样。

然后——月光之路很快就消失了！好像有一只大手一挥，云层又遮掩了整个天空。一阵狂风自南方刮来。月亮不见了，我所看到的一切也随之消失了——就像魔灯上的图案，灯灭则无踪；叮当声突然停止了——只留下一片寂静，如同一声突如其来的惊雷过后那般寂静。我们周围什么也没有，只有寂静和黑暗！

我浑身一阵战栗，刚才险些坠入深渊。路易塞人说，那里潜伏着钓取人类灵魂的魔鬼。我不过是侥幸被拉了回来。

思罗克马丁用一只胳膊搂住我。

“跟我想的一样，”他说，语气变得平静笃定，一扫等待时的未知恐惧。“现在我清楚了！跟我到我的舱房去吧，老朋友。现在你也看到了，我可以告诉你。”——他犹豫了一下——“告诉你看到的是什么。”他最后说。

我们穿过那扇门，迎面碰上了船上的大副。思罗克马丁很快转过身来，但还不足以避开他惊讶的注视。他怀疑地看向我。

思罗克马丁竭力让自己的脸维持表面上的正常。

“我们会碰到大风暴吗？”他问道。

“是的。”大副说，然后，这个水手克制住了他的好奇心，粗声粗气地说，“前往墨尔本的一路上可能都会有。”

思罗克马丁直起身子，仿佛有了新的想法。他急切地抓住大副的衣袖。

“你是说接下来的三个晚上——”他犹豫了一下，“天气最好也不过是多云？”

“不止三个晚上吧。”大副回答说。

“感谢上帝！”思罗克马丁叫道。我想我从来没有听过他的声音里流露出这样的宽慰和希望。

大副惊愕地站在那里。“感谢上帝？”他重复道，“你的意思是感谢什么？”

但思罗克马丁正朝他的舱房走去，我跟了上去。大副拦住了我。

“你的朋友，”大副说，“他病了吗？”

“晕船！”我急忙回答，“他还不习惯。我正要去照顾他。”

我从大副的眼睛里看到了怀疑和不信任，但我赶紧往前走。因为我知道现在思罗克马丁确实病了——但这种病无论是船上的医生还是任何人都治不好。

3. 死了！都死了！

我进去时，思罗克马丁正坐在他铺位的一边。他已经脱掉了外套，弯下身子，双手掩面。

“把门锁上。”他平静地说，头也没有抬起来，“关上舷窗，拉上窗帘——你口袋里有手电吗——结实的好手电？”

他瞥了一眼我递给他的口袋里的小手电，按了一下。“恐怕不够大，”他说，“毕竟，”他犹豫了一下，“这只是一种推断。”

“什么只是一种推断？”我惊讶地问。

他苦笑着说：“它能作为一种武器来对付你所看到的一切。”

“思罗克马丁，”我哭着说，“那是什么？我真的在月光之路上看到了那个东西吗？我真的听到了——”

“比如这个。”他打断了我的话。

他轻轻地低语：“阿-噢-噜-哈！”随着低语声，我仿佛又听到了那剔透的神秘音乐；它的回声，微弱的、邪恶的、嘲弄的、欢快的。

“思罗克马丁，”我说，“这是什么？你在逃避什么，伙计？你的妻子呢——还有斯坦顿呢？”

“死了！”他冷冷地回答，“死了！都死了！”我吓得直往后缩——“全死了。伊迪丝，斯坦顿，托拉——都死了——或者更惨。伊迪丝在月池里——和他们一起——被你在月光之路上看到的东西吸走了——它需要我——它给我打上了烙印——它在追踪我。”

他猛地扯开了衬衫。

“看看这个。”他说。我看见在他胸前离心脏一英寸的地方，有一道皮肤像珍珠一样白。在健康肤色的衬托下，白色显得格外明显。他转过身，我才发现他的后背上也有同样的印记，这带状的印记环绕他的胸膛，边缘整齐，宽约两英寸。

“用火烧！”他说着，把烟递给我，我没敢接。他蛮横地指了指，我把点燃的烟头压在那道白色皮肤上。他没有退缩，也没有烧焦的气味，我把烟头拿开时，白色皮肤上也没留下任何痕迹。

“摸它！”他又命令道。我用手指碰了碰那道白色皮肤，感觉很凉，就像冰冻的大理石。

他递给我一把小折刀。

“刺它！”他命令道。这一次，我的科学兴趣完全被激发起来了，我毫不犹豫地这样做了。刀刃刺进肉里，我等着他流血，但是没有。我拔出刀子，又刺了进去，足足有四分之一英寸深。我仿佛一直在刺纸，没有任何现象表明我所刺穿的是人的皮肤和肌肉。

一个念头闪过，我害怕地后退几步。

“思罗克马丁，”我低声说，“不是麻风病吧！”

“没那么简单，”他说，“再看一遍，找到你刺的地方。”

我按他的吩咐看了看，白色的皮肤上没有任何痕迹。我刺进的地方没有任何痕迹。虽然皮肤裂开让刀刃得以进入，但又愈合了。

思罗克马丁站起身来，穿好衬衫。

“你已经看到了两样东西，”他说，“兹弗——以及它在我身上留下的烙印——我想，它就是靠这个追踪我。看，你一定要相信我。古德温，我再告诉你一遍，我的妻子死了，或者比那更惨——我不知道；也许成了你所看见的那个东西的猎物；斯坦顿也是，托拉也如此。怎么会这样——”他停了一会儿，然后继续说：

“我要去墨尔本，找东西除掉它的洞穴和神龛，找炸药来摧毁它和它的巢穴——如果世上有什么东西能摧毁它的话；我还要找到有勇气使用这些东西的白人。也许——也许在你听了之后，你也会成为我们中的一员？”他有点渴望地看着我。“现在——请不要打断我，我求求你，等我说完——因为——”他苦笑着说，“大副可能弄错了。如果是的话，”——他站起来，在房间里踱了两步——“如果是的话，我可能没有时间告诉你这些。”

“思罗克马丁，”我回答道，“我不是头脑闭塞的人。告诉我吧——如果我能帮上忙的话。”

他握住我的手，紧紧地握住。

“古德温，”他开始说，“如果你觉得我把我妻子的死看得很轻——或者不如说——”他的脸扭曲了，“或者不如说——如果我好像把这当作对我并不重要的事情而忽略了，相信我，绝对不是这样。如果时间够长——就像大副说的那样——如果一直到月亮开始消失都是阴天——我敢说我可以挺过去。但如果不是这样——如果月池的‘居主’抓到了我——那么你或其他人一定要为我的妻子、我和斯坦顿报仇。但我不相信神会让这样的事发生！但是他为什么要让魔鬼带走我的伊迪丝呢？为什么神会允许它存在？古德温，你认为还有什么东西比上帝更强大吗？”

他激动地转向我。我犹豫了一下。

“我不知道你是怎样定义上帝的，”我说，“如果你说的是求知的意志，通过科学——”

他不耐烦地挥手让我靠边。

“科学，”他说，“我们的科学对抗的是什么？——是那个东西吗？还是创造了那个东西或者将它放进我们这个世界的随便哪个被诅咒的消失种族的科学？”

他努力控制住了自己。

“古德温，”他说，“你知道加罗林岛遗址、巨石城、墨哥利斯城市群，以及波纳佩和莱莱、库塞、鲁克和欧古鲁的港口，以及那里的其他几十个小岛吗？特别是，你知道南马都尔和美塔拉尼姆吗？”

“我听过美塔拉尼姆，也看过照片，”我说，“他们不是把它称作‘太平洋失落的威尼斯’吗？”

“看这张地图。”思罗克马丁说。他把地图递给我。“那张，”他继续说，“是克里斯蒂安绘制的美塔拉尼姆港和南马都尔的地图。你看见标着南塔纳赫的几个长方形了吗？”

“看到了。”我说。

“在那儿，”他说道，“在那些墙的下面就是月池和七盏发光的亮点，可以召唤池里的‘居主’，那儿还有‘居主’的祭坛和神龛。伊迪丝、斯坦顿还有托拉也在月池里。”

“月池里的‘居主’？”我半信半疑地重复道。

“就是你看到的那个东西。”思罗克马丁说道，表情严肃。

一场大雨席卷了港口，“南皇后号”开始在不断上涨的巨浪中颠簸。思罗克马丁长长地呼出一口气，轻松不少。他拉开窗帘，凝视着外面的黑夜，黑暗似乎使他安心。不管怎样，当他再次坐下来的时候，他是平静的。

“世界上再没有比波纳佩东岸的美塔拉尼姆威尼斯岛更奇妙的遗迹了，”他几乎是若无其事地说，“包括大约五十座小岛，覆盖着交叉的运河和潟湖，面积差不多有十二平方英里。谁建造的？无人知晓！什么时候建造的？所能确定的是远远早于现在人类的历史。也许是一万年前，两万年前，或许是十万年前，最有可能的答案就是十万年前。

“所有的这些小岛的海岸，古德温，都被围了起来，四周都是由古代人类凿出的巨大玄武岩块垒成的海堤。每一个内湖都面对着一个由玄武岩块组成的大堤，高出蜿蜒在它们之间的浅浅的运河六英尺。在这些玄武岩墙后面的小岛上有饱经风霜的巨型堡垒、宫殿、梯田、金字塔；巨大的庭院，到处都是残垣断壁——它们都是那么古老，看着它们，眼睛都会干涩。

“已经有了很大的沉降。你可以站在距美塔拉尼姆港三英里远的地方，从水下二十英尺的地方俯瞰相似的巨石建筑和高墙顶部。

“运河连接着无数小岛，保护小岛的巨大石墙在茂密的红树林中若隐若现，显得神秘——已经没用了，被遗弃了无数年。现在住在附近的人都不愿接近那里。

“你是植物学家，肯定知道有证据表明太平洋上曾经存在一块巨大的陆地——传说中大西洋的亚特兰蒂斯是因火山爆发而毁灭的，但是那块陆地并非如此。我在爪哇、巴布亚岛和拉德罗内斯群岛的考察工作，使我对这片太平洋上消失的陆地产生了浓厚的兴趣。正如亚速尔群岛被认为是亚特兰蒂斯最后的高峰，许多证据让我逐渐觉得，曾经有一个种族生活在那片大陆上，太平洋逐渐上涨的水位吞噬了他们的家园，而玄武岩大堤环绕的波纳佩和莱莱，是那片缓慢下沉的西部大陆最后还能享受到阳光的地方，是那个种族的统治者最后的避难所和圣地。

“我相信，在这些废墟下面，我可以找到我想要的证据。我一次又一次地听说关于南马都尔地下网的传说，关于通往主岛的通道；玄武岩走廊沿着浅浅的运河线延伸，在运河下面延伸至一个个小岛，以神秘的链条将它们连接起来。

“在结婚之前，我就和我的——我的妻子讨论过，要完成这项伟大的工作。蜜月一过，我们就准备出发探险，这将成为我人生的里程碑。斯坦顿也是踌躇满志。你也知道，我们五月就出发了，想要实现自己的梦想。

“我们在波纳佩挑选工人来帮我们挖掘遗址，过程很不容易。我给了很丰厚的待遇才雇到了人。这些波纳佩人并没有明确的信仰，对他们而言，沼泽里有邪恶的精灵，森林里也有，高山上也有，海岸线上也有，他们称之为‘阿尼’。他们非常害怕岛上的遗址，认为里面藏有可怕的东西。现在想来，这并不奇怪！因为他们的恐惧代代相传，从他们口中的‘先民’而来，他们说，那些‘先民’会把强大的精灵当作自己的奴隶和使者。

“只要告诉他们我们要去哪儿，要待多久，他们就犹豫起来。利诱之下，也有人愿意跟随，可是他们提出了条件，在月圆的那三天，我们必须放他们走，当时我觉得，这不过是迷信而已。我要是听从他们的话，一起离开就好了！”

他顿了顿，脸上的纹路又加深了。

“我们来到，”他继续说，“并进入了美塔拉尼姆港。在我们左边一英里外，有一个巨大庭院。四周的围墙有四十英尺高，每一边都有几百英尺。我们从它旁边经过时，跟随我们的当地人静默不语；不敢直视，十分害怕。我知道这处废墟被称作南塔纳赫，意思是‘皱眉头的墙’。雇佣的工人们一声不吭，我突然想到克里斯蒂安对这个地方的叙述。他讲了自己是如何来到这‘远古的平台和石筑的四方围墙；神奇的迂回小巷和迷宫般的浅水运河；翠绿的屏障后，隐约可见的阴森石雕’，还有巨大的路障。而现在，当我们走进这鬼魅般的阴影时，刚才还欢声笑语的向导立马压低了嗓门，谈话也变成了耳语。因为我们已经到了南塔纳赫，那里有高大的城墙，是美塔拉尼姆遗址中最引人注目的地方。”他站起身，来到我面前。

“南塔纳赫，古德温，”他严肃地说，“这是一个没有欢乐，寂静无声的地方，南塔纳赫藏着月池——就藏在月亮石后面，但那些恶灵——即使是那块石头也镇压不住。”他举起握紧的双手。“哦，上帝，”他轻声说，“请允许我将它从地上驱离！”

他沉默了一会儿。

“当然，我想在那儿扎营，”他又轻声说，“但是很快就打消了这个念头。当地人非常恐慌，威胁说要回去。‘不，’他们说，‘那儿有大阿尼，别的地方都行——就是那儿不行。’虽然那时我已经感觉到南塔纳赫这个地方藏着秘密，但我觉得有必要让步，这些工人对这次探险的成功至关重要。我告诉自己，过不了多久，我就能说服他们，没有什么地方可以骚扰他们，我们就把帐篷搬到那里去。我们最终选择了一个叫乌申塔伊的小岛作为我们的基地——你看这里——”他指了指地图，“它离我们想去的岛很近，但是也不至于让那些当地人害怕。岛上有个地方非常适合搭建营地，还有个淡水泉眼。而且，在攻克更大的遗址之前，我们还能在这个绝佳场地中进行初步工作。我们搭好帐篷，没过几天，工作就全面展开了。”

4. 月亮石

“我现在不打算告诉你之后两周的结果，”思罗克马丁继续说，“也不打算告诉你我们的发现。以后如果条件允许的话，我会把这一切和盘托出。这足以说明，在这两个星期结束时，我的许多理论都得到了证实，那时我们正着手解决一个关于人类诞生初期的谜团——我们是这样想的。你知道这些就够了，我必须抓紧时间，把我们眼前那件无法解释的事情弄清楚。

“这个地方，尽管如此衰败荒芜，却没有使我们染上任何病态心理——伊迪丝、斯坦顿和我自己都如此。我的妻子很快乐——她从来没有这么快乐过。斯坦顿和她虽说像我一样专注于工作，不过两人毕竟是同龄人。坦率地说，他们拥有那种只有青年才能给予青年的友谊。我很高兴——但从不嫉妒。

“但是托拉很不自在。她是瑞典人，你也知道，他们血液里就流淌着北欧人的信仰和迷信——很奇怪，她的一些看法倒和生长在这片南方之地的人很相似。他们相信山脉、森林、水中有精灵，相信狼人、邪恶生物的存在。一开始，她就表现出一种奇特的敏感，她说那里有幽灵和巫师的‘气味’，我想可以称之为当地的‘潜藏力量’。

“那时候，我曾嘲笑过她——但现在我相信，我们所说的这种人类原始的敏感，也许只是对未知的一种更清晰的感知，而我们这些否认未知的人，已经失去了这种感知。

“托拉受到这些恐惧的折磨，于是总是像影子一样跟随着我的妻子；她总是随身带着一把锋利的小斧头，尽管我们嘲笑她用这种武器砍幽灵徒劳无益，但她不肯放弃。

“两周的时间很快就过去了，最后一天那些当地人派了个代表找到我们。他说第二天晚上就是月圆之夜了，要求我们兑现诺言，让他们在第二天早上回到自己的村庄；第三天晚上他们就会回来，因为那时候，阿尼的力量随着月亏而开始减弱。他们给我们留下了各式各样的护身符来‘保护’我们，并郑重地警告我们在他们不在的时候尽量远离南塔纳赫——尽管他们的领头人礼貌地告知了我们这些，但毫无疑问，我们根本不怕幽灵。看着他们离去的背影，我觉得又好气，又好笑。

“当然，没有他们，什么工作也做不成，所以我们决定趁他们不在的这几天，到南边的这些岛屿逛一逛，在月光下，这些废墟显现出不可言喻的怪异和美丽。第三天早上，我们沿着海堤的东面出发，打算在乌申塔伊的营地准备好一切，等待那些工人按时返回。

“我们在黄昏前到达，疲惫不堪，只想赶快睡觉。刚过十点钟，伊迪丝就叫醒了我。

“‘听！’她说，‘俯下身，把耳朵贴近地面！’我照做了，似乎听到了下面远远地传来一阵微弱的吟唱声，是从非常遥远的地方传来的。这声音蓄足了力量，弱下去，停止了；开始了，声音越来越大，又渐渐归于寂静。

“‘是海浪在拍打某处的岩石吧，’我说道，‘也许我们正处在传递声音的岩石层上面。’

“‘这是我第一次听到这个声音。’我妻子并不相信我的话。于是我们又听了听。在地下很深的地方，伴随着这微弱的节拍声，传来另一种叮当声。它从南塔纳赫飘荡过潟湖，来到我们身边。是音乐——某种音乐。我不想描述它对我产生的奇怪影响。你已经感受——”

“你是说在甲板上听到的？”我问道。思罗克马丁点了点头。

“我走到帐篷口向外张望，”他继续说道，“这时我看见斯坦顿拉开帐篷，走到月光下，一边遥望那个小岛，一边聆听。我喊了他一声。

“‘这声音真是太古怪了！’他说道。又听了一下。‘如水晶一般！就像是清澈的玻璃发出的音符。就像丹达拉神庙里伊西斯女神手里叉铃发出的清脆声音。’他如痴如醉地补充道。我们目不转睛地注视着那个小岛。突然，我们看到巨大的海堤之上有一组亮光，在缓慢有节奏地移动。斯坦顿笑了。

“‘那群乞丐！’他喊道，‘难怪他们非要走。看见没？大卫，这是个庆祝活动——他们在月圆时举行的某种仪式！难怪他们那么想让我们离远点。’

“奇怪的是，我有一种解脱的感觉，尽管我之前没有感到任何压抑。这个解释似乎不错。它解释了那叮当作响的音乐，还有那些在废墟中唱圣歌的人——他们的声音传遍了我所知的南塔纳赫的所有角落。

“‘我们溜过去吧。’斯坦顿建议——但是我不想。

“‘他们是一群难缠的人，’我说，‘如果我们闯进他们的宗教仪式，他们可能永远不会原谅我们。我们不要参加任何没有邀请我们的家族集会。’

“‘也对。’斯坦顿表示同意。

“那奇怪的叮当作响的音乐，如果可以称之为音乐的话，一会儿大，一会儿小，一会儿大，然后就消失了——一会儿充满悲伤，一会儿溢满欢乐。

“‘这里面有某种——某种非常令人不安的东西，’伊迪丝最后严肃地说道，‘我想知道它们是用什么发出那些声音的。这声音把我吓得半死，同时又让我觉得某种巨大的狂喜就要来了。’

“我也注意到了这种声音，但我没说什么。与此同时，我清楚地感知到，之前的吟唱似乎人数众多，比我们预想的在此地举行仪式的人数还要多数千人。当然，我想，这可能是由于玄武岩的某种声学特性，是这巨大的岩石使声音变形；但还是——

“‘的确诡异离奇！’斯坦顿插嘴说了一句。

“他正说着，托拉掀开帐篷走了出来，这个老年瑞典女人大步走到月光下。她是大个头的北欧人——身材高大，胸膛宽厚，老维京血统的典型模样。她已经六十多岁了，看起来像奥丁神的某个远古女祭司。”他犹豫了。“她知道的，”他慢慢地说，“她能看到一些超出我的科学范畴以外的东西。她警告过我——她警告过我！我们对这些毫不理会，真是愚蠢又疯狂！”他用手擦了擦眼睛。

“她站在那儿，”他接着说，“两眼圆瞪，熠熠发光。她朝着南塔纳赫的方向探着头，打量着移动的亮点；她在聆听。突然，她举起双臂对着月亮做了个奇怪的动作。一个——古老——的动作。仿佛要把月亮从远古拉回来——这动作似乎暗含奇怪的力量。她把这个动作重复了两次——叮当声消失了！她转向我们。

“‘快走！’她说道，她的声音仿佛来自遥远的地方。‘离开这儿——赶快离开！趁着还来得及！它已经发出了呼唤——’她手指着那个岛屿。‘它们知道你们在这儿。它们在等待！’她瞪大眼睛，

‘就在那儿，’她恸哭起来，‘它在召唤——召唤——’

“她倒在伊迪丝的脚下，当她倒下的时候，潟湖那边又传来了叮当声，这次的节奏更为欢快——像是欢庆胜利一样。

“斯坦顿和我跑向托拉，把她扶起来。她的头不断转动，她的脸和紧闭的眼睛扭曲着，仿佛完全沉浸在月光中。我心里感到一种莫名的恐惧在悸动——因为她的脸又变了，显现出一种混杂着激动和恐怖的神情——异样、可怕、奇怪、令人厌恶。就像是，”——他把脸凑到我的眼前——“你在我的眼睛里看到的这样！”

我盯着他，仿佛被吸引住，心脏猛跳。然后，他又躺进铺位的那一半阴影里。

“我设法不让伊迪丝看见她的脸，”他继续说下去，“我以为她得了某种神经痉挛。我们把她抬进了她的帐篷。一旦那邪恶的面具从她身上脱落，她又变成了那个善良简单的老妇人。我整夜都守在她身边。南塔纳赫那边传来的声音直到月亮落下一个小时前才停止。早上托拉醒了过来，状态看起来没有变得更糟。她说自己做了好多噩梦，却又记不清梦到了什么，只记得梦里被警告有危险。她出奇地阴沉着脸，我注意到，整个上午她的目光半是着迷，半是惊奇，一次又一次地凝望旁边的那个岛屿。

“那天下午，当地人回来了。看见我们安然无恙，他们显然松了一口气，兴高采烈，这就证实了斯坦顿对他们的怀疑。他狡黠地对他们的领头人说：‘从你们前天晚上在南塔纳赫发出的声音来看，你们一定玩得很开心。’

“他们在听到这句话时非常恐惧，我想，我从来没有见过波纳佩人吓成那个样子！斯坦顿自己显然也吓了一跳，试图把这当作玩笑而不去理会。他失败了！那些人似乎吓坏了，有一段时间我以为他们要抛弃我们了，但他们并没有。他们在岛的西边扎营，远离南塔纳赫的视线。我注意到，他们生起了一大堆篝火。那天晚上，每当我醒来，总能听到他们低沉、微弱的歌声——我昏昏沉沉地想，那是一首他们用来抵御邪恶阿尼的‘魔咒曲’吧。我没听到其他声音，‘皱眉头的墙’一片沉寂——没有亮光。第二天早上，这些人都很安静，有些沮丧，但随着时间的流逝，他们恢复了精神，很快，营地的生活又恢复了以前的样子。

“古德温，你应该能够理解，我刚才讲述的那些事情多么能激发科学探究的好奇心。当然了，我们当时就拒绝接受任何超自然的解释。为什么要接受呢？除了那令人感到奇怪不安的叮当声和托拉的行为之外，没有什么可以证明这种幻想的理论是正确的——即使我们曾心怀善意地包容着一切。

“我们的结论是，在波纳佩和南塔纳赫之间一定有一条地道——在举行仪式时使用，当地人都知道。仪式可能是在废墟下的巨大墓穴或洞穴中举行的。

“我们最终决定，下次工人离开时，我们立即动身前往南塔纳赫。我们白天调查，晚上我的妻子和托拉回到营地，留下斯坦顿和我在岛上过夜，寻找一个安全的藏身之处，观察到底会发生什么。

“日复一日，挂在西天边的月亮亏而复圆，慢慢地，月圆之夜又要来临。当地人离开的时候，他们简直是在恳求我们一道离开。他们这样坚持，我们更想探个究竟了，他们肯定是有什么东西想瞒着我们。至少我和斯坦顿是这么想的。伊迪丝却不太愿意，她忧心忡忡，心不在焉。另一方面，托拉表现出不寻常的不安，几乎是一种离开的渴望。古德温，”——他停顿了一下——“古德温，我现在知道托拉的不同之处了——女人有我们男人所没有的感知——预感、直觉。我真希望我当时就知道这一点——伊迪丝！”他突然叫道，“伊迪丝，回来啊！原谅我！”

我把酒瓶递给他，他喝了几口，很快就控制住了自己。

他继续说："当地人划着船，转过港口，消失在视野中，我们立即准备好船只，直奔南塔纳赫。很快，巨大的海堤就矗立在我们面前；经过巨大的玄武石菱形柱，穿过海门，在一个半浸在水里的码头旁边上了岸。高高的台阶在我们面前延伸开来，通向一个巨大的庭院，院子里散布着倒下的柱子的碎片。在院子中央，破碎的柱子后面，矗立着另一个玄武岩石块垒成的平台，我知道，平台后面就是围场。

"现在，古德温，你得仔细听我对这个地方的描述，才能明白我要讲的东西，也便于你找到路线，我也许——没办法——陪你去那里：南塔纳赫实际上由三个矩形组成。第一个矩形是海堤，由巨石建成，巨大的台阶从海门的平台通向庭院的入口。

"庭院四周是玄武岩砌成的围墙。

"在这个庭院里，还有第二个围场。和外墙一样，也是由玄武岩建成，大约有二十英尺高。在时间的侵袭下，外墙的石头上开了很多道裂缝，从裂缝穿过去，就是内庭，南塔纳赫的心脏所在！那儿有处宏伟的拱形建筑，它的名字可追溯至迷雾般的过去，和这个建筑紧密联系在一起。当地人说这儿是齐阿特鲁尔的宝藏。齐阿特鲁尔是位伟大的国王，在位时期远远在'他们的先辈之前'。'齐阿'在古波纳佩语当中既是太阳又是国王的意思，所以这个名字的意思，毫无疑问就是'太阳王之地'。

"太阳王之地的对面就是隐藏月池的月亮石。

"斯坦顿发现了月亮石。在这之前，我们一直在内庭考察；伊迪丝和托拉在准备午饭。我忘了说，我们之前走遍了整个小岛，没有发现任何生物的踪迹。我从齐阿特鲁尔的拱形建筑走出来，正好看见斯坦顿神情疑惑地端详面前的一处平台。

“‘你觉得这是什么材质？’看到我走了过来，他问道。他指了指那堵墙。我顺着他手指的方向，看到一块十五英尺高，十英尺宽的石板。我最开始注意到的是它的边缘和周围的石块巧妙地连接在一起。接下来我发觉它的颜色有微妙的不同——略带灰色，表面光滑，散发着死亡的气息。

“‘看起来更像方解石，不像是玄武岩。’我说。我摸了摸它，很快把手缩回来，因为一触到它，我手臂上的每一根神经都感到刺痛，仿佛有一股冰冻的电流穿过。很冷，但不是我们所知道的那种冷。这是一股寒彻入骨的力量——我刚才用过的那个词——冰冻的电流，这个词形容它最好。斯坦顿奇怪地看着我。

“‘你也感觉到了，’他说，‘我刚才还在想我是否像托拉一样出现了幻觉。注意到没，它旁边的石块在阳光下很暖和。’

“我又摸了摸那块灰色的石头，仔细感受。同样的微弱酥麻感传遍了我的手——一股刺骨的寒意，仿佛潜藏着一种力量。我们更仔细地检查了那块石板。它的边缘打磨得很精细，仿佛出自珠宝师之手。它嵌入四周的石块中，边缘处非常贴合，几乎不留任何细缝。我们看到，它底部微微有点弧度，顶部和两边紧紧地嵌入支撑它的石墙。然后我们注意到这些石头已经被掏空，以方便灰色石头嵌入。在石板底部周边的石块上，有一个半圆的凹坑，宽度和石板一致。整个石板仿佛站在一个浅浅的杯子里，一部分埋在下面，一部分暴露在外。这个凹坑里有东西吸引了我。我走上前去，摸了一下。古德温，这面墙上的石头和庭院里的石头一样，都很粗糙，有风化的痕迹，但是这块不一样——它很光滑，就像刚从工匠手中打磨出来的一样。

“‘这是一扇门！’斯坦顿惊呼道，‘它在半圆的凹坑里旋转，所以这个凹坑才这样光滑！’

“‘也许你说得对，’我回答道，‘但是我们他妈的怎么才能打开这扇门呢？’

“我们又把石板检查了一遍——按压它的边缘，戳戳它的侧面。正忙活着，我碰巧抬头一看——叫出声来。头顶一英尺的地方，石板的两个楣角处，都微微凸起，只有从我这个角度才能看到。玄武岩上的凸起部分是圆形的，直径十八英寸，我们后来才知道，中间只比平台正面高出两英寸。除非你靠在月亮石上直视它们——古德温，这块石板就是月亮石——否则就看不见它们。而且没有人敢站在那儿！

“我们带了一个小梯子，我爬了上去。这些凸起看起来不过是在石板上凿出的弧线条而已。我把手放在我正看着的一个凸起上面，又赶紧抽了回来，差点从梯子上摔下来。手掌大拇指下面那块地方感受到一击，就和我在下面触摸石板时的感觉一样。我把手又放了上去。那块凸起不过一英寸宽。我仔细地抚摸了这块凸起，又有六次冰冷的电击感觉穿过我的胳膊。古德温，在那弯曲的地方有七个一英寸宽的圆圈，每一个都传递着我刚才所描述的那种确切的感觉。但是，无论单独或几个一起触摸或按压这些凸起，都不能让石板本身产生丝毫的运动。

“‘不管怎样，这些凸起肯定是开门的机关。’斯坦顿很肯定地说。

“‘何以见得？’我问道。

“‘我——不知道，’他迟疑地回答，‘可是我有这样的预感。思罗克马丁，’他半认真半开玩笑地继续说道，‘现在我的身体里，纯科学的我和纯本能的我正在打架。纯科学的我敦促我赶紧找到方法把那扇门打开。纯本能的我也在强烈地劝我别干这样的事，趁着还来得及，赶快离开这儿！’

“他又笑了笑——面带愧色。

“‘该怎么办呢？’他问道——从他的语调里，我听出来纯本能的他占了上风。

“‘这东西不会动的——除非我们把它炸碎。’我说。

“‘我也想过，’他回答道，‘但我可不敢。’他担忧地补了一句。我自己在说那句话时，也和他有相同的感觉。仿佛有什么东西从灰色石板上蹿了出来，在我心脏上重重一击，就像有人出言不逊，被打了一个耳光一样。我们忐忑不安地转过身来，看到托拉从围墙的缝隙钻了进来。

“‘伊迪丝小姐让您赶快过去。’她刚开口——就停住了。她的目光越过我，看到了那块灰色的石板。她的身体随之僵硬起来。她僵直地向前迈了几步，随后就径直朝着石板奔了过去。我们看见她伏在石板上，手和脸紧紧地贴在上面；接着我们就听到她一声尖叫，仿佛她的灵魂被抽走了——眼看着她就倒在了石板底部。我们把她扶了起来，在她脸上我又看到了那种表情，和那晚我们听到从南塔纳赫飘来的清澈音乐时一样——这种对立杂糅的表情根本不是人类该有的！”

5. 阿-噢-噜-哈

“我们把托拉抬了回去，伊迪丝正等着我们。我们讲了讲事情的经过，又把发现的东西告诉了她。她神情凝重。我们一讲完，托拉叹了口气，睁开了眼睛。

“‘我想看看那块石头，’她说，‘查尔斯，你和托拉待在这儿。’我们静静地穿过外庭——来到了石板面前。她伸手摸了一下，像我一样赶紧缩了回来。接着又决然地把手放在了上面。她似乎在听。

接着她转向我。

“‘大卫，’我妻子说，声音里的惆怅刺痛了我，‘大卫，如果我们离开这儿——不去费心了解更多——你会非常、非常失望吗？’

“古德温，我这一生从来没有像那样渴望了解什么，我真的非常想知道那块石头后面隐藏着什么。你会明白的——所有的事情累积引发的好奇心；我确信在我面前的是通往一个地方的入口，这个地方虽然为当地人所知——我仍然坚持这个结论——但对我这个种族的人来说，却是全然未知的；里面的东西正在等待着我去发现，那就是这些岛屿的巨大谜题的答案，也是人类历史上遗失的一章。这一切就在我面前——她却要求我走开，不去解读它！

“虽然如此，我还是尝试控制住自己的欲望，于是我这样回答了——‘伊迪丝，如果你想我们离开，我一点都不会失望。’

“她读懂了我眼中透出的挣扎。她看了我一会儿，试图理解我，又转过身去看着那块灰色的石头。看到她一阵战栗，我的内心涌出一丝自责和怜悯。

“‘伊迪丝，’我大声说道，‘我们离开吧！’

“她目不转睛地看着我。她引用道：‘科学是一个嫉妒的情妇。——不用了，也许只是无谓的幻觉而已。不管怎样，你不能临阵逃脱。绝对不行！但是，大卫，我也要留下来！’

“‘不行！’我喊道，‘你和托拉一起回营地去吧。斯坦顿和我不会有事的。’

“‘我要留下来。’她重复道。我改变不了她的决定。我们往回走，快到的时候，她把一只手放到了我胳膊上。

“‘大卫，’她说道，‘如果今晚发生了什么——好吧，无法解释的事情——或者——太危险的事情——如果还能回去的话，你能答应我明天就回营地——然后等着当地人回来吗？’

“我赶紧答应了；留下来，看看今晚会怎样——这种渴望像火焰一样炙烤着我的心。

“上帝啊，我一分钟也不要再等了，古德温。上帝啊，我真希望当时就带着大家一起，然后立刻起航穿过红树林回到乌申塔伊！

“我们发现托拉又异常镇定地站了起来。她说不记得自己在那块灰色石头前跟斯坦顿和我说过话之后又发生了什么，这种记忆的缺失感比在乌申塔伊时更甚。我们追问下去，她的情绪又变差了，跟刚才一样。但让我吃惊的是，她听到我们晚上的安排时，流露出了一种强烈的兴奋，其中有几分狂喜。

“我们选了个地方，那里离通往庭院的阶梯大概有五百英尺。

“黄昏之前，我们就安顿下来，等待着可能发生的一切。我离那巨大的阶梯最近；伊迪丝在我旁边；然后是托拉，最后是斯坦顿。我们每个人都带着自动手枪。除了托拉，所有人都还带着步枪。

“夜幕降临。过了一会儿，东方的天空亮了起来，我们知道月亮正在升起。天边越来越亮，一个圆球探出了海平面，进入我们的视线。伊迪丝紧握住我的手，因为，这东西完全升上天空仿佛是一个信号，我们听到下方开始传来低沉的吟唱，来自无穷无尽的深渊。

“月光洒在我们身上，我看见斯坦顿吃了一惊。我立刻听到了令他吃惊的声音，那声音来自地下，像一声悠长而轻柔的叹息。那不是人类发出的，某种程度上可能是机械发出的。我看了一眼伊迪丝，又瞟了一下托拉。我的妻子正全神贯注地聆听着。托拉坐在那儿，双肘支在膝盖上，以手掩面，自打我们各就各位，她就一直是这个姿势。

“我们被月光淹没，突然间，我感到一阵睡意袭来。倦意从月光中渗透出来，落在我的眼睛上，要它们闭上——势不可当地要它们闭上。我握着伊迪丝的手，这时她的手放松了。我看见斯坦顿的头垂在胸前，身体像喝醉酒一样摇晃着。我试着站起来——企图反抗这股来势汹汹的睡意。

“我正在挣扎着，忽然看见托拉抬起头来，仿佛在聆听；我看见她站起身来，把脸转向大门。她盯着我看了一会儿，我迷迷糊糊地感到她的眼睛里有一种更加深沉强烈的光芒。托拉看着我们，脸上是无尽的绝望和期待。我又试着站起来，一股睡意涌上心头。我就要睡着了，隐约听到清冽剔透的乐声；我再次用尽全力抬起眼皮，看到托拉沐浴在月光之中，正站在阶梯最上面。然后——睡意再次袭来——我睡了过去，什么都不知道了！

“我醒来的时候天已破晓。想起之前的事，我惊慌失措地向伊迪丝伸出手；她还在，我的心中充满感激，又活了过来。她动了动，坐了起来，揉了揉蒙眬的睡眼。我朝斯坦顿瞥了一眼，他侧身躺着，背朝我们，头埋在胳膊里。

“伊迪丝笑着看着我，‘天啊！怎么睡着了！’她说。她想起了之前的事，脸色苍白无力。‘怎么回事？’她低声说，‘我们为什么会睡着？’她朝斯坦顿看去，赶紧起身跑向他，把他摇醒。斯坦顿翻了个身，打了个大大的哈欠，我看到她松了口气，我的心也轻松许多。

“斯坦顿僵硬地站起身来，看着我们，‘怎么了？出什么事了？’他喊道，‘你看起来像见了鬼似的！’

“伊迪丝抓住我的手。‘托拉在哪？’她哭了起来，我还没来得及回答，她就跑到外面喊：‘托拉！托拉！’

“斯坦顿看着我，我能说的就只有这一句，‘托拉被抓走了’。我们一起走到我妻子身边，她正站在巨大的石阶旁，惊恐地抬起头望着通往平台的大门。我告诉他们我在睡梦中所看到的一切。接着，我们跑上台阶，穿过庭院，来到那块灰色石板面前。

“石板和昨天一样紧闭着，没有开启过的痕迹。没有痕迹？我正想着，伊迪丝已经双膝跪地，伸手去捡石板下面的什么东西。是一小块灰色绸缎。我也看出那是托拉头巾的一角！她把这块碎片捡了起来，若有所思。这时我才发现，这块绸缎像是被利刃从方巾上割下来的。我还看到，一些线头垂下来——落在石板上，一直延伸到石板的底部，从下面穿过了石板！这块灰色的岩石是一扇门！门打开了，托拉已经进去了！

“古德温，我觉得接下来的几分钟我们都有点疯了。我们用石头和棍子，用手敲打着那个恶魔般的入口。后来我们终于恢复了理智。斯坦顿动身到营地去拿炸药和工具。他走后，伊迪丝和我搜索了整个小岛，寻找其他线索。这里只有我们，我们没有发现托拉的踪迹，也没有发现任何生命存在的迹象。我们回到大门口，发现斯坦顿回来了。

“古德温，接下来的两个小时，我们竭尽所能，试遍了所有的方法想要打开石板进入入口。可是不管我们做什么，那块石头都纹丝不动。我们在石板下面倒上火药，盖上石头，爆破了几次，在石板上没有留下一点痕迹，当然，覆盖火药的石头倒是给炸个粉碎。

“到了第二天下午，凿穿石板依然没有希望。夜幕又快要降临，在那之前我们必须决定我们的行动方案。我想去波纳佩找人帮忙。但伊迪丝不同意，到那儿就要花好几个小时，而且我们回到波纳佩之后也不可能说服工人们当晚跟我们一起回来。还有什么办法？显然只有两种选择：一是回到我们的营地，等着我们的人回来，等他们回来后再设法说服他们和我们一起去南塔纳赫。但这意味着要放弃托拉至少两天。我们做不到；那样太懦弱了。

“另一种选择是在原地等着天黑。等着石板像前一天晚上那样打开，然后在石板再次闭合之前，突袭进去找回托拉。信心随着阳光而来，至少我们将粉碎那些煞有其事的恐怖谜团和令我们心智迷乱的奇异事物。在耀眼的阳光下，幽灵将无处遁形。

“石板能被打开是毫无疑问的，但也许托拉只是通过某种机制发现了它的打开方式，这种机制在多年之后仍在运作，并且依赖于月光下我们所不知道的物理定律？当地人断言阿尼在这个时候拥有最强大的力量，这可能是一种理论的广泛反映，这种理论已经找到了利用月光力量的方法，就像我们已经找到了利用太阳光线力量的方法一样。如果是这样，托拉可能正在石板后不停祈祷，向我们寻求帮助。

“但是，我们怎么解释突然降临到我们头上的睡意呢？罪魁祸首或许不是一些来自植物的气体就是来自岛屿本身的气体？我们一致认为，这样的事情一点也不罕见。在某种程度上，这种物质最活跃的时期可能与月圆的时期相吻合，但如果是这样，为什么托拉没有睡意？

“暮色降临时，我们检查了一下武器。伊迪丝使用步枪和手枪射击都很出色。考虑到起催眠作用的要么是我所描述的那种自然界排放出的气体，要么是人为造成的，我们做了几个粗糙但是实用的防毒面具，遮住我们嘴巴和鼻孔。我们决定让我妻子留在隐蔽的地方。我自己守在阶梯靠近伊迪丝的这边，斯坦顿守在阶梯的那边。我离伊迪丝还不到五百英尺，可以俯身看到她蹲在那个浅坑里，确定她的安全。之前就是在月亮升起的时候才出现了这一现象，所以我们认为今晚它也不会提早出现。

“天边泛出微弱的光亮，月亮即将升起。我吻了吻伊迪丝，和斯坦顿各就各位。很快月亮升了起来。皓月当空，不一会儿，耀眼的月光洒满了整个遗址与海面。

“月亮一升起来，就听到从平台里面传来一声微弱而又古怪的叹息声，像前一天晚上一样。我看见斯坦顿挺直了腰板，拿起枪，全神贯注地盯着门口。即使他离我很远，我也能从他的眼睛里看出惊讶。门口的月光越来越浓，越来越浓，我看着他的惊讶变成了纯粹的惊疑。

“我站起身。

“‘斯坦顿，你看见什么了?’我压着嗓子叫道。他挥了挥手，示意我不要作声。我转过头去看了看伊迪丝，感到一阵震惊。她侧身躺着，脸正对着月亮。她睡得很沉!

“我再次转过身，正要叫斯坦顿，目光扫过阶梯的顶端，我呆住了，如痴如醉。月光浓稠起来。仿佛——凝结——在那儿。凝结的月色亮光闪闪，其中分布着耀动的白色火焰。一种倦怠袭来，不同于前晚那种难以名状的睡意，它削弱了我所有控制动作的能力。我移开目光，强迫自己看着斯坦顿。我试着喊他，可是我连嘴都张不开。我一直在和这种麻痹感做斗争，过程中我受到一阵剧烈的震动，就像是挨了一拳。接下来我什么都做不了了。古德温，我甚至不能转动眼珠!

“我看见斯坦顿跳上台阶，向大门走去。这时院子里的月光变得更加耀眼。一阵叮当声如落雨般响起，它使人心因纯粹的喜悦而纵情狂奔，又因恐惧而止步不前。

“这时候，我第一次听到那叫声，‘阿-噢-噜-哈!阿-噢-噜-哈!’，就是你在甲板上听到的叫喊声。这低吟的声音非常奇怪，仿佛只有一部分传至我们所在的空间——这只是来自另一个空间的完整乐句中的一部分，它传至这里却也遗失了很多;无尽的爱抚，无尽的残酷!

“我看到斯坦顿脸上出现了一种令我害怕却又能预料到的表情，那种喜悦和恐惧交织的表情。他的状态与之前的托拉相似，但比托拉更甚。他继续上阶梯，消失在我的视线范围之外。我又听到了低语声：阿-噢-噜-哈!现在里面仿佛在庆祝，那一阵叮叮当当的响声中也充满了胜利的气氛。

“十来秒的时间，四周一片寂静。接着，一阵更剧烈的叮当声响起，贯穿其中的是斯坦顿从院子里传来的声音——一声大叫——一声尖叫——充满了难以忍受的狂喜和无法想象的恐惧！接下来，又是一片寂静。我挣扎着，努力摆脱无形的束缚。可我不能，甚至眼皮都不能动一动，我的眼睛也干涩而疼痛，像灼烧一般。

“然后，古德温——我看到了——第一次看到了不可解释的事情！清冽的叮当声再次响起，声音越来越大。从我坐着的地方，可以看到入口，看到玄武岩的大门，粗糙破败，高达四十英尺，顶上还有围墙，破烂不堪的入口——无法攀登。一束更强的光开始从这道门射进来，光芒在延伸，涌了出来，斯坦顿走进了我的视野，走进了亮光。

“斯坦顿！但是——古德温！那是一幅怎样的景象呀！”他突然沉默。我等待着——等待着。

6. 进入月池

“古德温，”思罗克马丁终于又开口了，“我只能形容他是一个活着的发光体。他辐射出光芒；通体充满了光芒；溢出的也是光芒。一团发光的云雾围绕他旋转，穿过他的身体，在他周围形成了熠熠发光的触手和闪着冷光的旋涡。

“我看到了他的脸。他的脸上荡漾着一种活人所不能忍受的狂喜，同时又被无法克服的痛苦笼罩。仿佛上帝和撒旦和睦地携手重塑了他的脸。你已经从我脸上看到了。但你从未见过如斯坦顿那样程度的脸。他的眼睛睁得大大的，凝视前方，仿佛从内心看到了地狱和天堂同在的景象！他行走时如一具诅咒缠身的活尸，却仿佛背负着一个光明的天使。

“音乐声又响了起来。我又听到了那低吟——‘阿-噢-噜-哈！’斯坦顿转过身来，面对着破败的大门。然后我看到萦绕他周围的那团亮光有个核，一个中心——变换之中仿佛有点人形——它消融、变换、聚集，在他的周围不停地旋转，又穿过他的身体。当发光的内核穿过斯坦顿身体时，他的整个身体都辐射出光芒。整团亮光移动时，当中有七个不同颜色的发光球体随之移动，就像七个小月亮，静静地跟着它移动，与这团光呈相对静止状态。

“这就是我看到的，然后斯坦顿好像一下子被举了起来——越过了不可攀爬的围墙，到达顶部——飘浮在空中。月光照耀之下，亮光越来越暗，叮当声越来越弱。我想动弹，可是莫名的力量仍然紧紧地抓住我。我干瞪着眼睛，泪水汩汩流下，酸痛灼烧有所缓解。

“我说过，我的眼珠没法转动，但还是可以用余光瞟见远处围场外围的部分墙体。仿佛过了好几个世纪后，一道光亮顺着墙体扫了过来。很快，视线中飘来了一个身影，是斯坦顿，他远在高墙之上。但是我看得见亮光打着旋儿，欢腾地萦绕在他的四周，穿梭于他的身体。与其说看到，不如说是感觉到了，在七个小月亮之下他阴魂附体的那张脸。一阵叮咚之声，斯坦顿飘出了我的视线。与此同时，不知从哪儿涌出了亮光，在它的照耀下，整个庭院熠熠生辉，跳动着银色的火舌，辉映之下，月光黯然失色，却又奇异地融入其中。

“他就这样从我面前飘过十次。那道亮光随着叮当声而来；沿着玄武岩筑成的墙壁游走了一会儿就消失了。在一次次循环往复之间，我仍然蜷缩在那里，如一块无助的石头，也没法闭上眼睛！

“终于，月亮靠近地平线。一阵更大的声音传来；斯坦顿又叫了一声，也是最后一声，和他第一次大叫的声音一模一样。接着又从平台里面传来了微弱的叹息声。然后——就是一片寂静。亮光暗淡下去；月亮快要落下，突然，我就能动了，好似活了过来。我一跃而起，冲向阶梯，飞奔而上，穿过大门，径直跑到灰色石板面前。石板紧闭着——我知道会是这样。到底是自己的幻觉，还是真的听到了呢？透过石板，仿佛从遥远的地方，传来了一声胜利的呼喊——'阿-噢-噜-哈！阿-噢-噜-哈！'

"我想起伊迪丝，跑回她身边。我一碰，她就醒了，迷惑地望着我，一只手撑着地，坐了起来。

"'大卫！'她说道，'我还是睡着了。'她看见我一脸绝望，就一下跳了起来。'大卫！'她叫道，'怎么了？查尔斯呢？'

"我没作声，点燃了一堆火。然后把一切告诉了她。那天晚上，我们相拥坐在篝火前——像两个吓坏了的孩子。"

突然，思罗克马丁一脸恳求，向我伸出手。

"古德温，我的老朋友！"他激动起来，"别那样看着我，我没有疯。这是事实，千真万确的事实。等等——"我竭尽所能地安慰着他。过了一会儿，他又开始了讲述。

"没有人曾像我们两个那样如此欢欣地迎接第二天早晨的太阳。天一亮，我们就回到了庭院里。黑暗的墙体，寂静无语，昨晚我就看到斯坦顿飘荡在上面。平台也是原来的样子。灰色的石板还在老地方。它底部浅浅的凹坑里——什么都没有。在这个小岛上的任何地方，在南塔纳赫，都找不到任何斯坦顿的痕迹——他仿佛从未存在过。

"我们该怎么办？前一天晚上我们决定留下，因为我们不能丢下托拉不管，现在我们更要留下。我们不能丢下他们两个；只要还有找到他们的一线希望，我们就不能走——可是深爱对方的我们又怎么能独自留下？我爱我的妻子，古德温——直到那天我才知道自己是多么地爱她；她也深爱着我。

"'那东西每晚只带走一个人，'她恳求我，'亲爱的，让它把我带走吧。'

"古德温，我哭了。我们都哭了。

"'我们一起面对它吧。'她说道。于是我们做了安排。"

"这的确需要很大的勇气，思罗克马丁。"我插了一句。他急切地望着我。

"那你是真的相信我了？"他惊呼道。

"我相信。"我说。他紧紧握住了我的手，骨头都快被他捏碎了。

"现在，"他对我说道，"我不再害怕。如果我——失败了，你会做好准备继续我的工作，对吧？"

我答应了。上帝啊，原谅我吧——那是三年前的事了。

"这的确需要勇气，"他继续说，语气仍旧平静，"莫大的勇气。因为我们知道这无异于舍命。我们心里都明白，我们中的一个人将无法亲眼看到太阳再次升起。我们都在祈祷死亡——如果真的是死亡的话——不要先降临到对方身上。

"我们仔仔细细地进行了讨论，调动了所有的分析能力和冷静的科学思维习惯。我们细致地考虑了整个事件的时间因素。在月亮开始升起的那一刻，就会有一声深沉的吟唱响起来。整整五分钟过后，待月亮完全升起，才会从平台里面传来那个奇怪的叹息声。我仔细回想昨晚发生的事情。我回想起前一天晚上发生的事。从叹息声第一次出现，到庭院里月色深沉，其间至少有十五分钟。在叮当声来临之前，这团光亮不断增长，至少有十多分钟的时间。

"那叹息的声音——代表什么？当然——一扇门沿着基座轻轻旋转，发出嗖嗖声。

"'伊迪丝！'我叫道，'我想到了！月亮从地平线升起五分钟后，灰色的石板就会开启。但是它，无论是人，还是什么东西，必须等到月亮升得更高些才出来，或是它到门口还有段距离。我们要做的不是等它出来，而是在它出来之前偷袭它。我们要早早进到内庭那儿等。你带上步枪和手枪，如果石板真的开启了——隐蔽起来，控制住入口。石板一旦开启，我就进去。伊迪丝，这是我们最好的机会。我想，这也是我们唯一的机会。'

“我妻子强烈反对。她想和我一起去。但我说服了她——她在外面放哨更好，如果石头后面的，不管是什么东西，把我逼出洞口，她还可以帮我。

“白天过得太快了。在恐惧面前，我们的爱似乎比以往任何时候都更强烈。是火花熄灭前最后一刻的闪耀吗？我想知道。我们准备了一顿丰盛的晚餐。我们试着不让头脑去考虑任何非科学的现象。我们一致认为，不管是什么原因，它一定是人类造成的，我们必须时刻牢记这一事实。但什么样的人能创造出这样的奇迹呢？一想到可能会发现残存的消失种族，我们就激动不已，他们也许生活在太平洋翻滚的波涛之下，一座以海底岩石作为天空的城市里；在那里运用着早已失传的地球早期神灵们的智慧。

“月出前半小时，我们俩走进内庭。我在那块灰色的石板旁边坐下。伊迪丝蹲在二十英尺开外一根断了的柱子后面，把她的步枪枪管搭在柱子上，瞄准入口。

“时间一分一秒地过去了。院子里很安静。夜色淡了下来，透过平台的缺口，我看见远处天边微微发亮，泛出苍白的光芒，这个地方更加地寂寥。越来越静，寂静之中仿佛在焦急地等待什么。月亮升起来了，四分之一个圆，半圆，最后，一轮圆月就像一个巨大的水泡，腾空而起。

“月光落在我面前的那堵墙上，落在我描述过的凸起上面，七个小光圈跳了出来。起初只是闪着微光，后来越来越亮，发出耀眼的光芒。接着我面前巨大的石板仿佛是绕着枢轴转动起来，发出了轻微的叹息声。

“一时间，我惊讶地倒吸了一口冷气。这就像是魔术师的把戏。我注意到移动的石板也在发光，变为乳白色，就像上面发光的小圆圈。

“我看了一会儿，嘱咐了伊迪丝一句，就朝石板后露出的洞口冲了进去。面前是一个平台，从平台的台阶往下是一条平坦的走廊。这条走廊并不黑暗，也闪耀着浅银色的光芒。我跑了下去。奔跑时，我听到的吟唱声比以往任何时候都更清楚。隧道转了一个急弯，和外庭的围墙平行前进，接着又往下延伸。我没有停下，一边跑一边看了看手腕上的表。快过去三分钟了。

“走到隧道尽头，眼前出现一个高高的拱门。我停了一会儿，拱门后面看似有个空间，里面彩色的迷雾摇曳闪烁，就在我注视的时候，迷雾越发地绚丽闪耀。我穿过拱门，顿时惊呆了！

“眼前是个水池，呈圆形，宽约二十英尺。弧形的石头池沿低矮圆润，泛着银光。池水的颜色是浅浅的蓝色，配上银色的边缘，就像一只巨大的蓝色眼睛，瞪着上方。

“有七道光芒射入水池。就像七股圆柱形的激流注入这只蓝色的眼睛；又像蓝宝石地板上升起了七根闪亮的光柱。

“一根是柔和的珍珠粉色；一根是极光绿；还有一根是惨白色；第四根是珍珠蓝；第五根是闪亮的淡琥珀色；还有就是紫水晶色和熔银色。月池之上的七道光束就是这七种颜色。我走得更近些，感到十分惊恐。这些光束并没有照亮池水。它们接触水面，漫射溶入水中。被月池喝下去了！

“水面上开始跳动着闪闪的磷光，摇曳着苍白的光芒。我感到脚下很远的地方传来一点动静——水里有个一闪一闪的发光体冉冉升起。

“我顺着光芒四射的光柱往上看，找到了它们的源头。在很高的地方，有七个闪亮的球体，就是它们射出了那七道光束。眼看着它们越来越亮。它们就像七个月亮高挂在穹苍，慢慢地，它们变得更加耀眼，七道光束也随之变得更加夺目。我恍然大悟，它们是某种不知名的水晶，镶嵌在月池的穹顶上，它们的光是从高处的月亮上吸收过来的。那些光真美——而放置它们的人究竟拥有怎样的知识！

“月亮越升越高，把全部的光辉照在它们身上，它们越来越亮。收回目光，我转而盯向月池。池水已经变成了乳白色。射向水中的光线仿佛充盈了整个月池；月池上波光粼粼，银光摇曳，一片灿烂。从月池深处升起的那团亮光离水面越来越近，越来越大。

“水面上腾起一股雾漩。雾漩飘荡到了粉色的光束那儿，停留了一下。粉色的光束笼罩住雾漩，射出微小的光粒。粉色的光粒打着旋儿，穿过雾漩。雾漩从光线中萃取了力量，变得更加厚重。又有一股雾漩腾起，飞到了琥珀色的光束那儿，在那儿吸收能量，然后敏捷地飞向第一股雾漩，两者融合在了一起。接着到处都有雾漩腾起，快得无法计数；它们先是停在光束那儿，接着一闪而过，互相融合到一起。

“雾漩不断升腾，月池水面上雾气越来越重，形成乳白色的迷雾，不断翻腾，覆盖在月池之上。照射在它身上的七道光束不断赐予它力量，月池中急速跳动的红色微粒也被吸附到它身上。从池底升起的发光体穿过雾气的中心。接着这团雾气发出光芒，跳动起来——向外伸延出旋涡和触手。

“在我眼前成形的就是那个东西——那个笼罩着斯坦顿的东西，

那个带走托拉的东西——就是我要找的东西！

“意识到这一点后，我的大脑迅速做出了反应。我掏出手枪，朝着那个发光的内核连续射击。爆炸声震耳欲聋，我感到一种不可饶恕的负罪感。尽管我知道月池是邪恶的，但从某种意义上说，那月池的秘密似乎也是神圣的。仿佛神和魔鬼同住在那里，不可分割地混杂在一起。

“在我的火力下，柱子摇晃；水面波动，雾气摇摆不定；接着又聚集起来。我给枪换弹夹时又想到一点，随即瞄准了头顶上的球体开火。我知道是从那里来的能量塑造了月池的‘居主’——它们泻下的光芒赐予‘居主’力量。如果能毁掉它们，我就能阻止‘居主’成形。我一次一次地开枪，即使打中了，也没能对它们造成任何伤害。光线和迷雾的发光微粒不安地跳动一下，仅此而已。

“但是，叮当声从月池升起，就像摇响了小铃铛，又像崩裂中的水晶小气泡——声音尖厉，全无悦耳甜美，反而充满了怒气。

“然后一个闪闪发光的旋涡不知从什么地方出来，盘旋在月池上空。它抓住了我的心脏，笼罩着我，我感到一阵冰冷，然后一阵狂喜和恐惧向我袭来。我的每一个细胞都高兴得发抖，同时又绝望得缩成一团。这旋涡看上去丝毫不令人厌恶。但是，仿佛邪恶冰冷的灵魂和善良火热的灵魂在我的内心同时出现，枪从我手中滑落。

“就这样，我站在那里。月池里闪闪发光；光束变得更加强烈，雾也变得更亮更浓。我看到它闪耀的核心是有形状的——但它的形状是我的眼睛和大脑无法确定的。这好像是一个来自另一个界域的生灵，尽其所能地装出人类的样子，但却无法掩饰，人类的眼睛所看见的只是它的一部分。它既不是男人也不是女人；它与世人不同，它是雌雄同体的。就在我发现它的人形时，它已经改变了。我仍然沉浸在狂喜和恐惧之中。仅在我大脑的一个小角落里有一些未被触动的东西；它与我的躯体分离了。是灵魂吗？我从来没有相信过——尽管如此——

“在这个朦胧的身体的上方突然出现了七个光点。每一个的颜色都和它所在的光束颜色一致。我现在知道这个‘居主’已经——完全现形了！

“接着——我听到身后传来一声尖叫。这是伊迪丝的声音。我想起来了，她听到枪声，跟着我来了。我全神贯注地奋力挣扎。我挣脱了那紧抓着我的触须，它向后掠去。我转过身去抓住伊迪丝，就在这时我滑倒了。当我倒下的时候，我看见月池上面那闪闪发光的形状飞快地向我扑来！

“它急速从我身边冲过，当‘居主’停下来的时候，伊迪丝径直冲了过来，伸出双臂保护我不被它抓走！”

他浑身颤抖。

“她将自己完全投入那恶魔般的光芒。”他低声说，“她停住脚步，摇晃着，仿佛撞上了什么固体。她蹒跚而行，完全被‘居主’的光芒包裹。水晶般的叮当声欢快地爆发出来。那光芒填充进她的身体，穿透她，环绕着她，就像对待斯坦顿一样，我看到她的脸上流下一滴泪——她的眼神。从光柱传来一声低吟——‘阿-噢-噜-哈！’拱顶响起回声。

“‘伊迪丝！’我哭喊道，‘伊迪丝！’我陷入痛苦。她肯定听到了我的话，即使被那东西包裹着，我看见她仍试图挣脱。她向前走着，一直到月池的边缘。她步履维艰；刹那间，她掉进了月池，那光芒依然在她身旁旋转着，在她的身体里旋转着！她沉了下去，古德温，那个‘居主’跟她一起消失了！

“我挣扎着爬到月池边缘。在池水深处，我看见一片闪闪发光的、色彩斑斓的云正在下降。在最后一瞬我看见伊迪丝正在消失的脸；

她抬头望着我，眼里充满了非凡的狂喜和恐惧。然后——消失了！

“我傻乎乎地茫然四顾。七个月亮的光辉仍洒向月池，月池又变成了淡蓝色，闪耀的光芒消失了。下面传来一阵低沉的胜利呼喊！

“‘伊迪丝！’我又叫了起来，‘伊迪丝，回到我身边来！’四周暗了下来。我记得我跑了回来，穿过闪闪发光的走廊，跑回院子里。我已经失去了理智。我缓过神来时，已坐在远离文明遗址的小艇上，远在海上了。一天后，我坐上那艘大船，我乘坐它来到了莫尔斯比港。

“我已经制订了一个计划；你一定要听听，古德温——”他倒在铺位上。我朝他弯下腰。讲述自己的故事让他精疲力竭，如释重负。他睡死过去了。

7.“居主”到来

那天晚上我一直在照看他。天亮时，我回自己房间睡了一会儿，但始终睡得不深。

第二天，暴风雨没有减弱。思罗克马丁在午餐时来找我。他看起来很好。他那奇怪的表情已经消失了，恢复了以前的机敏。

“到我的船舱来。”他说。在那里，他脱下了自己的衬衫。

“情况有变，”他说，“这个标记变小了。”正如他所说的那样。

“我打算逃走。”他高兴地低声说，“只要我能安全抵达墨尔本，到时候我们再看谁会赢！因为，古德温，我不能确定伊迪丝是否死了——根据我们对于死亡的理解——其他人也一样。那里的事情超乎我们已知的经验——蕴含着某种伟大的神秘。”

那天他跟我讲了他的计划。

“当然，有一个自然科学的解释，”他说，“我的理论是，月亮石中的某种成分对月光很敏感；就像金属硒对阳光敏感一样。月光有一种强大的特性，科学和传说都可以证明这一点。我们了解它对心理、神经系统，甚至对某些疾病的影响。

“那块石板中的一些物质会对月光产生反应。上面的圆圈无疑是它的机关。当光线照射到它们时，它们就会触动机制打开石板，就像你可以通过巧妙布置的硒电池，利用阳光打开门一样。显然，这需要满月的力量。我们可以首先尝试在即将满月的夜晚将光线集中在这些圆上，看看是否会打开石板。如果成立的话，我们就能够不受干扰地调查这个月池——里面冒出来的那个东西不会干扰我们。

“看，这张图上是它们的位置。我给你也做了一份，以防我出什么事。”

他在图上又画了一会儿。

“这里，”他说，“我相信这是七个发光球体所在的地方。它们可能藏在南塔纳赫岛的废墟中，在那里它们可以捕捉到第一缕月光。我计算过，我进去的时候，已经走了这么远的路——转弯在这里；这条路走了这么远，转了另一个弯，沿着这条长长的弯曲走廊跑到月池的大厅。至少大概是这样。”他指着图对我说。

“它们的确隐藏得很巧妙，但它们必须面对天空才能获得光线，所以应该不难找到。必须找到他们。”他又犹豫了，“我想毁掉它们会比较安全，因为月池的现象显然是通过它们才显现出来的；但是，要毁掉这么美好的东西！也许更好的办法是派一些人在它们旁边，为了保护下面的人，如果有必要的话，一发出信号就摧毁它们。或者可能只是覆盖住它们，就能减弱它们的影响。毁掉它们——”他又犹豫了。“不，这个现象太重要了，不进行充分调查就不能破坏。”他的脸色又阴沉起来，“但那不是人；不可能。”他喃喃地说。他转向我，笑了起来。“科学与人类脆弱轻信之间的古老冲突！”他说。

“我们还需要六套潜水服。人要进入池中，寻到深处。这样做确实需要勇气，但到了月朔期应该是安全的，‘居主’毁灭或确认安全以后更好。”

我们仔细推敲计划，制订好，又推翻，但风暴仍在肆虐——整整一天一夜。

我想抓紧时间完成。那天下午，思罗克马丁惴惴不安地注视着不断消散的云层。快到黄昏时，云层突然散开，不久，天空晴朗了，星星一眨一眨地挂在空中。

“就在今晚，”思罗克马丁对我说，“古德温，朋友，帮助我吧。那东西今晚就会到来，我必须与之战斗。”

我一句话也说不出。大约在月出前一个小时，我们都在他的船舱。我们把舷窗拧紧，打开了灯。思罗克马丁有一种奇怪的理论，认为电光会妨碍追捕他的东西。我不知道为什么。过了一会儿，他说越来越困。

“但这只是疲劳，”他说，“和之前那样的困倦一点也不像，还有一个小时月亮才会升起来。”他终于打了个哈欠，“提前十五分钟叫醒我。”

他躺在铺位上，我坐着沉思。突然我大吃一惊，回过神来。现在几点了？我看了看表，扑到舷窗上往外看。现在是满月；月亮已经升起整整半个小时了。我大步走到思罗克马丁身边，摇了摇他的肩膀。

“快，兄弟！”我大喊着。他比刚才更加疲倦。他的衬衫领口敞开着，我惊异地看着他胸前那一道白色的皮肤。即使在电光下它也发出柔和的光来，好像里面有许多小光点似的。

思罗克马丁似乎只是半醒着。他低头望着自己的胸膛，看见了闪闪发光的烙印，笑了。

“啊，是的，”他迷迷糊糊地说，“它来了——要把我带回伊迪丝身边去！嗯，我很高兴。”

“思罗克马丁！”我大喊道，“快醒醒！和它战斗！”

“战斗！”他说，“没用的；记得留好地图，来找我们。”

他走到舷窗边，睡意蒙眬地拉开窗帘。月亮划出一条宽阔的光路，直照到这艘船。在月光下，他胸前的白色皮肤越来越亮，辐射出些许光芒，似在移动。

他专心地向外张望，我还没来得及阻止他，他就突然打开了舷窗。我看见一团闪闪发光的东西，从水面上掠过，沿着月光之路，向我们这边迅速地移动过来。

随着水晶般的叮当声，我听到远处传来一声长长的低泣声。

霎时，船舱里的灯熄灭了，我听到楼上的喊声，看来全船的灯都灭了。我迅速躲回角落，蹲在那里。舷窗上映满一片光辉；活灵活现的白冷火焰打着旋儿。它涌进船舱，船舱里充满了跳动着的光粒，在它耀眼的核心上方闪耀着七个像小月亮一样的发光体。它笼罩住思罗克马丁。光在他身上来回跳动。我看到他的皮肤变成了一种半透明的、闪闪发光的乳白色，就像受到光照的瓷器。他的脸变得面目全非，没有人样，表情狰狞可怕。他站了一会儿。光柱似乎在犹豫，七种颜色的光在考虑该拿我怎么办。我又往墙角缩了缩。我看见思罗克马丁被拖向舷窗。房间里充满了低吟声，我晕了过去。

当我醒来时，灯又亮了起来。

但是思罗克马丁却不见了踪影！

有些事情注定会让人后悔一辈子。我已经被我看到的一切弄得神志不清了。我没法清晰地思考。但是，我突然意识到，根本不可能把我所看到的情况告诉船上的军官们，包括思罗克马丁告诉我的话。我觉得他们会指控我谋杀了他。除了我们两个人亲眼看到，这一现象的出现毫无意义。我确信这一点，因为他们肯定会讨论这件事。我不知道为什么没有人看到它。

第二天早上，有人注意到思罗克马丁不在，我只是说我晚上很早就和他分开了。没有人怀疑我，或者进一步问我。他的古怪引起了许多议论；大家都认为他有点疯了。因此，官方报道说，他是在灯光失灵时从船上掉下去或跳下去的，而灯光失灵的原因又是那天晚上的另一个未解之谜。

后来，同样的担忧让我不敢把他和我的故事告诉我的科学家同事们。

但这种担忧突然消失了，我不知道它的消失是不是思罗克马丁的召唤。

现在我要到南塔纳赫去寻找“居主”，以弥补我的胆怯。我担保我在这里所写的绝无半点虚言。

（胡晓诗　译）

幻想的呼唤[1]

对于科幻类型起源的任何讨论，都难免过分强调纸浆杂志以及那些为纸浆杂志撰稿之人的作用。但至少在 20 世纪初期，纸浆杂志还远非后来那种统一科幻的力量，而具有影响力的科幻小说往往发表于书籍或大众杂志之上。非类型读者还未开始轻视科幻小说，而科幻读者们如饥似渴地到处寻觅，以期满足自己尚未被分类定型的阅读需求。

即使在科幻杂志创刊之后，许多年内，读者所能选购的杂志仅仅是每月一份新刊，以及一年半后开始提供的季刊。这最多只能满足他（此时的科幻读者几乎总是男“他”）一天的阅读需求，最多不超过两天，接着他便会另觅他处。他翻阅其他纸浆杂志，从中找寻类似科幻的东西；他逐句审阅图书馆中的每一本新书；他遍寻图书馆满布灰尘的书架，希望在那些旧杂志重订本中找到熟悉的作家和像样的标题。

1. 本节标题套用了杰克 · 伦敦代表作《野性的呼唤》的格式。

1930年代诞生了两本新杂志，但读者依然会捡起《奇兵勇士》[1]这类英雄传奇纸浆专刊，并在奥拉夫·斯台普顿、阿道斯·赫胥黎以及菲利普·怀利（Philip Wylie）等人的书籍问世时慧眼识英雄，还挖掘出儒勒·凡尔纳、亨利·赖德·哈格德、M. P. 希尔、H. G. 威尔斯和阿瑟·柯南·道尔这些优秀人物。

柯南·道尔因塑造出夏洛克·福尔摩斯而名利双收，他于是放弃了前途无望的医学生涯，而转做职业作家。他个人最喜欢自己撰写的历史传奇，但他也为那些竞相追逐他作品的杂志提供科幻和奇幻故事：这些杂志主要是英国的《河岸》杂志、美国的《利平科特》月刊、《星期六晚邮报》以及其他大众杂志。他在自己最著名的科幻小说《失落的世界》和《有毒地带》（*The Poison Belt*，1913）中塑造了乔治·爱德华·查林杰教授这一人物，而他另一部著名的科幻长篇是《玛拉柯深渊》（*The Maracot Deep*，1929）。

另一个主要产出并非科幻，却也时常撰写科幻小说的文学人物是杰克·伦敦。他是个私生子，父亲是一名爱尔兰流浪占星家，而母亲则是一名虔诚的唯灵论信徒。生父在杰克·伦敦出生前便抛弃了他的母亲，也从未承认过自己作为父亲的身份。伦敦生于加利福尼亚的奥克兰，他在贫穷中长大；小杰克的姓氏来自养父约翰·伦敦，他的母亲在他尚未满周岁时，嫁给了这个男人。

成长过程中，伦敦做过许多低薪体力活儿，包括罐头厂小工、牡蛎海盗[2]、码头工人和水手。他曾短暂地参与考克西失业请愿军[3]，作为其中一员随军东上华盛顿，并持续了一段流浪失业工人的生活，最终他在纽约州的尼亚加拉瀑布因流浪罪被逮捕，并在监狱中服刑

1. 小说《奇兵勇士》（*Doc Savage*）最初是发表在专刊杂志上的。
2. 牡蛎海盗（oyster pirate）这个词常见于杰克·伦敦的作品中，是他的生造词，指偷捕牡蛎的人。
3. 指1894年由商人雅各布·考克西组织的失业工人抗议游行队伍。

一个月。1897 年，他赶上克朗代克淘金热，成为一名淘金者，次年失败归来。接着，他变成了一名热切的社会主义者。

在这些年的游历、劳动和自我教育中，伦敦在写作方面取得了一些成就。他以自己在阿拉斯加的实际经验为素材撰写的长篇小说《野性的呼唤》（*The Call of the Wild*，1903）精装本卖出了 150 万册，这为他带来了一定程度的生活保障，但他贵族男爵式的豪奢生活和挥霍无度的花销习惯，迫使他不得不持续写作以偿还账单。或许是感受到了才华消逝，加之经济上的压力和酗酒带来的身体伤害，他在 40 岁时与世长辞，死因可能是尿毒症的恶化，也可能是他有意过量服用的吗啡和硫酸阿托品。

在他的 24 部小说中，有 2 部明显的科幻作品：《亚当之前》（*Before Adam*，1906）和《魂游》（*The Star Rover*，1914）；还有 1 部基本可说是社会主义意识形态宣传小说，但也可视为未来政治幻想小说的《铁蹄》（*The Iron Heel*，1907）。此外，他的其他长篇小说也经常包含一些推想和奇幻元素，这都让科幻读者们倍感亲切，特别是《野性的呼唤》和《海狼》（*The Sea-Wolf*，1904）。

他最早的科幻短篇作品之一是《一千次死亡》（“A Thousand Deaths”，1899），该作品最初发表于一部不太常见的奇幻杂志——赫尔曼 · D. 乌姆施塔特的《黑猫》（*The Black Cat*）之上，但他的小说很快就开始在《科利尔》《大西洋月刊》《麦克卢尔》《红皮书》《大都会》《星期六晚邮报》上发表。他最著名的短篇科幻故事或许要数中篇小说《猩红疫》（“The Scarlet Plague”，1912），1915 年出了一部同名小说集。

在 1930 年代及 1940 年代成长起来的科幻受众间，杰克 · 伦敦的几部主要长篇小说广为人知，但短一些的科幻作品却鲜为人知。除了曾于 1940 年代末期发表在《奇幻神秘名作》上的短篇《猩红疫》和《影子和闪光》(“The Shadow and the Flash”)，还有长篇小说《魂游》。这些鲜为人知的作品中便包含《赤者》，该故事在伦敦辞世几乎两年后才于《大都会》杂志上面世，同年被收录进同名短篇选集之中。

《赤者》表现了60年前的老练作家以其早期水平所能达到的创作高度，及其读者的接受能力。外星来客如此自然地穿插在情节之中，仿佛浑然天生，这样的故事至少要到黄金时代以后才会再次出现。

（憬怡　译）

赤者

[美国]杰克·伦敦

爆发了！那突如其来的声响！巴塞特一边用钟表记录着它持续的时间，一边把它想象成大天使吹奏的号角声。他暗自思忖，在如此宏大浩瀚而不容辩驳的召唤面前，城市的墉垣只怕也再难站立。巨响震撼着大地，直抵周围村落的要塞。和之前的千百次一样，他徒劳无功地试着分析它的音质。在它涌涨的怒潮下，它所生发的那条山间峡谷呻吟着，直到它流溢出来，淹没了大地、天空和空气。带着病人那种恣意纵情的狂想，他把它想象成上古世界里，困于痛苦或者愤怒的巨人发出的有力喊叫。它扶摇直上，以统御八荒的气势表达着挑战和威慑，仿佛有意被听闻于逼仄的太阳系之外。还有一种喧嚷在抗议没有人听到和理解它的话语。

——这都是病人的幻想。他仍在努力分析这声音。惊雷般的恢宏，金钟般的圆润，弹拨银弦般的细腻甜美——不，这些形容都不贴切，全部都算上也不贴切。在他的词汇和经验中，没有任何词语或者符号可以完整地描述那种声音。

时间在流逝。一刻钟过去了，半个小时过去了。声音一直在持续，从勃发伊始便在不停地变化，但是从来没有得到新的动力——

它逐步衰败，慢慢喑哑，恢宏地走向消亡，一如当初恢宏地爆发。它变成了不安的喃喃自语、喋喋不休和洪亮的耳语。声声抽噎中，它回撤到它所诞生的那个巨大胸怀中，直到化作含糊的低语，言说着致命的愤怒，以及同样诱人的喜悦。它仍在努力地传递着宇宙的某种秘密，某种对无限的意义和价值的理解。它衰变成一个声音的残魂，失去了威胁和允诺，在消逝之后的几分钟里，变成了病人意识中的某种搏动。等到彻底听不见时，巴塞特瞥了一眼手表。一个小时过去了，大天使的号角声消失在虚无之中。

那么，这就是他自己的黑塔了吗？——巴塞特沉思着，想起了自己那本勃朗宁的诗集，凝视着自己瘦骨嶙峋、饱受发热折磨的双手。这阵胡思乱想令他笑了起来——因为他想到了那篇诗作里，罗兰少爷用和他一样虚弱的手臂把一只号角举到唇边的样子。他问自己，从第一次在林马努海滩上听到那神秘的呼唤算起，已经过去了几个月？还是几年？他想破脑袋也想不出来。他病得太久了。在清醒的时间里他可以数着月份，已经数了好多个月，但是他无法估计自己漫长的精神错乱和昏迷持续了多久。贩奴船"纳里号"的贝特曼船长怎么样了，他思忖着，以及贝特曼船长那个醉醺醺的同伴是不是已经死于震颤性谵妄了？

巴塞特从这些徒然的思索中回过神来，开始懒洋洋地回顾自打那天他在林马努海滩上第一次听到那个声音并钻进密林找寻它的来源之后发生的所有事情。佐川当时提出了抗议。他现在都能想起他的样子，古怪的小猴脸被吓得表情丰富。他背着标本箱，手里拿着巴塞特的捕蝶网和博物学家的猎枪，一边发抖，一边用西南太平洋的土腔英语说："我在灌木丛里快被吓死了。坏小子太多了，别跟着灌木丛走。"

想到这些，巴塞特苦笑了一下。那个来自新汉诺威的小男孩吓坏了，但还是忠心耿耿地跟着他，毫不犹豫地钻进了灌木丛，去探寻那美妙声音的生发之处。巴塞特得出过一个论断：肯定不是有人把用火掏空的树干作为战鼓，在树林深处的某个地方敲响。他的下一个论断是错误的，那就是——声音的来源或者成因在步行一小时的路程之内，他能在下午过半之前轻松赶回来，让“纳里号”的捕鲸舟把他接走。

“那个很大的声音可不好，都是一样的恶魔！”佐川给出了他的判断。他的判断很准确。他的头不是当天就被砍下来了吗？想到这个，巴塞特战栗起来。毫无疑问，佐川已经被那些在灌木丛旁边停下来的坏小子们吃得差不多了。他眼前浮现出佐川的样子——最后一次看见他的样子——当时他躺在那条狭窄的小路上，片刻之前刚刚被斩首，身上的猎枪和所有属于他主人的博物学家装备都被夺走了。是的，事情就发生在不到一分钟之内。不出一分钟，巴塞特回顾当时的情形，仿佛看见自己在重负下坚忍地跋涉着，然后他自己的麻烦便找上门来。他看了看自己左手第一和第二根勉强愈合的断指，用它们轻轻地揉着脑后的凹陷处。那柄长柄战斧来得虽快，他还是及时低下了头，用高举的手挡住了一部分冲击。两根手指和头皮上一块严重的伤口成了他为保全自己的生命所付出的代价。他拿一支十口径猎枪了结了那个差点把他打死的灌木丛人，又朝着伏在佐川身上的那帮灌木丛人轰了一枪，然后很高兴地发现，枪弹大部分都招呼到了那个抱着佐川脑袋跳开的人身上。一切都发生在电光火石之间。接下来只有他自己、被杀的灌木丛人，以及佐川的残躯，留在了只能容下野猪通行的狭窄小道上。两边黑暗的灌木丛里没有丝毫响动，也没有动物的叫声。他的心理遭到了清晰而可怕的打击。他有生以来第一次杀死了一个人。看着自己亲手轰出来的那一团糟，他感到恶心。

接下来追逐开始了。追捕他的人挡在他和海滩之间，他在他们的追赶下沿着小道撤退。他猜不出对方有多少人。也许一个，也许一百个，他看不见他们。他能确定有些人爬上了树，正穿行在树林的顶部，但他至多也只能偶尔瞥见一些闪现的身影。他听不见弓弦的颤声，然而每隔一段时间，就有细小的箭不知从什么地方射出，悄声飞掠他的身边，或者射中树干，在他身旁落地。它们带着骨质尖头和羽毛做的箭尾。那些羽毛是从蜂鸟胸部拔下来的，像宝石一样绚丽多彩。

有那么一次——在时隔许久的现在，他一回想起这件事便开心地笑了——他觉察到自己的上方有一个身影，而他一往上面看，那个身影便立刻不再活动。他什么也看不出来，但决定碰碰运气，便朝它开了一枪。那个身影嚎叫起来，活如一只被激怒了的猫，从桫椤和兰花之中坠落下来，砰的一声砸在他脚边的地上，然后继续他愤怒和痛苦的嚎叫，还隔着他厚重的靴子一口咬住了他的脚踝。另一方面，他倒也没闲着，用那只没被咬着的脚令对方的嚎叫归于平静。从那以后，巴塞特对这种野蛮的行径习以为常了，所以现在回想起这件事，他又高兴得咯咯直笑。

之后的那个夜晚可真难熬啊！回想起那个痛苦的不眠之夜，他想，怪不得自己的发热来得那么凶险、那么难缠。比起无数蚊虫的叮咬，伤口的阵阵抽痛简直算不上什么。他无处可逃，也不敢生火。蚊虫简直是给他的身体灌满了毒药，以至于天快亮时，他的眼睛几乎肿得张不开了。他盲目地踯躅前行，已经不再担心什么时候自己的脑袋会被砍掉，什么时候自己的尸体会步佐川之后尘而被架到篝火上。这二十四小时把他弄得身心俱疲。他几乎完全失去了理智，由于身体被注入了大量的毒剂，他变得十分疯狂。有几次，他对着跟在身后的阴影开枪。白天出没的叮人昆虫和小蚊蚋增加了他的痛苦，而血淋淋的伤口则引来了成群结队讨厌的苍蝇。它们懒懒地粘在他的肉上。他不得不将它们抹掉、拍死。

那天，有一次，他又听到了那美妙的声音；听起来似乎更遥远了，但还是比林子里更近处的战鼓响亮得多。就在那里，他犯了错误。他以为自己已经经过了它，因此声源应该位于他和林马努海滩之间，于是他又朝它的方向跋涉而去，而实际上他一头扎向了这座未被探索的岛屿的神秘中心，步步深入。那天晚上，他爬进一棵榕树扭曲的树根当中，筋疲力尽地睡着了，蚊子则在他身上为所欲为。

接下来的日日夜夜在他的记忆中有如模糊的噩梦。他记得的一个清晰画面是，他突然发现自己身处一个丛林人村庄，看着老人和孩子们逃进密林当中。只除了一个人，其他所有人都逃走了。就在他的近旁和上方，某个动物发出一声痛苦而恐惧的呜咽，把他吓了一跳。他抬头一看，看见了她——一个女孩，或者更确切地说，是一个年轻女人，被单臂吊在炙热的骄阳下。也许她已经被这样吊了好多天。她那从嘴里突出来的肿胀舌头也说明了这一点。她还活着，用惊恐的眼神盯着他。他判断她已经没救了，因为他注意到她腿上的肿胀，这说明她的关节已经被压碎，大骨头也断了。他决定向她开枪，而这段画面就此终止。他不记得他是否开了枪，也不记得他是怎样无意中晃到那个村子的，又是怎样设法离开的。

回想那段可怕的游荡历程时，许多彼此并无关联的画面在他的脑海里来来去去。他记得自己闯入另一座由十几间房屋组成的村子，用猎枪赶走了面前所有人，只除了一个衰弱得逃不动的老头。他扒开一口地锅，从热石头当中拽出来一只烤猪，香味伴着热腾腾的蒸汽透过外面包着的绿叶飘出来。在这个过程中，老头朝他吐口水，又是嘟哝又是号叫。就是在这个地方，一种肆意纵情的野性攫住了他的心智。填饱了肚子，拿着一只猪后腿准备离开的时候，他故意用取火镜点燃了一所房子的茅草屋顶。

但是在巴塞特的脑海中，印象最深刻的是潮湿、吵闹的树林。它其实充满了邪恶，而且幽暗阴森。很少能有阳光射穿头顶一百英尺高处枝叶交叠的林顶。林顶下面又淤积着一层空中的草木。它们是可怕的寄生生物，一种潮湿而颓废的生命形式，在死亡中扎根，以死亡为生。他在这一切当中游移不定，一直被食人魔迅捷的身影追逐着。他们本身就是一些邪恶的幽灵，没有勇气与他面对面地战斗，却知道他们迟早会以他为食。巴塞特记得，在神志清醒的时候，他曾把自己看作一头受伤的公牛，被平原上的土狼追赶着。它们怯懦不堪，不敢通过搏斗谋其血肉，然而它们却十分确定他必然的结局，知道到那时它们将填饱肚肠。正如同公牛用尖角和踩向地面的蹄子阻止了土狼的靠近，他的猎枪也拦住了这些所罗门群岛的居民，这些瓜达尔卡纳尔岛上身影飘忽的丛林人。

接下来开始了在草地上行走的日子。突然之间，仿佛被上帝以利剑劈过一般，林地戛然而止。它的边缘就像它的罪恶一般漆黑，直上直下达一百英尺。然后从它的边缘开始，草开始生长——甜美、柔软、鲜嫩的牧草，足以让任何一位牧人和他的牧群眼前一亮的牧草，像翠绿的天鹅绒一般，一里格[1]又一里格地伸向远方，直至这座巨大岛屿的脊骨，那条在古代的某次地质灾难中高高隆起，又被热带的降水侵蚀得沟壑交错、犬牙差互，但还没有被完全抹去的山梁。不过这些草啊！他向前爬了十几码[2]，把脸埋在草里面，嗅着草的气味，不由自主地哭了起来。

就在他哭泣的时候，那美妙的声音迸发出来了——他自那以后就常常想，如此巨大、如此甜美的声音，“迸发”真是再恰当不过的

1. 一种长度单位，1 里格大约相当于 4 000 米。
2. 一种长度单位，1 码大约相当于 0.914 4 米。

字眼了。从来没有什么声音像它这般甜美。它宏大无比，强烈的共鸣仿佛来自某只声如洪钟的怪物。然而，它却越过不知多少里格的大草原向他发出呼唤，仿佛在降福于他那饱受痛苦折磨的精神。

他还记得自己是怎样躺在草地上，双颊潮湿但不再哭泣，倾听着那声音，回想着自己在林马努海滩上也能听到它。他想，某种反常的气压和气流使得这种声音得以传播到很远的地方。这样的条件在一千天或者一万天之内都可能不会再出现。但是它出现的那一天，正赶上他走下“纳里号”，登陆开展几小时的收集。他在特意寻找那种著名的丛林蝴蝶，两翅展开足有三十公分宽，色泽如褪色的天鹅绒一般柔和，透着林顶似的忧郁。带着这种崇高的树栖习性，它只待在林顶，只有一枪轰上去才有可能把它们赶下来。就是为了这个目的，佐川才带了那支十口径的猎枪。

他花了两天两夜爬过那片草地。他吃了不少苦头，不过追击早在林地边缘便已经停止了。另外多亏了第二天的一场大雷雨使他恢复了生机，否则他早就渴死了。

然后巴拉塔来了。在大草原和茂密的山林交接的地带，在第一片树荫里，他崩溃倒地，绝望等死。起初，看到他的无助，她高兴得尖叫起来，恨不得用一根粗壮的树枝把他的脑袋打个稀巴烂。也许是他彻底的无助引起了她的兴趣，也许是人类的好奇心使她克制住了。不管怎么说，她还是忍住了，因为他在即将来临的打击下又睁开了眼睛，看见她在专心地打量着他。他身上最令她惊异的是蓝眼睛和白皮肤。她冷静地蹲下来，往他的胳膊上吐了口唾沫，用指尖擦去了几日几夜以来，淤泥和树林在他原本洁白无瑕的皮肤上留下的污垢。

她身上的一切都格外令他耳目一新，尽管她没有一点规矩的样子。想起这件事，他不禁微微一笑，因为她的装束就和裹上无花果叶之前的夏娃一样淳朴。她又矮又瘦，四肢不对称，粗砺的肌纤维仿佛绳索一般，除了偶尔被雨水洗刷，她身上的泥土从婴儿期一直积攒到现在。在他科学家的眼光看来，她是一个不美丽的女人的典范。她的乳房标榜着她曾经的成熟和年轻。而且，如果说她缺少性别特征，那么她身上的一件华美装饰还是可以证明她是个女人的，那便是从她左耳垂上一个洞里钻出来的一条猪尾巴。那条尾巴是最近才被割下来的，断口处还流着血。血在她的肩膀上干涸，就像许多蜡油。还有她那张脸！扭曲、干瘪，活似一只猢狲，蒙古人种特有的鼻孔朝着天，嘴巴吊在肥大的上唇上，然后突然消失在后缩的下巴里，眼睛像猴笼里的住客一样眨来眨去。

就算她用树叶给他盛来了水，还有那块放得太久已经有些腐烂的烤猪肉，也丝毫抵消不了她那奇形怪状的可怕样子。在气息奄奄的进食过程中，他闭上了眼睛，免得看到她；然而她一次又一次地戳戳点点，迫使他睁眼，好去观察他那对蓝色的瞳仁。这时候声音传来。这次更近了，比之前近得多，他听得出来，另外他也明白，尽管他已经走过了这么长的熬人路途，声源仍然在步行很多个钟头的距离之外。她对声音的反应令人吃惊。她在这声音下畏缩着，别过脸，恐惧地震颤、呻吟。但是在声音响了一个钟头之后，他闭上眼睛，睡着了，巴拉塔轰赶着他身上的苍蝇。

他醒来的时候已经是晚上，她离开了。不过他感觉到自己恢复了力量，以及，由于被蚊子毒液感染得太彻底，自己的炎症也不会更严重了，于是他闭上了眼睛，一觉睡到天亮。不久之后，巴拉塔回来了，还带来了六名女性。这些女性虽然也不漂亮，但是显然都还没有丑陋到她那种程度。她的举止表明，她把他当成了她的发现、她的财产。要不是他确实正处于一个绝望的境地中，她炫耀他时表现出的骄傲可称得上荒唐可笑。

后来，经历了一段长达数英里、对他而言艰苦卓绝的旅程之后，他倒在了面包树阴影下的恶魔房前，她对继续占有他的事宜提出了鲜明生动的看法。恩古姆想要他的头。巴塞特后来知道，他是村里的医生、牧师或者药师。其他咧着嘴笑、叽叽喳喳的猿人，都像巴拉塔一样几乎不着片缕，一副野性未驯的样子，都想把他的尸体拿去烤。那时他还不懂得他们的语言，如果他们发出的那种用来表达思想的粗野声音可以被称为语言的话。但是巴塞特已经完全理解了争论的议题，尤其是人们对他的身体又是摸又是按又是戳，就好像他是屠夫货摊上的一件商品的时候。

正当巴拉塔迅速输掉这场争辩的时候，出事了。一个人好奇地检查着巴塞特的猎枪，把扳机扣响了。后坐力把枪托弹到那人的肚子上并不是最血腥的结果，因为在一码之外，一位辩手的脑袋被轰了个粉碎。

就连巴拉塔也加入了逃跑的队伍。趁他们没回来的时候，巴塞特克服了即将发作的高烧造成的头晕目眩，捡回了那支枪。接下来，尽管牙齿因疟疾而打战，游移的目光已经基本上看不清东西，他还是保持住了逐渐衰退的意识，直到他能用指南针、钟表、烧杯和火柴这些简单的魔法把那些丛林人吓跑。最后，带着应有的庄严和可怕态度，他用猎枪打死了一头小猪，随即晕了过去。

巴塞特活动着手臂上的肌肉，想看看在这么孱弱的肢体当中还能蕴藏着什么力量，然后摇摇晃晃地、缓慢而艰难地站了起来。他憔悴得吓人，不过许多个月以来，在他漫长病程的多次康复期间，他的体力还没有一次恢复得像这次这么好。他担心的是已经多次经历过的旧病复发。到目前为止，在没有药物，甚至连奎宁[1]也没有的

1. 俗称金鸡纳霜，过去用于治疗疟疾。

情况下，他已经努力熬过了最有害、最恶性的疟疾和黑水热的联合打击。但他还能继续忍受下去吗？这就是他永远的疑问。因为，像他这种真正的科学家，若不解开声音的秘密，就算死了也不会瞑目的。

他拄着一根拐杖，摇摇晃晃地走了几步，走向由死亡和恩古姆在幽暗中主宰的恶魔房。在巴塞特看来，恶魔房差不多就和丛林一样，充满了邪恶的黑暗和恶臭。然而，他最喜欢的朋友和闲话串子，恩古姆，却总是喜欢待在里面，坐在死亡的灰烬中，吃山药或者聊天。烟雾在他周围缓慢而灵巧地旋转，熏制着从椽子上吊下来的人头。在漫长病程中几个月的清醒时间里，巴塞特已经领悟了恩古姆、巴拉塔和戈恩恩部落语言心理学层面上的简单和语言学上的困难——戈恩恩是个脑子坏掉的年轻酋长，由恩古姆管着，而且据闲言碎语，他是恩古姆的儿子。

“赤者今天会说话吗？”巴塞特问道。现在的他已经习惯了老人那份无聊的工作，甚至对熏制的进展也产生了兴趣。

恩古姆以专家的眼光审视着他正在加工着的那颗头颅。

“要过十天我才能说‘完成’。”他说，“还没有人修理过这样的脑袋。”

巴塞特暗自笑了笑，因为老家伙不愿和他谈论赤者。一直都是这样。无论如何，恩古姆以及这个怪异部落的其他成员从未泄露过关于赤者物理特征的蛛丝马迹。赤者肯定是个物理实体，才有可能发出美妙的声音，不过，尽管它被称为“赤者”，巴塞特却不敢说红色指的是它的外观——它的行为和威力倒是非常“红”，从他所收集到的抽象线索来看。恩古姆告诉他，赤者比邻近部落的众神更残忍、更强大，不光是渴望活人祭祀的鲜血，甚至就连邻近部落的众神本身也在他面前遭受了献祭和折磨。他是十几个村庄共同的神，这些村庄都与这一座差不多，而这一座是联盟的中心和发号施令之处。

由于赤者，许多异族村庄被摧毁，甚至被消灭，战俘们被献祭给了赤者。这是当今的实事，在世世代代口口相传的古老历史中也有记载。当他——恩古姆——还是个年轻人的时候，草原那边的部落发动了一场袭击。在反击中，恩古姆和他的战友们俘虏了许多人，光是孩子就有一百多个，在赤者面前活活流干了鲜血，此外还有许许多多男人和女人。

怒喝者是恩古姆为这个神秘的神取的另一个名字。有时候他还会被称为高声呐喊者、神言者、鸟喉、喉甜如蜜鸟者、太阳歌者和星孩。

为什么叫星孩？巴塞特徒劳无功地询问恩古姆。根据那个老恶魔医生的说法，赤者一直都在，就在他现在所在的地方，一直用雷鸣般的声音对人们歌唱着他的意志。但是恩古姆的父亲——就是此时此刻被腐烂的草席裹着，在烟雾缭绕的恶魔房里，悬挂于他们头顶的椽子之间的那位——却有过另外的说法。逝去的智者相信赤者来自星空，否则为什么——他的论点是这么说的——那些被遗忘的古人会把星孩作为他的名字流传下来呢？巴塞特不得不承认这个论点还是颇为令人信服的。但是恩古姆断言，在他漫长的生命历程中，他曾多次仰望星空，却从未在草地或者密林深处找到过一颗星星——他一直在寻找。不错，他曾见过流星（这是对巴塞特争辩的回应），但他也曾在漆黑的夜晚看到过真菌、腐肉、萤火虫发出的光，还有柴火和蜡烛的火焰，然而，当它们绽放出火焰和光芒时，那火焰和光芒都是些什么呢？答：记忆，仅仅是记忆，关于那些已不复存在的事物的记忆，比如完成的交合、被遗忘的宴会、已经成为幽灵的欲望，熠熠生辉，迸发着烈焰，却没有实现，也没有得到满足的欲望。昨天的胃口在哪里？猎人没能用箭射死的野猪的烤肉？还有年轻的男人未曾认识便已死去的未婚少女？

记忆才不是星星，这是恩古姆的论点。记忆怎么可能是星星呢？况且，度过了这漫长的一生之后，他从来没有看到过星空发生什么改变。他从来没有注意到，哪一颗星星从它原来所在的地方消失了。此外，星星是火，而赤者不是火——这最后一次不自觉的泄密并没有让巴塞特了解到什么。

“赤者明天会说话吗？”他询问道。

恩古姆耸了耸肩，仿佛在说“谁知道”。

“那么后天呢？大后天呢？”巴塞特追问道。

“我想熏制你的脑袋。”恩古姆改变了话题，“它和其他任何人的脑袋都不一样。恶魔没有这样的脑袋。不过我还是能把它熏好。我要花几个月的时间。月亮来了再走，烟要放得非常缓慢，我要亲自收集生烟的材料。皮肤不会起皱。它会像你现在的皮肤一样光滑。”

他站起来，从被无数人头的烟垢染黑的椽子上，从那个白天也是一片阴暗的角落，取下一个用席子包着的包裹，打开它。

“这是颗和你的差不多的脑袋，”他说，“但熏得不好。”

听到对方暗示那是一颗白人的脑袋，巴塞特竖起了耳朵，因为他早已认定，这些丛林居民，住在大岛的最中央，从来没有和白人交往过。当然，他发现他们没有使用在南太平洋西部几乎已经成为通用语的土腔英语。他们也没听说过烟草和火药。至于他们用箍钢制成的宝贵长刀，以及一些由廉价的手工斧头改造的更珍贵的战斧，他猜是在与草地之外的丛林人作战时缴获的，而那些丛林人又是得自那些生活在岛屿边缘的珊瑚海岸，与白人有过偶尔接触的咸水人。

“住在外面的人不知道如何熏脑袋。”老恩古姆解释道，他从肮脏的席子里抽出一颗无可置疑的白人头颅，放在巴塞特手里。

它毫无疑问已经很有年头了。它是个白人的头颅，那一头金发可以证明。他敢发誓那是一个英国人，很久以前的一个英国人，凭据就是在那干瘪的耳垂上，嵌着沉甸甸的金圈。

“而你的头……”恶魔医生开始了他最喜欢的话题。

“我告诉你吧，”巴塞特脑子里冒出了一个新念头，便打断了他的话，“我死了以后，我可以让你熏我的头，只要你能先带我去看看赤者。”

“等你死了，你的头无论如何都是我的，”恩古姆拒绝了这个提议，又以野蛮人那种粗野的坦率补充道，“再说，你也活不了多久了。你现在就差不多是个死人了。你还会变得更加虚弱。不出几个月，我就会让你在这儿的烟雾中翻来倒去。在漫长的下午，翻弄一颗你认识的人的脑袋，就比如我认识你，是一件挺愉快的事情呢。我会和你聊天，告诉你许多你想知道的秘密。没关系，因为你那时候已经是个死鬼了。”

“恩古姆，”巴塞特突然发怒，威胁道，“你知道我铁里的小霹雳（那支全能又可怕的猎枪）。我随时可以杀了你，然后你就别想得到我的脑袋了。”

“那也一样，戈恩恩，或者我家里的其他人也会拿到它。”恩古姆得意地向他保证，“它还是会转啊转啊，就在这间恶魔房里，在这些烟雾当中。你越早用你的雷霆杀我，你的头就越早在烟雾中转起来。”

于是巴塞特明白自己输掉了这场讨论。

赤者到底是什么？——巴塞特在接下来的一个星期里问了自己一千次，这期间他好像壮实了一些。到底是什么发出了那美妙的声音？他到底是什么——这个太阳歌者，这个星孩，这个神秘的神，这个就和崇拜他的那些一头黑卷毛、活似猢狲的人兽一样野蛮残忍，其甜美如饴、洪亮如钟的歌唱与命令让他在那么遥远的距离之外都能得以听闻的东西，到底是什么？

自己死后脑袋要不可避免地交给对方熏制，凭这个他没能买通恩古姆。戈恩恩虽说是首领，但是太愚笨了，太受恩古姆的支配，不值得考虑。至于巴拉塔，从她发现他，把他蓝色的眼睛扒开，到让她那奇形怪状的可怖女性形象一次次呈现于他的视野，她一直是他的爱慕者。她是一个女人，而他早就知道，要想争取她背叛自己的部落，唯一的方法就是通过她那颗妇人之心。

巴塞特是个挑剔的人。他从来没有从一开始巴拉塔丑恶的女性形象引起的恐惧中走出来。在英国时，即使在最好的情况下，对他来说，女人的魅力也不怎么大。而此时此刻，就像只有能够为科学事业献身的人才能做到的那样，他毅然决然地违反天性中一切美好和美妙的东西，要与一个令人恶心到难以想象的丛林女人做爱。

他打了个寒战，但扭过头去掩饰了自己的苦相。他强压着想呕吐的感觉，把胳膊搭在她满是污垢的肩膀上，感觉到她臭烘烘、油乎乎的鬈发接触到他的脖子和下巴。然而他才刚刚开始求欢，她便欣然承应，皱着眉头呻吟，还发出像猪一样快乐的咕噜声，这让他差点尖叫起来。太过分了。接着，作为这次奇怪求欢的下一步骤，他把她带到河边，把她使劲地擦洗了一番。

从那时起，他就像一个真正的情郎一样，只要能用意志压制住恶心，就尽可能频繁而持久地把自己奉献给她。不过说到按照部落习俗结婚，尽管她热情地提出过建议，他还是犹豫了。幸运的是，禁忌规则在部落里很盛行。因此，恩古姆永远不能碰鳄鱼的骨头、肉和皮。这是他出生时就注定的。戈恩恩被禁止与女人接触。这样的污染，如果偶然发生了，就只能通过肇事女性的死亡来净化。巴塞特到来以后，这种事曾经发生过一次，当时一个九岁的小姑娘在玩耍中绊了一跤，摔在了神圣的首领身上。于是那女孩子就不见了。巴拉塔低声告诉巴塞特，她在赤者面前熬了三天三夜才死。至于巴拉塔，面包果是禁忌。巴塞特对此感到庆幸。禁忌也可能是水呢。

至于他自己，他编造了一个特殊的禁忌。他解释说，他只有在南十字星座升上天空的时候才能结婚。凭借对天文学知识的掌握，他获得了将近九个月的缓刑。他相信，在这段时间内，他要么会死去，要么能在完全了解赤者及其美妙声音的来源之后逃到海岸去。起初，他还以为赤者是一尊巨大的雕像，像曼农一样，当阳光把它晒到一定温度时就会发出声音。但是后来有一次，一场突袭之后，一批战俘被带了进来，而献祭被安排在了晚上。当时还下着雨，根本没有太阳，赤者却比平时更大声，于是巴塞特放弃了这个假设。

当巴拉塔陪在他身边，或者有时候与男性和女性同路者在一起时，林子对他来说，罗盘四个象限中的三个是自由往来之地。然而第四象限就是禁地了，那是赤者的永居之所所在的象限。他更加专注地与巴拉塔做爱，也要求她更加频繁地清洗自己的身体。她始终是个女人，看在爱情的分上，什么样的背叛行为都做得出来。而且，尽管一看到她就感到恶心，一碰到她就感到绝望，尽管在关于她的噩梦中，她那糟糕透顶的样子总是纠缠不清、挥之不去，他还是意识到，鲜明而真实的性事对她构成了鼓励，使她把自己生命的价值放在了她希望与之交合的情人的幸福之下。朱丽叶还是巴拉塔，有什么内在的区别吗？超文明柔软和温柔的产品，还是她在十万年前兽性未脱的原型？——没有区别。

巴塞特首先是一位科学家，然后才是人文主义者。在瓜达尔卡纳尔密林的中心，他将这件事付诸检验，就像在实验室里检验化学反应一样。他更加卖力地对那个丛林女人假装出热情，同时也更加专横地向她提出直面赤者的要求。他认定这是女人必须付出代价的老规矩。事情发生的那天，他们两个正在捕捉一种未被分类过也不知名的黑色小鱼。小鱼有一英寸长，短粗的身体像鲇鱼一样湿滑，又长着鳞片似的东西，里面塞满了色泽如同金色三文鱼的卵。这种鱼经常游到淡水里面，别管新鲜的还是腐烂的，无须烹制，全身都是绝佳的美味。巴拉塔俯身倒在林间地面腐烂的淤泥中，双手紧抓着他的脚踝，亲吻着他的脚，发出一种吸鼻涕似的声音，让他背上一阵阵起鸡皮疙瘩。她恳求他杀了她，而不是要她付出爱的终极代价。她对他讲述打破赤者禁忌的惩罚——要活活忍受一星期的折磨。她脸埋在泥里倾诉着种种细节，直到他意识到，论及一个人可以对另一个人施展何种可怕手段这样的知识，他还只是一个初学者。

然而，巴塞特坚持要求他身为男人的意愿要得到满足，而女人要承担他对赤者歌唱之谜的求索带来的风险，哪怕她要在尖叫中迎接漫长难熬的恐怖死亡。巴拉塔不过是个妇人，她让步了。她把他带进了禁地。一条巍峨耸立的山峦从北方突兀而至，遇上了南方同样突兀的山峦，他们捕鱼的溪流被两条山峦逼入了一条幽深的峡谷。沿着峡谷走了一英里后，道路陡然向上倾斜，直到他们穿过一片石灰岩构成的鞍状构造，他身为地质学家的注意力一下子被吸引住了。尽管他偶尔因为身体虚弱而停下脚步，但他们仍在攀登，爬上了森林覆盖的高地，最后来到了一片光秃秃的台地上。巴塞特认出来构成它的物质是黑色的火山砂。他知道脚下所有那些棱角分明的颗粒都可以用一块小磁铁吸起来。

然后，他拉着巴拉塔的手，领着她向前走去，来到了台地中央一个显然是人工挖掘的巨坑边。古老的历史、《南半球海域航行指南》、记忆中大量的数据和含义，迅速而激烈地涌入他的脑海。是门达尼亚发现了这些岛屿，并把它们命名为所罗门群岛，因为他相信自己发现了那个君主传说中的矿藏。他们嘲笑老航海家幼稚的轻信，然而他自己，巴塞特，却站在了一个好像南非钻石坑的采掘点的边缘。

然而他所凝视的却不是钻石，而是一颗珍珠。它有着珍珠般深邃的晕彩，可是地球上有史以来所有的珍珠熔铸到一起，也不及它这么大，而且它的颜色无论是珍珠还是别的什么东西都不会具备，因为那就是赤者的颜色。巴塞特自己也是在刹那间就明白了那就是赤者。它是一个完美的球体，直径足有二百英尺，圆球的顶端比坑沿低一百英尺。他把它的颜色比作漆。事实上，他认为那是人类涂上的一种漆，但是凭丛林人的智慧是造不出那样的漆的。它比鲜亮的樱桃红还要亮，它那浓烈的颜色简直称得上是红色凝结成的红色。它在阳光下闪闪发光、熠熠生辉，好像是从一层层红色的衬底之下泛上来的光辉。

巴拉塔努力劝阻他下去，但没有成功。她倒在尘土里，但是，当他继续沿着盘旋在坑壁上的小路前行的时候，她却跟在后面，吓得又哭又叫。很明显，那个红色的球是被当作宝贝挖出来的。考虑到十二座结盟村庄稀少的人丁和他们原始的工具、方法，巴塞特知道，如此巨大的挖掘工作不知道耗费了多少代人的辛劳。

他发现坑底铺满了人骨，在这些人骨中间，摆放着用木头和石头雕刻而成的村落之神。有些是用四五十英尺长的坚实树干雕刻而成的，上面满是淫秽的图腾和图案。他注意到，鲨鱼和海龟虽然在沿海村落里是很常见的神，在这里却不见踪影。他还惊异地发现头盔主题比比皆是。这些瓜达尔卡纳尔黑暗中心的丛林野人对头盔能有多少了解？几个世纪以前，门达尼亚的手下曾戴着头盔来到这里吗？如果没有，那么丛林人是从哪里获知这个主题的呢？

巴塞特跨过一堆神像和骸骨，巴拉塔在他身后呜咽着。他走进了赤者的阴影里，从它巨大的躯体下走过，用指尖碰了碰它。没有漆。表面也不像有漆面的情况下那样光滑。相反，它是波纹状的，坑坑洼洼，到处都有发热和熔化的痕迹。而且，它的实质是金属，虽然不同于他所知道的任何金属或者合金。至于颜色本身，他认为那不是涂上去的。那就是金属本身固有的颜色。

他的指尖在表面上划过，感觉整个巨大的球体在悸动，在活动，在回应。不可思议！那么轻的触摸，作用在那么大的一个物体上！然而，它在指尖的爱抚下颤动着，有节奏的振动变成了低语，窸窸窣窣，呜呜咽咽——但那声音是如此不同。纤薄得难以捉摸，仿佛缥缈的丝丝缕缕，又是那么地圆润，甜美得令人发狂，像一只小妖精的号角一样吹着。巴塞特最终认为，若是有神的钟声从太空传到地球，听起来便应如此。

他带着急切的疑问看向巴拉塔。但是他诱使赤者发出的声音早已令她趴倒在地，在骸骨中呻吟。他又继续思索着眼前这奇观。他得出了结论：它是空心的，构成它的金属材料在地球上并不存在。古人给它取的名字“星孩”是恰当的。它只能是来自群星之间，而不是随机创生的。它是一种机巧与心智的造物。它所具有的这种完美形态，显然的空心结构，绝不可能仅仅是偶然的结果。毋庸置疑，它是某种遥远而不可捉摸的智慧投身金工后结出的果实。就在他惊奇地盯着它的同时，各种各样的臆测在他的大脑中有如野火般肆虐，想象着这个远途的旅者如何刺破漆黑的太空，穿行于群星之间，又被病态的食人部落挖掘出来，此刻才得以顶着两个大气层的火浴带给它的斑斑点点，雄踞于他的面前和他的头顶。

不过那种颜色是热量作用在某种熟悉的金属上的结果，还是金属本身的固有性质？他将小折刀的刀尖刺了进去，以检验它的材料质地。转瞬之间，整个球体迸发出一种强有力的飒飒声，抗拒之意利如刀锋，几近金弦弹拨之声——如果说飒飒声也能被认作弹拨声的话。声调越升越高，同时越落越深，仿佛声线的两个极端要沿着圆圈合围成他经常在禁忌的距离之外听到的虎吼雷鸣。

顾不上安全，顾不上自己的生命，他被这不可思议、无法揣摩的神奇事物吸引着，举起刀子，准备狠狠地砍下去，但被巴拉塔挡住了。她惊恐万状，双膝跪地，紧抱着他的双膝，恳求他住手。为了让他领悟到她的要求之坚决，她把自己的前臂放在牙齿当中，一口咬到露骨。

他几乎没有注意到她的动作，不过他下意识地顺从了自己温和的本能，没有挥刀砍过去。在他看来，在这个暗示着列星浩繁的旷远宇宙间存在着高级生命的巨物面前，人类的生命已经渺小得微不足道了。就像对待一条狗一样，他一脚把那个丑陋的丛林女人踢得站立起来，强迫她跟随他开始绕行赤者底部。在途中他遇到了恐怖的景象。他甚至在众多牺牲者当中认出了那个已经被太阳晒得干瘪的九岁女孩尸体，她在生前不小心打破了戈恩恩酋长的个人禁忌。而且，在那些已经逝去的人当中，他还遇到了一个并没有咽气的人。这些丛林人真的已经以赤者的名义自我定位，在赤者的身上看到自己的形象，努力用这样的红色祭品来安抚和取悦他。

他继续前进，脚下只有尸骸，以及人和神的画像，它们构成了这座古老的牺牲者停尸房的地板。他来到那个装置前，赤者就是受到它的触发，才将那雷鸣般的吟唱传到林带和草地之外，直到林马努遥远的海滩。它的简单原始一如赤者工艺之精湛。宏伟的主梁长五十英尺，装点着许多个世纪以来迷信之人对它的关照：世世代代的神祇都被雕刻在上面，层层叠加，每一个都佩戴着头盔，每一个都坐在一条鳄鱼张开的嘴里。主梁被绳索悬吊着，攀爬的藤蔓拧转了那些绳索，绳索挂在一个三脚架的顶部。构成三脚架的是三根采自森林的粗大树干，树干本身也被雕刻成咧嘴笑着的怪诞形象，反映着当代人对艺术和神的理解。主梁悬挂着攀爬绳索，人们可以对其施力和控制方向。主梁就像一个攻城槌，可以用来击打泛着红色晕彩的庞大球体。

这里就是恩古姆本人和他麾下的十二个部落主持和履行宗教职责的地方。想到这个神奇的信使，带着智慧的双翼飞过太空，结果落进了丛林人的老窝，受到食人肉、取人头、猢狲一般的野蛮人的崇拜，巴塞特不由得放声大笑起来，几乎就像是发了疯一样。这就好像神的话语落进了地狱底部深渊的淤泥里；仿佛耶和华的诫命被刻在石头上，送给了动物园猴笼里的猴子；仿佛《山上宝训》宣讲给了一群吵吵闹闹的疯子。

日子一周周地缓缓流逝。巴塞特刻意选择在恶魔房灰白色的地板上，在不断摆动、缓慢熏制着的头颅下面过夜。他这样做的原因是，那里对女性这种次级性别来说是禁地，因此也就成了他躲避巴拉塔的一个避难所。南十字星座在天空中越升越高，标志着巴拉塔与他的婚期日益逼近，巴拉塔越加可爱得令他觉得窘迫和危险。白天巴塞特是在恶魔房前大面包树树荫下的吊床上度过的。这个计划有几次中断，那是在他那可怕的发烧造成的昏迷当中，他日夜都躺在熏头颅的屋子里。他努力对抗发烧，努力活着，努力活下去，增长体力，力争有一天能强壮到敢于踏足草地和更远的林带，并抵达海滩，遇上一些贩卖劳力的双桅帆船，回到文明社会，可以和文明世界的人讲述，在瓜达尔卡纳尔岛黑暗的正中心，来自其他世界的信使正在被野蛮人秘密地崇拜着。

在另一些夜晚，巴塞特在面包树下躺到很晚，久久地看着西方的星星慢慢落在树林黑黢黢的轮廓后面。为了给村庄清理出空间，那些树林的边缘已经被推远了一些。他对天文学粗知一二，却以一个病人的乐趣去推测，在那些遥远得令人难以置信的太阳旁边，那些人类未曾见过的世界上的居民。为了造访光之屋，生命就像一个害羞的访客，从昏暗的物质密所里蓬勃而发。他不再能够理解时间的限制，就像不能够理解空间的边界一样。关于镭的颠覆性推测也不曾动摇过他对能量守恒和物质坚不可摧的坚定科学信念。星星一定是一直都存在的。当然，在那片宇宙的纷扰当中，所有的物质肯定都是差不多的，有着大体相同的成分，除了纷乱中的个别反常。所有事物都必须遵守或者构成同样的定律，而这些定律在人类的全部经验当中也不曾被违背过。因此，他得出了一个结论，所有太阳都有附属的世界和生命，就像他自己星系中的这颗太阳一样。

即便就在他躺在这棵面包树下的时候，他也是作为一个有智慧的生命，将目光投向那繁星闪烁的深渊。所以说，整个宇宙肯定正在被无数的眼睛时刻不停地审视着，就像他自己的眼睛一样。尽管各不相同，但是在这些眼睛的背后，都有着同样的智能在质疑和探求这一切的意义和构造。这样推理着，他觉得自己的灵魂与那群永远注视着无垠苍穹的威严生物产生了密切的关联。

远方那些卓越的物种，用那红光闪耀、声如天籁的巨大信使在天空中架起桥梁的生灵，他们是谁，或者是什么？很显然，在很久以前，他们就已经踏上了人类从宇宙历史的角度来看刚刚才踏上的道路。能够隔着浩瀚的太空发送这样的信息，他们肯定早已达到了人类还在泪水、辛劳、血汗及许多决策的黑暗和混乱中，如此缓慢地奋力拼争的高度。在那个高度，他们已经变成了什么样子？他们赢得兄弟情谊了吗？他们已经知道爱的律法会带来软弱和衰败的惩罚了吗？生命必然充满了抗争吗？自然选择的无情法则通行于整个宇宙吗？而最直接、最尖锐的问题是，他们深远的结论和历史久远的智慧，此刻是否还被禁锢在赤者那巨大的金属心脏里，等待着第一个地球人来解读？有一件事他是肯定的：那个能发出声响的球体不是某个太阳在受到折磨时从狮子鬃毛上抖落的一滴红露珠。它是精心设计的，而不是偶然形成的，它包含了星星的语言和智慧。

那里会有什么样的引擎、元素和被掌握的力量，有什么样的传说、神秘和对命运的控制啊？毫无疑问，既然像公共建筑的基石那么小的物体，都可以装进去那么多的内容，那么这个巨大的球体应该蕴含着宏大的历史和深刻的研究，超出人类最疯狂的猜测、定律和公式，若是能够轻松掌握，会让人类在地球上的生活，无论个人还是全体，从目前的泥潭一跃而升至不可思议的纯洁与力量的顶峰。对于盲目而贪婪、心比天高的人类来说，这是时间最好的礼物。而他，巴塞特，被赐予了高贵的命运，第一个从人类的星际亲属那里得到这个消息！

不曾有过白人，更不用说其他丛林部落的外域人，见到赤者之后又活下来。这就是恩古姆向巴塞特阐述的法律。作为回应，巴塞特曾经经常争辩称，还有血脉手足之情这么一回事呢。但是恩古姆庄严地表示拒绝。即使是血脉手足也不受赤者的青睐。只有部落里出生的人才能看到赤者而活下来。但是现在，他罪恶的秘密只有巴拉塔知道，而她害怕自己被献祭给赤者而守口如瓶，情况就不同了。他所要做的就是从令他虚弱的可恶的发烧中恢复过来，回到文明世界。然后他将带领一支探险队返回，尽管瓜达尔卡纳尔岛的所有居民都将被消灭，但他将从赤者的中心提取来自其他世界的信息。

然而巴塞特的病情复发越来越频繁，短暂的恢复期内精神也越来越差。他昏迷的时间更长了，后来他终于意识到，尽管自己有着极其乐观的天性的激励，他也不可能活到穿过草地，穿过危险的海岸林地到达大海的那天了。随着南十字星座在天空中越升越高，他渐渐衰弱下去，直到巴拉塔也明白过来，等不到他的禁忌决定的婚期到来，他就会死去。恩古姆亲自去朝拜，收集将用于熏制巴塞特头颅的发烟材料，并骄傲地向他宣布和展示，等到巴塞特死掉以后，他的艺术构思有多么完美。至于他自己，巴塞特并不感到震惊。生命的活力在他体内衰退得太久、太深，以至于他都不会因为这活力的即将灭绝而感到害怕了。他继续坚持着，时而昏迷，时而半昏迷，时而如梦似幻。在这段时间里，他在胡思乱想，他是否真的见过赤者，或者那只是一场神志不清的噩梦。

终于有一天，所有的迷雾和混乱都消失了，他发现自己的头脑像钟一样清醒，对自己身体的虚弱做出了正确的判断。他举不起来手和脚，对自己身体的控制能力低到了几乎感觉不到自己还有身体的地步。他蹲踞在灵魂上的肉体确实很轻飘，而他的灵魂，在它短暂的清醒期间，凭借这清醒已然明白，那万事皆休的黑暗即将来临。他知道大限已近。他知道，他的确是亲眼看到了赤者，不同世界之间的信使；他知道自己不可能活着把这个消息传到世界上——这个消息说不定已经在瓜达尔卡纳尔岛的中心等待人类一万年了。巴塞特心意已决，在面包树的树荫下把恩古姆叫到他身边，和那个恶魔老医生讨论他生命中最后一次全力以赴，最后一次肉体冒险的条件和安排。

“我知道法律，恩古姆。”他提出，“非族人看到赤者便须死。反正我也活不下去了。你的年轻人该把我带到赤者面前，我要看着他，听着他的声音，然后死在你的手下，恩古姆。这样子，法律、我的期望、你尽早得到你已经做足准备等待的我的脑袋的愿望，就都能得到满足了。”

对此恩古姆表示同意，并补充说：

“这样更好。一个病人若是已经不能痊愈，再勉强苟活这么短的一段时间实在是不智之举。再者，这样的人离开对生者是有好处的。你近来太碍事了。不必说我以前和你这样的智者交谈有多大的好处。这些日日夜夜，我们很少交谈。你却在熏脑袋的屋子里占着地方，像头要死的猪一样制造噪声，或用我不懂的语言大声叫唤。这给我造成了一种困扰，因为当我在烟雾中转那些头颅时，我喜欢思考光明和黑暗的伟大之处。因此，你那么多的噪声已经干扰了我对死前最后智慧的长期学习和孵化。至于已经被黑暗笼罩的你，现在死了是件好事。我向你保证，到了我在烟里面转你的脑袋的时候，这个部落中必无一人前来扰乱我们。我要告诉你许多秘密，因为我是一个很有智慧的老人，当我在烟雾中转动你的头时，我将积累更多的智慧。”

就这样，一副担架做好了。巴塞特由六个男人扛着，踏上了最后的冒险之旅，这将为他整个生命的征程画上一个句号。他几乎已经意识不到身体的存在，因为就连疼痛都已经耗尽了，不过思路明澈的大脑却让他拥有了一阵安静的狂喜。他躺在摇摇晃晃的担架上，看着身边经过的世界慢慢暗淡，最后一次看到恶魔房前的面包树、树林高处暗淡的天光、两道山梁之间幽暗的峡谷、石灰石质的鞍状地貌和铺着黑色火山砂的台地。

他们扛着他，沿着坑壁上螺旋形的小道往下走，环绕着光芒闪耀的赤者，那色彩和光芒看上去随时都有可能变成美妙的歌声和雷鸣。他们扛着他，迈过人牲的尸骨和木头神像，迈过那些面目可怖凄惨的活人祭品，来到三脚架和巨大的撞槌前。

在恩古姆和巴拉塔的帮助下，巴塞特虚弱地坐了起来，全身上下颤颤巍巍，用清澈而坚定、全览全知的目光注视着赤者。

“就一次，啊，恩古姆。”他说，眼睛没有离开那急速颤动着的表面，樱桃红色的阴影在那里不停地弹跳着、颤动着，变成了声音，仿若丝绸的窸窣声，仿若银铃般的低语，仿若金色的弦音，仿若仙境中丝绒般的管乐，仿若圆润而柔和的雷鸣。

“我等着。”恩古姆停了很长一段时间后说。恶狠狠的长柄战斧已经被他拿在手中。

“就一次，哦，恩古姆。”巴塞特重复道，“让赤者说话吧，这样我就可以看到他，也能听到他。然后，等我举起手来的时候，砍过来吧。因为，当我举起手时，我将低下我的头，露出脖颈处让你砍的位置。但是，噢，恩古姆，我，即将永远消失在白天的光中的我，希望聆听着赤者美妙的声音离去。”

“而我给你承诺，不会再有任何其他头颅被熏制得像你的那么好。”恩古姆向他保证，同时向部落里的人示意，让他们拉起撞槌上的绳索，“你的头将是我熏出的最伟大的作品。”

老家伙的自负令巴塞特无声地笑了。巨大的花雕原木被向后拉起了二十英尺，然后放下。刹那间，突然释放的雷鸣之声令他欣喜若狂。这是何等的雷声啊！醇和圆润中掺入了珍奇的金属声。它传达着大天使的话语，比其他的任何声音都要美丽得多。它被赋予了其他恒星的行星上超人的智慧。这是上帝的声音，听得出诱惑和号令。还有——星际金属的永恒奇迹！巴塞特用他自己的眼睛，看到各种颜色转变成声音，直到巨球整个可见的表面上，分辨不出是颜色还是声音在蔓延，在闪耀，在飘忽。在那个时刻，他占领了物质的间隙，实现了物质和力量的交织和交融。

时间在流逝。最后，巴塞特的狂喜被恩古姆不耐烦的动作打断了。他已经把那个老恶魔忘得一干二净了。一阵幻想的闪现使巴塞特喉咙里发出一阵沙哑的笑声。他的猎枪就在身旁的担架上。他所要做的，无非把枪口对准脑袋，扣动扳机，让脑袋化为乌有。

但是何必欺骗他呢？巴塞特接着想。老恩古姆是个脑袋猎手，人类中的食人兽，兽性不比人性少，然而在他看来，他却是个再耿直不过的人。恩古姆本身就是人类伦理、契约、体贴和温柔的先驱。不，巴塞特决定了，在最后的时刻欺骗那个老家伙，将是一种可怕的遗憾和可耻的行为。他的头属于恩古姆，是让他来熏制的。

巴塞特举起手示意，按照约定把头向前探去，好把自己绷紧的脊椎关节清清楚楚地露出来。他忘记了巴拉塔，她不过是个女人，不值一提的女人，不被喜爱的女人。当那把锋利的斧头在他身后被举高时，他看也没看。就在那一刻，在终点之前，一个未知事物的阴影落在了巴塞特的身上，他感觉到一种奇迹行将到来：所有可想象之物前面的那堵墙就要开裂。当他知道打击已经开始，就在钢刀的边缘咬到他的肌肉和神经之前，他几乎是在凝视着美杜莎那平静的面孔——真理。同时，当黑暗随着钢刃倏然笼罩，在瞬间的幻想当中，他看见面包树旁边的恶魔房里，他自己的头颅在转动，一直在转动。

（秦鹏　译）

恐怖自普罗维登斯涌出

从更广阔的文学结构着眼，在科幻小说的推想之线旁始终有另一条线相伴，那就是奇异感之线。这条线也是超自然恐怖之线。

事实上，恐怖小说，就其最普遍的意义而言，要早于科幻小说，少则 50 年，多或 100 年；按有些定义，也许要早数千年。1927 年，在一本题为《文学中的超自然恐怖》的小册子（1939 年修订后再版）里，H. P. 洛夫克拉夫特，这位自认为是惊吓读者这门艺术在当世最重要的实践者的人，将超自然恐怖的发展追溯到埃及和闪米特语族[1]的仪式魔法[2]，然后上及他称之为“太古时代那些最令人反胃的生殖崇拜仪式”，下到中世纪的巫术邪教。

以上这些，加上其他讲述狼人、鬼怪、术士、死而复生者以及这些形象中隐含的对现实的双重视角，让哥特式恐怖小说从中诞生。霍勒斯 · 沃波尔[3]（Horace Walpole）创作了第一部哥特小说，《奥特

1. 指阿拉伯语和希伯来语民族。
2. 主要指《以诺书》和《所罗门之匙》等书中记载的“魔法”。
3. 第四代奥福德伯爵，作家、艺术史家、画家。

兰托城堡》(*The Castle of Otranto*，1764)。这一文学传统下曾大受欢迎的小说还有：威廉·贝克福德[1](William Beckford)的《瓦提克》[2](*Vathek*，1784)，安·拉德克利夫夫人[3](Mrs. Ann Radcliffe)的《尤道尔福之谜》(*The Mysteries of Udolpho*，1794)，“修道士”M. G. 刘易斯[4](M. G. Lewis)的《修道士》[5](*The Monk*,1796),还有夏洛特·戴克[6](Charlotte Dacre)的《佐弗罗亚》[7](*Zofloya*,1806)。这些书有着相同的模式，写的都是身处险境的年轻女性，鬼魂触摸的城堡，锵啷作响的镣铐，隐现无常的幻影，有时候还会写到比死亡更可怕的命运的威胁。

玛丽·雪莱创作的被一些评论家认作第一部科幻长篇小说的《弗兰肯斯坦》(1818)，就受到了哥特式小说的影响，具有很多哥特式恐怖小说的特征。

洛夫克拉夫特认为，布尔沃-利顿[8]、勒·法努[9]、威尔基·科林斯[10]、哈格德、柯南·道尔、威尔斯以及史蒂文森[11]这些人的作品都属于“传奇式的，半哥特风的，准寓言式的文学传统”，但他最为钦佩的则是爱伦·坡、菲茨-詹姆斯·奥布莱恩[12]，还有安布罗斯·比尔斯。他也提到过 F. 马里昂·克劳福德、罗伯特·威廉·钱伯斯[13]、亨

1. 英国作家，其父老威廉·贝克福德是曾两度担任伦敦市长的富商。
2. 全名《瓦提克，一个阿拉伯传说，或哈里发瓦提克史》。瓦提克是阿巴斯王朝第九代哈里发，据说他曾梦到亚历山大大帝所建造的“长城”倒塌——一个世界末日将至的象征。
3. 英国女作家，终身隐居，作品文学价值不高，但对后世有较大影响。
4. 英国作家，国会议员，《修道士》一书引起极大的社会反响，以至于他本人被冠以这个绰号。
5. 1794 年该书就以《修道士：一段罗曼史》之名出版，当时的作者署名是约瑟夫·贝尔。1796 年再版时署名 M. G. 刘易斯，之后又几经修订再版。
6. 英国犹太女作家、诗人夏洛特·金的笔名。
7. 又名《摩尔人》。佐弗罗亚是书中引导女主角进一步走向堕落的恶魔伪装成人时所用的化名。
8. 即爱德华·布尔沃-利顿，英国贵族，作家。
9. 即约瑟夫·谢里丹·勒·法努，爱尔兰记者、作家，他的《卡米拉》是历史上第一部长篇吸血鬼小说。
10. 英国小说家，曾被誉为“英国侦探小说之父”。
11. 指罗伯特·路易斯·史蒂文森，英国著名作家，代表作有《金银岛》等。
12. 美国记者、科幻作家。
13. 美国小说家，其代表作为短篇小说集《黄衣之王》，洛夫克拉夫特明显受其影响。

利·詹姆斯、奥斯卡·王尔德、M. P. 希尔、布莱姆·斯托克[1]、萨克斯·儒默[2]、威廉·霍普·霍奇森[3]等人的作品，对阿瑟·梅琴[4]、阿尔杰农·布莱克伍德[5]、M. R. 詹姆斯[6]和邓萨尼勋爵[7]尤为注目。

然而，最终是洛夫克拉夫特本人成了他所描述的那类恐怖小说的代表人物，刊载了他大部分作品的杂志《怪谭》在当时也成了这类恐怖小说的代名词。《怪谭》是克拉克·亨内伯格（Clark Henneberger）于1923年创办的，但他一年后就把它卖掉了，接手者是和这本杂志关系最为密切的人——杂志的编辑法恩斯沃思·赖特。他掌管这本杂志直到1938年，这一年它又被卖掉了；多萝西·麦克劳瑞斯（Dorothy Mcllwraith）担任该杂志的主编，直到1954年的最后一期。这本杂志从来没盈利过，复刊后也同样不成功，新的拥有者只是偶尔发刊印行[8]。

喜欢被惊吓的读者人数似乎是有限的，不过《怪谭》的读者群十分忠实。它的作者群也一样，尽管他们拿到的报酬不高，还总是被拖欠。洛夫克拉夫特就是其中之一，《怪谭》1923年创刊之后过了六个月，他在这本杂志上发表了第一个故事。1919年9月这篇《大衮》曾在另一本叫作《游民》[9]（*The Vagrant*）的小杂志上刊登过。

不久，洛夫克拉夫特成了《怪谭》的常客，而且，当他的稿件偶尔被退回后，他实际上几乎不会再把稿子投到别处去。他的朋友一度不得不擅自将他的两份手稿拿到《惊异》上去发表。事实

1. 爱尔兰作家，剧院经理人，代表作为《德古拉》。
2. 英国作家，“傅满洲”形象的创造者。
3. 英国作家，著述颇丰。洛夫克拉夫特很欣赏其作品《边陲鬼屋》。
4. 英国作家，洛夫克拉夫特的朋友。
5. 美国作家、记者、广播员，代表作为短篇小说集《难以置信的历险》。
6. 英国历史学家、作家，鬼故事大师。
7. 第十八代邓萨尼勋爵，代表作为《精灵王之女》。
8. 1973年后《怪谭》复刊，不定期发行。2019年又发行了一期。
9. 该杂志仅在1918—1922年间发行了4期，其中1921年完全停刊。

上，那时很少有其他杂志会刊登这类小说。《故事大全》、《阿尔戈西》或《骑士》杂志会刊登像欧文·S. 科布（Irvin S. Cobb）的《鱼头》[1]（“Fishhead”）这样难得一见的故事，但唯有《怪谭》才是这类恐怖小说的专属刊物。之后出现的《可怖故事》（*Horror Stories*）和《骇谭》（*Terror Tales*）专门刊载虐待文[2]，像《惊险图书》[3]（*The Thrill Book*）、《异谭》[4]（*Strange Tales*）、《鬼怪故事》[5]（*Ghost Stories*）这些杂志则不是迅速消失就是没什么影响力。

洛夫克拉夫特的重要性在于其文学生涯的两个方面：他在通俗文学领域开辟出自己的一片天地，并且引来了大批的追随者。这片天地就是超自然恐怖小说。在他的分析中，他将其和与之类似的恐怖单纯来自物质上的恐怖小说加以区分，称后者是“俗世的恐怖”。他提倡的是来自未知的恐怖：

> 是不是真正的怪谭，唯一的衡量标准就是——能否在读者心中激起深邃的恐怖感，以及与未知领域和力量接触的感觉；一种微妙的心态，就好像在敬畏地倾听，听着黑压压的鸟群拍打翅膀，或是听着已知宇宙之外的阴影和存在，在它最遥远的边界上发出的刮擦声[6]。

洛夫克拉夫特本人看来几乎同他的小说一样古怪。他才 8 岁时，父亲就在一家精神病医院中死于麻痹性痴呆；母亲也患有精神病，去世前住院多年。除了与布鲁克林的一位女商人有过一段短暂且失

1. 首发于 1913 年的《骑士》杂志。
2. 前者存在于 1935—1941 年，后者存在于 1934—1941 年。二者均以色情虐待场面招揽读者。
3. 该杂志仅在 1919 年发行了 16 期。
4. 该杂志 1931—1933 年间发行了 7 期。
5. 月刊。存在于 1926—1929 年间，起初为高级杂志，后改为纸浆杂志。中途停刊若干次。
6. 出自前文提到的《文学中的超自然恐怖》。

败的婚姻生活[1]外，洛夫克拉夫特一直在普罗维登斯跟姨妈们住在一起，靠逐渐缩水的家庭收入和替人代笔、校对勉强度日。洛夫克拉夫特曾花费不少时间从事业余新闻写作，无偿为其他出版物撰稿。他的小说给他带来的收入也很少。

但他和许多青年作家成为笔友，经常给他们寄去长得、详细得难以置信的书信。他常常会对他们的作品加以点评和鼓励，有时候还和他们合作。这些青年作家的回馈则是对他的散文风格和神话顶礼膜拜，主动追随。在这些青年作家中，有 E. 霍夫曼・普赖斯[2]、克拉克・阿什顿・史密斯、唐纳德・旺德莱和霍华德・旺德莱，罗伯特・布洛克[3]、亨利・库特纳、C. L. 穆尔、弗兰克・贝尔纳普・朗，以及卡尔・雅各比。奥古斯特・德莱思[4]（August Derleth）非常热爱洛夫克拉夫特的作品和他杜撰出来为自己的小说作背景的克苏鲁神话，以至于他和唐纳德・旺德莱一起创办了阿卡姆书屋。这家出版社在洛夫克拉夫特死后出版了他的《异乡人及其他》（*The Outsider, and Others*，1939）以及另外一些作品，后来又出版了雷・布雷德伯里（Ray Bradbury）早期的一些奇幻作品和 A. E. 范・沃格特（A. E. van Vogt）等作者写的科幻小说。

洛夫克拉夫特于 1937 年因肾小球肾炎和肠癌去世。他在身后留下了一部长篇小说《查尔斯・德克斯特病房之案》（*The Case of Charles Dexter Ward*，1941 年连载）和大把的短篇小说，其中许多都是围绕着一套神话展开的。神话里，古老邪恶的大能[5]们曾一度统治地球，后来被驱逐出去，它们想要回归世间，并且在这世界某些

1. 1924—1926 年。
2. 与洛夫克拉夫特共同创作《穿越银匙之门》。
3. 美国小说家、编剧。希区柯克的代表作《惊魂记》就出自他手。
4. 美国作家、编辑，克苏鲁神话的重要整理和修订者。
5. 指拥有超越凡人之力的伟大存在，可能是神，也可能不是。

古老、黑暗、落后的角落里依旧正为人膜拜。他最著名的短篇小说包括:《超越时间之影》(“The Shadow Out of Time”)、《疯狂山脉》(“At the Mountains of Madness”)、《异星之彩》(“The Colour Out of Space”)、《印斯茅斯的阴霾》(“The Shadow Over Innsmouth”)、《敦威治恐怖事件》(“The Dunwich Horror”)、《黑暗中的低语者》(“The Whisperer in Darkness”)、《克苏鲁的呼唤》(“The Call of Cthulhu”)、《墙中之鼠》(“The Rats in the Wall”)和《异乡人》(“The Outsider”)。

《大衮》是洛夫克拉夫特最早的短篇小说之一，它建立在既有的神话，而非他自己的神话之上。这篇小说缺乏洛夫克拉夫特的某些极端性的语言风格——他在努力令读者毛骨悚然的过程中发展出来的那种语言风格。

恐怖小说以及任何类型的奇幻小说都难以同科幻小说截然分开，因为它们都涉及奇异的幻想。许多文学评论家根本就不想对它们加以区分；有些坚持认为两者之间根本不存在明显的差别。不过，奇幻小说靠幻想力和文字的魔力使人着迷，令人战栗；而科幻小说则靠逻辑和解释来让人信服。科幻小说描述出读者无法想象会存在于此世的离奇景象；而奇幻小说则告诉读者，这个世界比他的想象更加离奇。

（何锐　译）

大衮

[美国] H. P. 洛夫克拉夫特

写下这些，我承受着巨大的精神压力，因为今晚我就会与世长辞。我身无分文，在唯一能够续命的毒品供应结束时，再也无法忍受这种折磨。我将从这个顶楼的窗户跳到下面肮脏的街道上。不要因为我沉迷于吗啡就以为我是个懦弱或堕落之人。当你读到这些匆匆草就的纸页时，纵然你不能完全理解，你也许能猜得到，我为什么必须拥抱遗忘或死亡。

那是辽阔的太平洋上最开放最不常有人光顾的水域之一，我作为押运员的那班轮船受到了德国海盗的袭击。当时，第一次世界大战刚刚开始，德国佬的海上力量还没有完全退化到他们后来的潦倒状态；因此，我们的船成了合法战利品，而我们的船员则作为海军俘虏得到了应有的公正和尊重。事实上，劫持者的纪律非常宽松，以至于在我们被俘五天后，我就设法独自乘坐一条小船逃走了，带了可以维持很长一段时间的水和食物。

当我终于发现是自己一个人在自由漂流时，我对周围的环境几乎一无所知。我从来都不是一个称职的领航员，只能根据太阳和星星模糊地猜测我是在赤道以南。我对经度一窍不通，也看不到任何岛屿或海岸线。天气一直很晴朗，我在烈日下漫无目的地漂流了不知多少天，等待过往的船只，或登上某处有人居住的陆地。但船只和陆地都没有出现，在波涛起伏的苍茫大海上，我开始因孤独而绝望。

改变发生在我睡觉的时候。我永远也不会知道其中的细节；虽然睡得很不踏实，噩梦连连，但我的睡眠是连续的。当我终于醒来时，发现自己半个身子陷进了一大片黏糊糊的令人作呕的黑色泥沼中，泥沼在周围单调地起伏着，一直延伸到我目力所及之处，我的小船也在稍远一点的地方搁浅。

也许有人会想，对如此惊人而出人意料的景象变化，我的第一感觉可能是惊讶，但事实上，我是震骇而非惊讶；因为在空气和腐烂的泥沼里有种不祥的气氛，使我毛骨悚然。这一带臭气弥漫，到处是正在腐烂的鱼的尸体，还有其他一些难以形容的东西，我看见它们从无边无际肮脏的泥沼中突出来。也许我不应该指望仅仅用语言来表达这种能够存在于绝对寂静和无限荒芜中的极端恐怖。除了一大片黑色的泥沼，什么也听不见，什么也看不见；然而，正是这完全的寂静和单调的景色，使我感到一种恶心的恐惧。

太阳在空中燃烧，天空晴朗得残酷，对我来说几乎是黑色的，仿佛映照出了我脚下那片漆黑的沼泽。当爬进搁浅的小船时，我意识到只有一种理论可以解释我的处境。由于一些史无前例的火山剧变，一部分海底很可能被抛出了水面，使那些亿万年来隐藏在深不可测的水下的区域暴露出来。我脚下隆起的新大陆如此巨大，以至于我尽力伸长耳朵也无法察觉汹涌大海中最微弱的声响。也没有海鸟来捕食死物。

一连几个小时，我坐在船里沉思或者担忧，小船侧翻着，当太阳在天空移动时，带来一点阴凉。随着时间的推移，地面失去了一些黏性，似乎很可能在短时间内就能干燥得足以旅行。那天晚上我几乎没睡，第二天，我为自己打包好食物和水，准备开始陆地旅行，去寻找消失的大海和可能的救援。

第三天早晨，我发现土地已经干得可以在上面轻松行走了。死鱼的气味让人发狂，但我一心想着更为重要的事情，并不介意这样微不足道的邪恶，便向着一个未知的目标大胆出发了。在远处一座小山的指引下，我一整天都在稳步向西行进，连绵起伏的荒原上，那座小山比任何其他高地都要高。那天晚上我露营休息，第二天仍然朝着小山前进，尽管那个目标好像并不比我当初看到它时更近。到了第四天晚上，我抵达小山脚下，结果发现它比从远处看到的要高出很多；中间有条峡谷，使它在正常的地面上显得更加险峻。我太累了，无法攀登而上，只好睡在小山脚下。

那天晚上，我不知道我的梦为何如此疯狂，但是，当东方旷野上空升起一轮奇异的凸月时，我在一身冷汗中醒来，决定不再睡了。我所经历的这些幻象太诡异了，让我再也无法忍受。在明亮的月光下，我明白了自己在白天赶路是多么不明智。如果没有烈日的炙烤，我的旅行就不会那么耗费精力；事实上，我现在觉得完全有能力完成在日落时打了退堂鼓的攀爬。我捡起背包，开始向山顶进发。

我说过，这种起伏的荒原上一成不变的单调是我隐约感到恐惧的根源；但当我登上山顶，俯瞰另一侧无底的深渊或峡谷时，我的恐惧更甚，因为月亮还没有升到可以照亮黑暗谷底的高度。我感觉自己身处世界的边缘，正居高临下凝视着永恒之夜神秘莫测的混沌。在恐惧中，我不禁好奇地想起了“失乐园”，想起撒旦在未经改造的黑暗世界里可怕的攀爬。

当月亮在天空中升得更高时，我开始发现，峡谷的坡度并不像我想象的那么陡峭。岩架和突出的石头为下坡提供了相当容易的落脚点，而在向下爬了几百英尺后，山坡变得非常平缓。在一种无法完全确定的冲动驱使下，我艰难地爬下岩石，站在下面平缓的斜坡上，凝视着尚未有一丝光亮透进来的地狱般的深渊。

突然，我的注意力被对面斜坡上一个巨大而奇异的物体所吸引，它陡然屹立在我面前大约一百码的地方；在冉冉升起的新赐月芒下闪着白光。我马上安慰自己，那不过是一块巨大的石头；但我明显地意识到，它的轮廓和所处的位置全然不是自然所为。细看之下，我心中充满一种无法言喻的感觉；尽管它体积庞大，而且自从地球年轻时就处于一个由海底断裂而形成的深渊中，但我确切地意识到，这个奇怪的物体是一块形态规整的巨石，它那庞大的身躯已然了解有生命、有思想的生物的技艺，或许还了解它们的崇拜仪式。

我茫然而害怕，但也不乏某种科学家或考古学家的喜悦，我更加仔细地观察了周围的环境。现在，月近中天，照在峡谷之中高耸的峭壁上，发出奇异而生动的光芒，它还揭示了这样一个事实：一大片水域在底部流淌，向两侧蜿蜒而逝，我站在斜坡上，水流几乎打湿了我的双脚。峡谷对面，水流冲刷着巨石的底部，此时我可以在其表面辨出铭文和粗糙的雕刻。这是一种我并不了解的象形文字系统，与我在书中见过的任何文字都不一样，大部分都是传统惯例中水栖生物的象征符号，比如各种鱼类（包括鳗鱼）、甲壳类动物、软体动物（包括章鱼）、鲸鱼等。还有几种符号，显然代表着不为现代世界所知的海洋生物，但我在海上升起的平原上见过它们腐烂的样子。

然而，最让我着迷的还是那些光怪陆离的雕刻。由于它们尺寸巨大，隔着中间的水流，可以清楚地看到一排浅浮雕，这些浮雕的主题一定会让多雷[1]羡慕不已。我想，这些浮雕所描绘的应该是人——至少是某种类型的人，尽管这些生物被描绘成像鱼一样在某个海洋洞穴的水中嬉戏，或被描绘成在某个看起来也在波浪之下的

1. 19 世纪法国著名版画家、雕刻家和插图作家。

巨大神殿中进行礼拜。对于它们的面容和形态，我不敢详述，因为一想起这些，就会让我眩晕。它们怪诞得超乎爱伦·坡或布尔沃[1]的想象，尽管手脚有蹼、嘴唇宽大且松弛得吓人、眼睛呆滞而鼓胀，还有其他一些不太令人愉快的特征，但很可恶，它们在大致轮廓上是人类。奇怪的是，它们似乎被雕琢得与周围优美的风景很不相称；其中有幅画面描绘的是一个生灵正在捕杀一只比它体形稍微大些的鲸鱼。如我所说，我注意到它们的怪诞和奇异的尺寸。但过了一会儿，我断定，它们不过是某个原始捕鱼或航海部落虚构的神灵。这个部落的最后一个后裔在皮尔当人[2]或尼安德特人[3]的第一个祖先出生前很久就已经灭亡了。无意中窥见连最大胆的人类学家也不可想象的过去，让我震撼不已，月亮奇异地倒映在我面前寂静的水域之中，我站在那里陷入了沉思。

突然，我看见一个什么东西。它只是轻微地翻腾了一下，表明它升到了水面，在幽暗的水上悄悄潜入我的视野。那个家伙体形庞大，和波吕斐摩斯[4]一样丑陋，像一头梦魇般的怪兽猛地扑向那巨石，在其周围伸出长满鳞甲的巨大手臂，同时低下丑陋的头颅，发出某种有节奏的声音。我想我当时就疯了。

至于我如何疯狂地爬上斜坡和悬崖，又如何丧魂落魄地回到搁浅的船上，我几乎想不起来了。我确信我唱了很多歌，当我唱不出时，我就奇怪地放声大笑。我隐约记得，登上小船后不久，就遇上了一场暴风雨；无论如何，我知道我听到了隆隆的雷声，和大自然只有在最狂野的愤怒中才会发出的其他声响。

当我从阴影中走出时，我在旧金山的一家医院里；是一位美国

1. 英国作家和政治家，在犯罪小说、神秘小说、科幻小说方面皆有成就。
2. 在英国皮尔当发现的史前人类，后经鉴定为伪造。
3. 旧石器时代中期的原始人。
4. 希腊神话中吃人的独眼巨人。

的船长把我带到了那里，他在汪洋大海中救起我的小船。我在精神错乱时说了很多话，但是发现我的话很少引起关注，对于太平洋上的陆地隆起，搭救我的人一无所知；我也认为没有必要坚持一件明知他们不会相信的事情。有一次，我找了一位有名的人种学家，就古代腓力斯人[1]传说中的主神，即大衮，问了他一些奇怪的问题，以供消遣；但很快就发现，他是个无可救药的传统派，我就没再追问。

到了晚上，尤其当月亮渐盈和消亏的时候，我就会看到那个东西。我试过吗啡，但这种药只给我暂时的喘息，还把我诱进它的魔掌，成了一个绝望的奴隶。所以现在我要结束这一切，我已经写好一份完整的信息说明，或者说是一个我的同胞所鄙视的笑料。我常常问自己，这一切是否只是一种纯粹的幻觉——在逃离德国军舰后，当我躺在敞开的小船上，饱受烈日折磨，一派胡言乱语的时候——一种发烧中的异想天开而已。但每当我这样问自己时，面前总会出现一个生动得可怕的幻象作为回应。我一想到深海，就会不寒而栗，那个不知名的东西也许此时此刻正在那黏糊糊的海床上爬行挣扎，膜拜它们古老的石像，并在海底浸在水里的花岗岩方尖碑上，雕刻自己邪恶的肖像。我梦想着有一天，它们会从巨浪中升起，用它们臭气熏天的爪子把那些弱小的、饱受战争摧残的人类残余拖下去——那一天，大地会下沉，而黑暗的海底将在宇宙的混乱中升起。

末日即将来临。我听到门口传来一阵声响，好像有一个巨大的、滑溜溜的身体在缓慢吃力地撞门。它不会找到我的。天哪，那只手！窗户！窗户！

（刘小落　译）

1. 地中海东南沿岸的古代居民。公元前 12 世纪在巴勒斯坦南部沿海一带建立加沙、阿什杜德等小城。

科幻杂志开启惊奇事业[1]

第一部科幻杂志的发行年代可追溯至1924年，即《怪谭》创刊后的那一年。雨果·根斯巴克从1911年便开始在他的流行科学杂志上发表科幻故事，其中包括他自己的若干作品，并于1923年发行了《科学与发明》杂志的“科学故事特刊”。1924年，他给潜在订阅用户群发了一份邮件，描述了一部名为《科学故事》（*Scientifiction*）的新刊物，但反响却不尽如人意。

然而根斯巴克坚持己见，于1926年4月创造出《惊奇故事》。在创刊词里，他宣扬了自己对未来的美好愿景，认为科学技术所能带来的未来充满回报、值得兴奋，并极力推荐这份杂志的新颖性：“……一种新的小说杂志……焕然一新，截然不同……前无古人……值得关注……”

但他认为将“科学小说”用作标题太过暧昧模糊，这个用词过分强调“科学”。“惊奇”听上去更能诠释其内涵，而“科学小说”

1. 标题呼应了《惊奇故事》杂志。

则更适合下定义和充当副标题：就这样，《惊奇故事——科学小说》的大名出现在了书脊之上。

在杂志的前三期中，读者读到的内容是儒勒·凡尔纳、H. G. 威尔斯、埃德加·爱伦·坡和少数其他作者故事的重印版。杰克·威廉森从杂志创刊第一年便开始订阅，他认为该杂志最大的贡献或许就在于让威尔斯的长短篇故事重新面世。在最初的一年半里，杂志封面上总是顶着凡尔纳、威尔斯或爱伦·坡的名头，有时是其中两位，有时是三人一起。

自第四期起，杂志开始刊印新的故事。到 1927 年 10 月刊时，读者们已经在抱怨威尔斯的冗余重复。根斯巴克于是开始降低老故事的重印比例，并着手寻找能够替代封面上那些熟面孔的新作家。

这个为行业架起媒介并奠定基调的人是一个 18 岁时移民美国的企业家,当时他的口袋里只有 200 美元和一个有关电池的计划[1]。开始时，他的事业运转不畅，但在几次失败的尝试后，根斯巴克成功开设了一家进口电器设备的商场，这些设备中包括一台能同时收发信息的家用无线电，为了宣传他的产品，他先是制作了一些商品目录，接着，又出了一本杂志。

他在那些大众科学杂志和《惊奇故事》上选刊的早期作品出众之处多在于创作热情，而非叙事技巧。然而，偶尔也确实会出现一种新故事，如《组织培养王》(“The Tissue-Culture King”，1926)。该故事的杰出之处不仅在于较同侪更为娴熟的语言应用，更在于它与生物学的关联性。

生物学为 20 世纪三四十年代的科幻故事提供的灵感有限；当时更令读者着迷的是那些物理科学——直到 20 世纪 60 年代，受到生

1. 雨果·根斯巴克当时发明了一种改进型干电池，他计划到美国生产和推销它。

物学令人惊异的全新发展驱使，作者们才转而开始从这个即将在新千年占据主导地位的学科中汲取灵感。但意义重大的生物学发现在19 世纪末与 20 世纪初已相继面世：路易·巴斯德发现的疾病细菌学说，约瑟夫·李斯特的灭菌消毒法，孟德尔遗传学的再发现，遗传与进化的未来发展，等等，不一而足。

在文章《组织培养王》中提及的亚力克西斯·卡雷尔是这个科幻故事最直接的灵感来源。他因在血管缝合术上的贡献获得 1912 年的诺贝尔奖，但更为卓越的是他在器官移植以及灌注血液和营养液以维持器官健康存活方面的研究。他取得鸡胚心脏的成纤维细胞，使之存活并生长了 34 年。他还与查尔斯·林德伯格合作开发了一个人工心脏。

朱利安·赫胥黎（Julian Huxley）是个领先于时代的人。不过这不足为奇，他来自一个在若干运动中充当了先锋角色的家族。他的祖父托马斯·亨利·赫胥黎是达尔文在英格兰的头号拥护者（也是 H. G. 威尔斯的生物老师），舅外祖父是马修·阿诺德，弟弟阿道斯·赫胥黎也在多年后成为一名杰出的小说家和社会评论家。

朱利安·赫胥黎是一名生物学家与科学作家。他在美国与英国教过动物学与生理学，参加过探险队，住过非洲，担任过摄政公园的动物园[1]园长，做过《大英百科全书》的生物学编辑，同威尔斯和其子 G. P. 威尔斯合作撰写了《生命之科学》，还以合著或独撰的形式创作了许多其他有关科学与社会的书籍。他同时也是联合国教科文组织第一任总干事。

《组织培养王》显然是他唯一的一篇科幻故事。该故事最早发表于《耶鲁评论》（*The Yale Review*）1926 年 4 月刊。根斯巴克发

1. 即伦敦动物园。

掘了，抑或是经人推荐选择了将这篇故事重刊于《惊奇故事》1927年8月刊上。赫胥黎的作品开科学家撰写科幻小说之先河，并将迎来许多后继之人，如约翰·泰恩（即埃里克·坦普尔·贝尔）、菲利普·莱瑟姆（即罗伯特·S. 理查森）、艾萨克·阿西莫夫、弗雷德·霍伊尔、格雷戈里·本福德和许多其他人士。

务请注意，赫胥黎在这篇文章中提出了科学的社会价值与科学家的社会责任等问题——远早于原子弹的爆炸[1]。

（憬怡　译）

1. 原子弹爆炸在西方社会引起了对这些问题的关注热潮。

组织培养王

[英国] 朱利安·赫胥黎

我们在沼泽中行进了三天，最后终于来到一片旱地，走上了一道缓坡。坡顶的灌木比坡下要浓密得多。我们走得越近，就越觉得它像一道城墙；那灌木给人一种特意被人栽种在那里的感觉。我们不想一路披荆斩棘，于是就在那道绿墙下右拐继续前进。走出三四百码后，我们来到一片伸入灌木丛中的空地，空地越向前越窄，逐渐变成普通步道或行车道的宽度，让人有点起疑。不过，我觉得还是应该抓住一切前进的机会，于是就命令马队朝空地出发，我自己则紧跟在向导后面占第二位。

带路的向导忽然从喉咙里发出一声惊叫，停住了脚步。我定睛一看，一只体态臃肿的非洲大蟾蜍正一跳一跳地穿过步道。而那蟾蜍的肩膀上还有另一个朝上杵着的脑袋！我可从没见过这种玩意儿，便想把这奇怪的东西捉来充实我们的收藏。可我甫一上前，那家伙就几步跳进了布满荆棘的灌木丛。

我们继续前进，而我也越来越确信我们走的这道空隙是人造的。又走了一小会儿，我们就听到了一阵嗡嗡声。很快，嗡嗡声变成了人说话的声音。我命令队伍停了下来，自己则和向导一起匍匐前进。

透过最后一道灌木屏障，我们窥视到下方有一座山谷，眼前的景象让人大吃一惊。发出声音的是一个体形巨大的黑人，他的身高至少有八英尺，我这辈子都没在马戏团外见过个子这么高大的人。那人跪坐着，时不时地还把上半身伏在地上，念诵着不知道是祷词还是咒语之类的东西。他所膜拜的对象就摆在面前的地上：是一小片玻璃板，放在一个小巧的雕花乌木架上。他的身旁还放着一支长矛和一个带盖的漆花篮子。

大概过了一两分钟，巨人默默地跪拜行礼，然后将那个乌木支架和玻璃片放进篮子。让我惊讶的是，他又从篮子里拿出一只双头蟾蜍放在地上，这只蟾蜍的样子和我之前见过的那只一样，只不过这只是装在一个草编的笼子里。接着，又是更多的跪拜、祷告。一切都结束后，跪坐的巨人将蟾蜍放回篮子，静静地观察起了周围的风景。

山谷荒野的尽头是一片地势起伏的土地，中间夹杂着丛丛灌木。不远处传来的声音引起了我的注意：灌木丛中有一片彩色的东西闪过，是一队人马正在朝这边走来，大概有三四十人，他们中的绝大多数都跟我们看到的这个黑人一样高大。所有人都排着队，手持巨大的长矛，腰间系着彩带，腰带前面似乎还有个类似于毛皮袋[1]一样的东西。走在最前面的是一个中等身材的黑人，那人手持一根木棍，看起来很聪明。跟在他身后的两个人比那些巨人还要显眼，身形矮小，几乎就是侏儒的程度，脑袋还很大，不论是脸还是身体都胖嘟嘟的，还很壮实，黝黑的肩膀上都披着亮黄色的披风。

看到他们，我们先前见到的这个巨人也起身僵立在他的篮子前。这队人马走近后停了下来。领头的下了几道命令，队列中出来一个

1. 苏格兰男子民族服装的一部分，系在褶裥短裙前。

巨人，走向我们这边的这个巨人，拎起篮子，动作僵硬地递给后者，然后两个人站成了一个小队。显然，我们正在目睹某种换岗的例行程序，而我绞尽脑汁也想不通这一切究竟都意味着什么——卫兵、巨人、侏儒、蟾蜍……正当我百思不得其解之时，身后忽然传来一声惊叫。

是个该死的挑夫，一个讨厌的家伙，总是喜欢表现得跟别人不一样。我猜，他是因为等得不耐烦了，就自作主张地爬过来一探究竟。而突然看到一群巨人，他的神经有点受不了了。我打了个手势让他安静，但已经太迟了。那帮人听到了他的叫声；领头的立刻下达命令，巨人们兵分两路冲上来包抄我们。

暴力抵抗显然是没有可能的。尽管心都快提到了嗓子眼儿，但我还是竭力维持着尊严，跳了起来，举起空空的双手，同时告诉向导不要开枪。眼看要有十几支长矛向我飞来，但他们并没有动手。领头的跑上山坡，又下了一道命令。两个巨人走上前来，用手臂架住我的双手。向导和挑夫被长矛的矛尖赶在最前面。其他挑夫也已发现事情不对，开始四散奔逃。持矛的巨人又分出了一半去追赶他们。我们三个则被坚定而轻柔地押下山，穿过山谷向前走去。

我完全听不懂他们说的话，便叫向导去试试。结果发现那是某种他也只能听懂一点的方言。除了知道我们正要被带去某个上级机关外，其他一切一无所知。

两天来，我们被押送着走过那如花园般怡人的土地，每隔一段就有一座村庄。不时地还能看到一些新的怪物：不是侏儒就是一些肥胖无比的妇女，或是什么双头动物，这让我不由得萌发了一个念头：我怕是一不小心偶然发现了马戏团怪物的来源地吧。

地势终于开始缓缓向下倾斜，延伸至一片怡人的河谷。我们随即到达了首都附近。对于非洲而言，那儿看起来确实是座大城市，泥制的城墙建筑形式怪异，让人印象深刻，还有厚重的板状拱壁支撑。城墙上站着巨人守卫。看到我们几个人走近，守卫们喊叫了起来，一大群人也从最近的一扇城门里拥了出来。天哪，这都是些什么人啊！经过这几天时间，我已经慢慢习惯了巨人。但这简直就是一场日常上演的“巴纳姆和贝利秀”：到处都是半侏儒，还有些人与他们类似但更甚——就是让人分不清这些家伙到底是早熟的儿童还是极度发育不良的成人。有些人极端肥胖，手臂粗得就像熏羊腿，一圈圈鼓出来的肥肉远胜他们丰乳肥臀的祖先；还有些人浑身干瘪，一副未老先衰的样子；另有些人则是一副面目可憎的痴呆相。当然，外貌正常的黑人也不少，但奇形怪状的人数量已经多到让人感觉诡异了。刚一进城，我就注意到了另一样让人感觉莫名费解的东西——一条电话线，外层的绝缘体保存完好，穿过一棵棵树木，悬挂在空中。一部电话——在一座不知名的非洲城镇。我放弃思考了。

结果还有意料之外的事在等着我。我看到一个人影经过，那人——正从一座大房子走向另一座大房子——毫无疑问是个白人。首先是因为他穿着白帆布的衣裤，戴着硬壳太阳帽，其次是因为他长着一张苍白的脸。

听到我们这帮人的声音，他转过身，站着看了一会儿，然后朝我们走了过来。

“嘿！”我叫道，“你会说英语吗？”

“会。”他回答，“不过先别说话。”说完，他就跟我们这边的那个领头人语速飞快地交谈了起来。那个领头人对他极其尊重。他又返回到我身边语速飞快地对我说：“你们会被带到议事厅去接受讯问，不过我会确保不让你们受到任何伤害。这片土地禁止外人进入，你们得做好被关押一段时间的心理准备。例行的手续一结束，你们就会被送到神庙去见我，到时候我会解释一切的。他们也需要解释。”他干笑了一声，“顺便说，我叫哈斯科姆，之前曾在米德尔塞克斯医院做研究员，目前是尊敬的穆格比陛下的宗教顾问。”他笑了笑，然后就离开了。这人很有意思——五十岁上下，身形清瘦，面庞尖削，留着一小撮胡子，一双淡褐色的眼睛深陷在眼眶中。至于神情，既愤世嫉俗，又装出一副对生活还兴致满满的样子。

此时，我们已经到了大厅入口。押送我们的巨人在外面排好了队，我的人马跟在他们后面，只有我跟他们的头领两人获准进入。讯问极其正式，讯问我们的是十几名身着长袍、相貌端庄的男子，他们举止威严，充满仪式感。我的手下们被赶进了一处院落。我则被护送进一间小木屋，里面的家具陈设有意模仿了欧洲的风格。我在那里找到了哈斯科姆。

只剩下我们两个人时，我立刻追着他问起了各种问题：“现在可以告诉我了吧。我们这是在哪儿？所有那些‘马戏团表演’和‘怪物展览’似的玩意儿都是怎么回事？你又是怎么来这儿的？”他打断了我的问题：“这就说来话长了，为了节省时间，就让我按我的方式来讲吧。”

我不打算按照他讲述的方式来讲述这个故事。我会结合他后来告诉我的其他事实与我自己的观察，尽量将整个事情讲得前后连贯。

哈斯科姆原是一名有着远大前途的医学生，在获得学位后就投入到研究工作之中。刚开始，他研究的是寄生原虫，后来因为喜欢组织培养而换了课题。以此为基础，他又转向了癌症研究，之后又转向了发育生理学。后来，一个研究昏睡病的大型委员会组建了起来，不知疲惫而又渴望旅行的哈斯科姆动用关系，把自己弄进了一支派往非洲的科考队。有一个论点给他留下了深刻印象：可食用的野生动物是冈比亚锥虫的宿主。了解到野生动物广泛迁移的情况后，他认为自己发现了这种疾病传播的一种极为重要的可能方式，并要求去乡间调查这一问题。为了看看他还能发现些什么，委员会在整个任务结束后又批准他与另一名白人及一队挑夫继续留在非洲。他的这位白人同事是名实验室技术员，也是一名沉默寡言的科研士官，名叫艾格斯。

他们在这里的经历没什么可说的，知道他们迷了路，落入这个部落之手就足够了。那是十五年前的事。几年后，艾格斯在一次逃跑被抓回来时受了伤，自那以后没多久就过世了。

被抓后，他们也曾在议事厅里接受过讯问。哈斯科姆（他对人类学及绝大多数科学课题都有兴趣，不过都只有业余的水准）被这里他所谓的极端宗教气氛所震撼。每做一件事都要经过一套繁复的仪式。部落的首领与其说是国王更像是个祭司，需要定期举行各种仪式，而祭司们则一直在某种类似于祭坛的地方忙碌着。除此之外，他还注意到他们有一种仪式和血液有关。首领与各位议事会成员依次刺破指尖，挤出一滴生命的液体，混合起来，盛放在一个小容器内，然后在火焰上缓缓蒸发。

哈斯科姆的手下里有几个人所讲的方言与这些抓获他们的人类似，于是其中一个就充当起了翻译。情况看起来对他们并不十分有利。这片土地似乎是个“圣地”，他们的部落也是“圣族”。其他误闯入这里的非洲人不是被杀就是被收为奴隶。不过通常情况下外人都躲得远远儿的，更别提闯入了。至于白人，他们听说过，但在此之前从没有见过。于是，辩论的焦点就是该如何处置这些人——杀掉、放掉，或者奴役？放掉，就违反了他们的原则：如果有关圣地的消息四处传播，圣地就会受到玷污。奴役，倒是可以，但是这些人又能干什么呢？而且议事会似乎出于本能地厌恶这些肤色不同的生物。哈斯科姆有了个主意。他转身对翻译说：“告诉他们，‘你们崇拜血液，我们白种人也是，而且我们还更进一步——我们可以让血液中隐藏的本质与真实样貌变得肉眼可见。如果你们容许，我就会向你们展示这一伟大的魔法。'”他向携带他那台精密显微镜的挑夫招了招手，架设好显微镜，然后用他的小刀刺破指尖，挤出一滴血，滴在载玻片上，盖上盖玻片。那帮达官显贵明显都很有兴趣，一个个交头接耳窃窃私语。最后，首领命令道：“给我们看看。”

哈斯科姆用心地演示了起来，比很久以前给那些医学专业的一年级学生演示操作时更用心。他解释说，血液里住满了各种各样不同的小人儿，每个都有他们自己的生命，而窥探他们能给予我们凌驾于他们之上的新的力量。长老们或多或少都受到了触动。无论如何，此前他们根本没有在血液中见过这成千上万的小东西，这让他们不由得思考，并让他们意识到，这个白人有种本领——这种本领可以让他成为一个理想的仆从。

他们不愿意让人观察自己的血液，因为害怕那会让他们受到观察者的控制。不过他们从一个奴隶身上抽了点血。哈斯科姆还要了一只鸟，并向他们展示了鸟的血细胞与人的血细胞之间是如何的不同，激起了这帮人的兴趣。

“告诉他们——”他对翻译说，“如果他们肯给我时间，我就会向他们展示我所掌握的其他能力和魔法。”

总而言之，他和他的人都被赦免了——他说他就是在那时明白了一个人在听到地方法官说“收押候审一周”时是什么心情。

部落里的一位长老政治家引起了他的注意。那是一名中年男子，个子很高，给人一种强悍有力的感觉。第二天，那个人就过来看望了他，让他又惊又喜。后来，哈斯科姆给这个人起了个绰号：王子主教，因为他的身上结合了政治家和传教士的品质。这人真名为布加拉，急于更多地了解哈斯科姆的神秘力量与资源，正如哈斯科姆也急于了解他落入了何人之手，能就此做些什么。于是，他们两个几乎每天傍晚都要见面，而且一谈就谈到深夜。

布加拉的问题跟哈斯科姆的一样，没有几个是在纯粹学术好奇心的驱使下提出来的。显微镜给他留下了强烈印象，但更让他印象深刻的是这件事对他同僚们的影响。这让他急于想知道，能否通过利用这个白人的力量来提升自己的地位。最后，他们达成了一笔交易。布加拉会利用自己的影响力来确保哈斯科姆不受到任何伤害，哈斯科姆则会将他的力量和资源交由议事会支配，而布加拉会精心运作，确保自己从中受益。从哈斯科姆了解的情况来看，布加拉设想了一场对本民族宗教的彻底改革，或者说是以哈斯科姆的把戏为基础的改革。而他，布加拉本人，将在改革后的体系中充当大祭司的角色。

哈斯科姆有种幽默感，这种幽默感此刻又跳了出来。情况看起来似乎很明显，他们不可能逃跑，至少目前不可能。既然是这样，那为什么不抓住这个机会花公家的钱做一点小研究呢？在国内时，这种机会可是他和他的同僚们梦寐以求的。他开始浮想联翩。他可以尽己所能地研究这个部落的仪式与迷信。他可以，在他的知识和科研技能的帮助下，把这些仪式的细节、迷信的表达以及宗教信仰的物质层面提升到一个全新的水平，让他们感受什么才是真正的奇迹。

那些来来回回的磋商、一开始的出师不利以及所有的误解我都不想再费神讲述。总之，最后他得到了他想要的一切——一座可被用作实验室的房子；不受限制的人力资源供应，奴隶可以做实验室的初级工作，祭司可以为实验室里难度更高一些的工作充当助理；他们还向他承诺，一旦他的科研耗材用尽，他们一定会竭尽全力从沿海地区为他弄来新的——这项承诺得到了不折不扣的执行。从那以后，他就再也没有缺过用钱能买到的实验用品。

接下来，他就专心致志地研究起了他们的宗教。他发现，这种宗教是围绕着各种不同的主题模块建立起来的。第一，处于中心地位的是对祭祀王的神性与极端重要性的信仰；第二，是某种形式的祖先崇拜；第三，是一种拜动物教，尤其是对非洲动物中那些外观更为怪异的种类的崇拜；第四，是性，各种变化形式的性。哈斯科姆仔细思考了这几个方面的因素。组织培养，实验胚胎学，内分泌疗法，人工单性生殖。他笑了笑，自言自语道："嗯，至少我可以试一试，应该会很有趣的。"

所有一切就是这么开始的。也许，介绍情况发展的最好方式就是由我来为大家讲述一下哈斯科姆带我参观他的各个实验室时我自己的切身体会。整座城镇的四分之一都被拿来发展宗教——要我说实在是太奢侈了。不过哈斯科姆提醒我说，西藏把五分之一的收入都花在了神龛前燃烧的酥油上。神庙正殿正对着大广场，用泥筑成，很坚固。正殿两侧是神的仆侍与神圣仪式的管理者们居住的寓所。后面是哈斯科姆的实验室，其中有些是泥筑的，另一些是后来在他的指导下建造的木构建筑。这些建筑组合成一个个围院，日夜由巨人巡逻守卫。其中一个围院中有个水池，起到水族馆的作用。另一个围院中有巨大的鸟笼和鸡舍。还有个围院里用笼子装着各种动物。第四个围院里有座小植物园。再后面是养着几十头牛几十只羊的牲口房，还有一个类似于人类实验区的地方。

他带我走进距离最近的建筑。"这——"他对我说，"就是这里的人所称的工厂（这个词的确切意思很难传达，不过它字面上的意思就是生产的地方）。王权威严的制造厂，祖先永生的不朽源泉。"我环顾四周，看到一排排身形丰满而又光彩照人的非洲妇女，她们身着紧身的白色衣裙，头戴白帽，手戴橡胶手套，看起来非常得体，但又是那么的不同寻常。房间里摆放着很多显微镜，还有各种冒着蒸汽的容器。房间的后半部分被一道木质屏障隔开，上面有一系列玻璃门，每扇玻璃门通向一间小隔间，每个隔间都贴着用那种不知名语言写的标签，每间里面都放着几样东西，跟我在被抓前看到的那个巨人从篮子里拿出来的东西一样。这些隔间四周布满管道，看起来是用来将房间角落处的炉火所散发出的热量输送到各处用的。

"王权威严制造厂！"我叫道，"祖先永生的不朽源泉！你这到底都是什么意思？"

"如果你喜欢更普通一点的名字——"哈斯科姆说，"那就叫它宗教组织培养研究所吧。"我的思绪回到了 1918 年的某一天，一位在纽约搞生物研究的朋友带我去参观著名的洛克菲勒研究所时的情景，"组织培养"这个词让我想起了在那里见到的亚历克西斯·卡雷尔博士和那一群身着白衣的美国姑娘。他们就在做培养基制作、消毒、显微镜观察、培养等工作。

确实，哈斯科姆研究所的装备没有那么好，但他的员工队伍更加庞大，肤色也不一样。

哈斯科姆开始跟我讲解了起来："你可能也知道，弗雷泽的《金枝》[1]一书为我们介绍了神圣祭司王的概念，并展示了这一概念在原始社会中的基础性地位。部落的福祉被认为与国王的福祉密不可分，因此需要采取特别的预防措施来防止国王受到伤害。在这个王国，早前的时代，国王甚至都不被容许用脚接触地面，以防他万一因此而失去神性。国王剪下的头发和指甲都要交给一位最重要的国务大臣，这位大臣的职责就是秘密埋藏这些东西，防止这些东西被某些敌对势力用在黑魔法仪式中，造成国王患病或死亡。如果某个血统

1. 英国著名民族学家、宗教史学家弗雷泽的一部研究原始信仰和巫术活动的科学著作，由于搜集了丰富的人类学资料，被称为人类学的百科全书。"金枝"这个词从古罗马作家所叙述的神话传说中转引而来，源自一个古老的地方习俗：一座神庙的祭司被称为"森林之王"，却由逃奴担任，而其他任何一个逃奴只要能够折取他日夜守护的一棵树上的一截树枝，就有资格与他决斗，杀死他取而代之。

低微的人踩了国王的影子，他就得付出生命的代价。每年，都要有一名奴隶假扮一周的国王，他可以享受国王所享受的所有特权，并在这一周的荣耀终结之时被斩首。据说，这种仪式可以让本可能降在国王身上的疾病或不幸由他人代受。

“我首先组装好仪器，并在艾格斯的帮助下成功取得了优质的培养物——一开始是小鸡的组织，后来，借助于胚胎提取，获得了各种各样成年哺乳动物的组织。之后，我去找了布加拉，并告诉他：即使不能让国王作为一个独立个体变得更加安全，那我至少也能让他所蕴含的生命变得更安全。并且，我认为从神学的角度来看，这也是一个同样令人满意的答案。我向他指出，如果他愿意被任命为国王子代生命的守护官，那他将处于比管家或者神圣指甲埋葬官更为重要的位置，并将有可能让这个职位成为国境内最具影响力的官职。

“最终，我获准使用局部麻醉，取一小块儿陛下的皮下结缔组织出来（他们威胁我说，要是发生意外，我的小命就没了）。在现场贵族们的见证下，我把组织碎片放入培养基，并在显微镜下让他们观看。之后，培养物被放进恒温箱，由一队六名看守守卫——每八小时换一班。让我高兴的是，三天后，所有组织都着床并快速生长了起来。看得出，议事会对此印象深刻，于是我发表了一通气壮山河的演讲，指出这种生长实际上就是王室固有的神圣本质在数量上的增长，更重要的是，我可以让它一直无限增长下去。据此，我将每个培养物切成八块，再分别进行传代培养。这些培养物仍由守卫看守，并在三天后接受检查。这次，只有一部分组织着床，贵族们窃窃私语，有些人还面露怒色，说我杀死了国王的一部分。不过我向他们指出，国王还是国王，他那小小的伤口也已经完全愈合，任何成功的培养物都代表了额外的神性与对国家的保护。不得不说，他们都是很讲道理的人，神学功底一流，因为他们立刻就领会了我的意思。

“我向布加拉指出，现在可以摒弃一些针对王权的古老信条了。布加拉接受了这一点，并且没费多大劲儿就说服了其他人。我介绍给他们的最重要的一个新理念就是‘大规模生产’。我们的目标是无限复制国王的组织，并确保这些组织的某些保护效力散布到全国各地。因此，通过集中精力增加数量，我们便可以取消对国王生活方式的某些限制。国王对此自然是欣然同意。布加拉也是，他已经看到了自己在其中操纵大权的潜力。人们也许会以为，这种程度的创新肯定会遭到巨大的反对，就因为这是个创新。但我必须得承认，这里的人们一点偏见也没有，完全媲美标准的生意人。

“就这样，在解决了原则问题后，我与布加拉展开了多次争论，商讨如何征召我们计划所需的大批人口。这是一个多好的推介科学的机会啊！可惜这里的人都不识字。不过即使在不怎么认字的国家，战争洗脑也很有效果——在这儿也一样。”

哈斯科姆在首都组织了一系列公开讲座。每次讲座都要向被皇家使者邀请来的听众们展示他的君权组织[1]。每次讲座都要为贵族阶层留出最好的位置。演讲人会解释全社会拥有越来越多神圣组织的重要性。不幸的是，准备组织的工作费时费力耗资巨大，这就需要他们都伸出援手。因此就要做出这样的安排：任何人只要捐赠一头母牛或一头水牛，或者其他等价物——三只山羊、三只绵羊或者三头猪——就将获得一份国王的组织，并附赠一副精美的乌木支架。传代培养需要在特定的天数和小时数后进行，因此需要定时将培养物送回换新。如果由于疏忽导致组织死亡，换新的资格也就随之取消。

1. 指从国王身上提取的用于培养的人体组织。

一次捐赠赋予捐赠者一年的传代培养权，期满后可延长。通过这种方式，不光国王组织的总量会大幅度增长，而且还会让所有人都受益，每个组织持有人都将拥有国王陛下实实在在的一部分，他们可以通过自己的努力来增进国王的神性，并从中获得无限的欣喜与殊荣。

他们还可以通过贡献一个女儿给政府来为国家服务。政府将为这些年轻女性提供食宿，并传授她们神圣培养所需的技术。挑选候选人时主要考虑她们的整体健康状况；不过，候选人在宗教原理考试中也应当取得优异的成绩。入选者要接受为期六个月的试用。试用期满后即可获得永久身份资格与“神圣组织姐妹”的头衔。以此为起点，随着年龄、阅历和功绩的增长，她们可以逐步晋级为神圣组织圣母、圣祖母、圣曾祖母和圣祖。因为与万福之源的密切联系，她们将获得功绩与福报，而这一切也将蒙荫她们的家人。

整个计划的进展就如同野火一般。猪、牛、羊、黑人少女源源不断地被送进来。第二年，整个计划就扩展到了全国，巡回实验室也每周被派往全国各地巡游。

到第三年年底，国内已经几乎没有一家不拥有至少一份神圣组织了。如果连一份都没有，那就相当于没穿裤子就走在第五大道上——至少也是没戴帽子[1]。就这样,布加拉对全国宗教进行了一场改革，让自己成为国内最重要的人物，并且牢固确立了应用科学和哈斯科姆在国家组织架构中的地位。

受到成功的鼓舞，哈斯科姆很快就对宗教中的祖先崇拜下了手。他发布了一份公告。并在其中指出：如果崇拜的不仅仅是祖先烧焦了的遗骨，而是他们确确实实活着的并且仍在生长的一部分，那情

1. 本文写于 1927 年之前。——原注

况将更加令人满意。所有渴望从布加拉的国务部中获益的人都应在指定时间将他们的长辈亲戚带到实验室，无痛提取组织碎片进行培养。

事实证明，这对寻常百姓也非常有吸引力。的确，偶尔会有某个祖父或者年迈的母亲被拽来时满腔怒火不愿配合。不过呢，这都无所谓。因为根据法律，一旦孩子长到二十五岁，他们就不仅拥有了敬奉祖先的义务（不论这个祖先是死是活），同时也拥有了对这些祖先的绝对控制权，以确保所有仪式都能得到妥善执行，好最大限度地维护公共利益。此外，没过多久那些祖辈也发现，那只是一个微不足道的小手术，而且一旦完成，获得的好处就是实实在在的。由于子孙后代们更倾向于专心培养那些在老一辈们过世后还要继续侍奉的组织，他们的父母和祖父母反而获得了比以前更大的自由，不再被那些各个年龄段的人都讨厌的限制所约束，也不用再担心会因此而威胁到官方所谓的神圣性。

就这样，王国内几乎每个家庭的炉灶边都不再有一排排存放祖先骨灰的老式坛子，年轻一代都是看着家用载玻片组长大的。每到祈祷时间，载玻片就会被一个个地拿出来，被虔诚地查看。“爷爷这星期长得不好。”你可能会听到一个年轻黑人信徒这么说。家里的父亲会对切片虔诚祷告，如果不管用，组织就会被送回工厂重新活化。反之，看到培养组织有节律地生长将是一件多么令人开心的事啊！祖母组织的迅速生长会让她那张布满皱纹的苍老笑脸再次浮现在我们的眼前。有时候，似乎某一代祖先的组织都会同时猛长起来，就好像是要联合起来保佑他们虔诚的子孙一样。

为了应对有可能发生的一种组织完全灭绝的问题，哈斯科姆建立了一座中心仓库，里面存放着每个组织世系的备份，就是这个位于实验室后面的国家组织资料库引起了我的注意。哈斯科姆向我保证，这样完备的收藏前无古人。这不是存尸所，而是存史所——我都想造个新名词了：这里不是墓地，而是永生之所。

第二座建筑专用于生产内分泌产物——一种非洲甲壳类生物的内分泌产物，这里的人管这座建筑叫“大臣们的圣物制造工厂”。

“看。”哈斯科姆说，“你应该不会觉得有什么新鲜的。你知道几年前国内那边的‘腺’研究热吧？其成果就是研制出了多腺肽制剂，一种新型专利药物，还有一套威胁要超越弗洛伊德的流行学说，完全基于腺体构成对人类个体进行解释，绝不涉及精神。

“我只需要用一种比较简单的方法将我的知识进行应用。首先，是向布加拉演示，怎样通过多次注射垂体前叶制剂来让普通婴儿长成巨人。这个主意正合他意，让他顺势提出了组建神圣卫队的计划，整个卫队都由真正的巨人组成，连腓特烈大帝的掷弹兵都要相形见绌。

“不过呢，我也确实将我的知识应用到了几个新的方向上。我利用了一个事实——他们的宗教崇敬外形可怕的畸形人——当然，这种崇敬在许多国家都是普遍现象，他们认为半傻的人应该是受到了神启，侏儒则是迷信畏惧的对象。因此我就开始致力于创造各种各样的新型畸形人。通过使用一种特殊的肾上腺皮质提取物，我制造出了力量堪比大力神赫拉克勒斯的孩童。而且，他们的相貌也像是赫拉克勒斯和送酒车夫的结合体。通过将同样的提取物注射给青春期少女，我让她们长出了最浓密的胡须，之后她们立刻就被任命成先知了。

“削弱垂体后叶会使人变得异常肥胖。这一点，再加上这里的男人对肥胖的女人还特别有激情，就被布加拉利用了起来。他对女奴进行了这样的处理，然后把她们卖给男人们当小妾，我想应该是赚了不小的一笔。最后，通过另一种垂体疗法，我最终制造出了真正的侏儒——他们个头虽小但身体比例仍保持完美。

“所有这些产品，侏儒留在神庙里当侍仆；一队肥胖的年轻女子组成了类似于维斯塔贞女[1]的组织，作为整个国家理想化的美的化身，承担特殊的宗教使命，向周围散发特殊的福报；而巨人们则组成了我们的常备军。

“不得不承认，这些肥胖的贞女给我带来了一个至今仍未解决的问题。像所有其他珍视性愉悦的人种一样，这里的人也相应地夸大了他们对童贞的崇敬。因此，我就想到，如果我能将雅克·勒布[2]对人工孤雌生殖的巨大发现应用于人，嗯，确切地说，是应用于这些年轻女性，我就能培养出一个维斯塔种族，自我繁殖又永远纯贞，并将我之前所说的那种崇敬加诸她们身上。你看，我必须时刻提醒自己，提出任何不利于国家宗教的工作都是毫无益处的。我想，在一个真正民主的国家，由政府资助的研究也会遇到类似的困难。而这个问题，正如之前所言，我一直没能攻克。比起巴德荣[3]的无父本青蛙，我更进了一步；我在爬行动物和鸟类的卵中都诱导出了孤雌生殖，但哺乳动物至今没有成功。不过，我是不会放弃的！”

接着，我们来到了第三间实验室，里面到处都是惊人的畸形动物。“这个实验室是最有意思的。”哈斯科姆说，“这里的官方名称是‘物神之家’。在这里，我又一次抓住了大众的普遍心理，将其用作研究的锚点。我跟你说过他们痴迷于奇形怪状的动物，并且会用黏土或象牙来雕刻出那些最最怪异的形象，用来崇拜。

“我想，我要搞清楚人工是否能够改进天然，于是开始回忆起自己的实验胚胎学知识。我使用的都是最简单的方法。我利用发育早期阶段的可塑性来制作双头和独眼的怪物。当然，德国的施佩曼和斯托卡德很多年前就分别搞过双头蝾螈和双头鱼了。我只不过是将

1. 古罗马社会中侍奉圣火维斯塔女神的女祭司，因奉圣职的 30 年内必须守贞而得名。
2. 德国出生的美国动物学家和心理学家。
3. 法国著名胚胎学家。

福特先生的大规模生产方法应用在了他们的实验成果上。不过我也有我的独创，那就是三头蛇和长着一个朝天脑袋的双头蟾蜍。前者稍微困难点儿，但需求量很大，而且能卖个好价钱。蟾蜍就容易多了：把哈里森的法子用在蝌蚪胚胎上就行。”

之后，他又把我带进了最后一座建筑。与其他建筑不同，这里似乎没有任何研究正在进行的迹象，里面空荡荡的。房间里挂着黑色的帷幔，只有顶部有光。房间中央是一排排的乌木长凳，长凳前面的架子上放着一个闪闪发光的金球。

“目前我正在这里着手研究心灵感应增强。”他对我说，“有时间你一定得过来看看这是怎么一回事，因为这真的很有趣。”

你们应该想象得到我面对这样的奇迹时目瞪口呆的样子。每天，我都会跟哈斯科姆交谈，慢慢地，这种交谈变成了我们日常生活中不可或缺的一部分。一天，我问他是否已经放弃了逃跑的希望。他在回答我之前，脸上闪过了一丝犹豫的神色，很是奇怪。最后，他终于开口说：“跟你说实话吧，亲爱的琼斯，最近这几年我已经很少去想这个问题了。一开始时这几乎是不可能的，我得故意把这个念头赶出脑海，并为此而耗费越来越多的精力，对于眼前的工作，有时候我甚至是愤怒的。可现在呢，我已经打心底里不太确信我是否还想逃跑了。”

“不想逃跑！”我叫道，“你不是说真的吧！”

“我不太确定。”他回答道，“目前我最想要的就是在我的工作中取得领先。唉，伙计，你不明白这对我来说是个多么好的机会！而且进展得这么快——我能看到各种可能性就在眼前。”说完他就沉默了下来。

不过，虽然对他之前取得的成果很感兴趣，但我还是不愿意把自己的未来都牺牲在他那变态的求知欲上。可是看起来，他是不会放弃自己的工作的。

最能刺激他想象力的就是他正在进行的群体心灵感应实验。他接受医学教育时，变态心理学在英格兰还不是非常流行的学说。不过幸运的是，他当时偶然结识了一位对催眠术这门课程特别感兴趣的年轻医生，通过这名医学生，他被介绍给了一些诸如布拉姆韦尔、温菲尔德这样的伟大先驱。最后，他自己也成了一名合格的催眠师，对这门学问有了相当渊博的知识。

在刚被抓获的那些日子，他对当地人每个月圆之夜都会跳的那种圣舞产生了兴趣，他们认为这是天神力量的救赎。所有舞者都属于一个特殊的教派。经过一系列象征着诸如追逐、战争、爱情在内种种活动的激动人心的舞蹈，首领把他的队伍带上仪式用的长凳，然后开始引诱他们。让哈斯科姆印象深刻的是：只须花费几秒钟时间，这些人就跌靠在乌木栏杆上，陷入了深度催眠状态。他说，这让他想起了法国科学家曾经记录过的那种最令人震惊的集体催眠案例。接着，首领从一条长凳走到另一条，在每个人耳边轻声耳语一句话。然后，根据古老的仪式，他走向祭司王，大声宣布："尊敬的陛下，命令那些舞者去做你想要做的事吧。"之后，国王会命令那些人做一些动作，这些动作之前都是被保密的。命令通常就是去取个什么东西放到月神社；或者与国家的敌人战斗；或者（这是马戏团最喜欢的部分）假扮成某种野兽，或者鸟儿。不论是什么样的命令，被催眠了的人都会遵从。因为首领的耳语就是一道指令，指示他们只按照国王所言行事。最奇特的景象要数他们被人看到时的样子：飞速奔跑，完全无视路上的障碍物，只顾着寻找让他们去找的葫芦或者绵羊，或者冲向看不见的敌人，或者四肢着地发出狮子的吼声，或者如斑马般奔驰，如仙鹤般起舞。命令执行完毕，他们就会像木桩或石头一样站在那里，直到首领跑到他们身旁，用手指依次触碰他们，大叫“醒来”。然后他们就会醒过来，疲惫不堪，但清楚自己曾经成了未知精神的载体，然后就跳着舞回到他们特殊的小屋或集会场所。

这种对催眠暗示的易感性让哈斯科姆吃了一惊。于是他申请到了更进一步研究这些舞者的许可令。很快他就证实，这些人作为一个种族，极易被解离，很容易就能陷入深度催眠的状态。而在这种催眠中，潜意识虽然与清醒的自我完全隔绝，但却仍包含了欧洲人在催眠后所未保留的人格部分。就像大多数在心理学这根大蜡烛上盘旋飞舞的飞蛾一样，他也对心灵感应这一概念很有兴趣。而在这里，手头有这么多可供研究的催眠对象，他就可以着手对这一问题进行一些实质性的研究了。

他挑选实验对象，通过实验很快就证实了心灵感应的存在：向其中一个实验对象发出暗示，再通过那人将暗示传递给一定距离之外的另一个人，两人之间没有任何物理媒介。之后——这也是他事业的一个巅峰——他发现，如果同时向多个实验对象发出暗示，那心灵感应的效果将比一次一个人要强得多——催眠过的心智会互相强化。“我在追逐超级心智。”哈斯科姆说，“我已经对它有了初步的了解。”

必须得承认，对于眼前所展现出的前景，我几乎与哈斯科姆一样兴奋。毫无疑问，在理论上他应该是正确的。如果所有的实验对象都处于近乎一致的心理状态，就可以观察到异乎寻常的强化效应。一开始，要达到这种状态似乎很难。不过后来我们发现，将实验对象调节到同样的音调——如果我可以这么比喻的话——是可能的，接着，有趣的情况就真正地开始出现了。

首先，我们发现，随着强化作用，我们可以把心灵感应传送到更远的地方，直到最后从首都发出的指令甚至可以抵达差不多一百多英里外的国境边缘。随后我们又发现，接收心灵感应指令并不需要实验对象首先进入催眠状态。几乎每一个人，尤其是那些气质平和的人，都会受到心灵感应的影响。而最最惊人的，是我们一开始命名为“近场效应”的一种现象。之所以起这个名字是因为直到后来我们才发现，这种现象其实也可以传送一段距离。在哈斯科姆对一大群受过催眠的实验对象发出一个简单命令的暗示后，如果他或者我走进人群，我们就会体验到一种超乎寻常的感觉，就好像某种超人人格正在用一种排山倒海的方式不断重复那个命令，让我们一方面觉得自己必须执行那个命令；另一方面，如果可以这么说的话，让我们觉得自己仿佛就只是命令的一部分，或者说是某种比我们伟大得多的、正在发出命令的存在物的一部分。哈斯科姆声称，这才是超级意识的第一个真正的开端。

当然，布加拉的因素也必须要考虑。哈斯科姆靠着脑子里对古代西藏那套转法轮之类的东西的一点印象，提议说最终要将催眠应用到全体国民身上，然后传送一段祷词，这样就能确保全国人民共同说出——比方说——每日祷词；并且更重要的是，同时进行，效果无疑也会大大增强。这样在灾难或战争时期，也有可能使整个国家的祈祷力量长时间运转。

布加拉对此深感兴趣。他看到了一种前景：通过这种心理机制，他可以将他想要的思想灌输进他的人民的大脑。

他看到自己在脑子里发出一道命令，然后全体国民就都自己打起精神去执行了。他做起了各种各样的美梦，就连新闻集团的老板，甚至是战时宣传部长的美梦都会相形见绌。自然，他希望自己能获得指导，亲自掌握这门技术，同样自然的是，我们没办法拒绝他。不得不说，我经常会感到有些不安，不知道如果他一旦决定越过哈斯科姆自己开始实验，那时的他会做出些什么。这一点，再加上一直以来我都想要离开这个地方，两个因素一起，让我再次寻找起了逃走的方法。这时我忽然想到，这个一直以来就给我一种不好预感的法子可能本身就正好能成为我们这座监狱的钥匙。

因此，有一天，在让哈斯科姆认识到让他的这一伟大发现跟他一起在非洲消失对人类来说将是多大的损失之后，我语气诚挚地说："我亲爱的哈斯科姆，你得离开这个鬼地方回国去。不如就这样告诉布加拉：你的实验即将取得成功，但为了进行最后几项测试，需要集中更多的实验对象供你差遣？这样，你就能搞到一支两百人的队伍，将他们调制和谐后，强化作用就可以使你拥有一支心理大军，足够影响全国人民。到那时候，当然，我们得选个好日子，将我们的队伍心理能量的潜能提升到可能达到的最高水平，并通过它发射出强大的催眠影响。整个国家，男人、女人、小孩儿，都将陷入恍惚状态。然后，我们给实验队伍发出暗示，让他们广播'沉睡一周'的信息。这条心灵感应信息会被成千上万做好接收准备的心智转发，并在他们的心里扎根，直到整个国家形成一个单一的超意识，脑子里只有'沉睡'这一个我们灌输进去的想法。"

读者们也许会问，我们自己又该如何逃脱我们所创造的这个超意识呢？这个嘛，我们有个发现，相对而言，金属具有较强的心灵感应阻隔作用。因此，我们为自己准备了一个类似于锡质讲坛的东西，我们可以在实验时站在后面。这样，再加上金属箔制的帽子，极大地减少了超意识对我们的影响。金属的这一特性我们并没有告诉过布加拉。

哈斯科姆一言不发。最后，他终于开口了。"我喜欢这个主意。"他说，"我确实喜欢这么想：要是有一天真的回到了英格兰，获得科学界的认可，那一定得是我的发现为我提供了逃跑的手段。"

从那时起，我们就一直在努力完善我们的方法和逃跑计划。大概过了五个月，一切看起来都很顺利。我们把补给打好包，还有罗盘。他们容许我带着自己的步枪，条件是不许在这里开枪。我们与几个跟沿海地区有生意往来的人交上了朋友，并在不引起他们怀疑的前提下从他们那里打听好了所有可能的路线。

终于，那个夜晚到来。我们把队伍集合起来，就像在做日常演习一样。然后经过催眠，开始对他们进行调制。这时，布加拉忽然不请自来。我们就怕这个，但现在已经没办法阻止他了。“我们该怎么办？”我低声问哈斯科姆，用的是英语。“继续进行，该怎么样就怎么样吧。”哈斯科姆回答，“让他跟其他人一起睡过去。”

于是，我们向他表示欢迎，并给他安排了一个座位，位置尽可能地靠近紧挨在一起的一排排表演者。最后，准备工作终于完成。哈斯科姆走进讲坛，说：“请注意即将发出的暗示。”所有人都稍稍紧绷了起来。“睡吧。”哈斯科姆说，“睡吧，这就是命令：整个国土上的人民都进入了连续不断的睡眠。”布加拉惊叫一声跳了起来，但诱导已经开始。

我们因为有金属遮蔽而没有受到影响。但布加拉被心理洪流的力量打了个正着。他跌坐进椅子里，什么都做不了。面对暗示，他那非凡的意志也只抵抗了几分钟，尽管不能动，但他还是怒目圆睁。不过最后他终于抵抗不过，昏睡了过去。

我们立刻动身出发，在这片沉寂的国土上急速前进。这里的人都一动不动地坐着，就像蜡像一般。妇女们坐在牛奶桶旁睡着了，奶牛早已跑到了很远的地方。大腹便便的裸体胖小孩儿们也在游戏中睡着了。房子里到处都是倒在自己的餐食旁睡着的人，让人想起了英国诗人华兹华斯那著名的诗篇《客厅聚会》。

于是我们继续赶路，同时心里又有种怪异的感觉，几乎不敢相信我们竟让一个国家陷入了如此的境地。最后，我们终于抵达边境，极其兴高采烈地从一动不动的边防守卫巨人身边经过。又走了几英里后，我们结结实实地饱餐了一顿，又打了个盹儿。行李太重，于是我们决定扔掉一些累赘，主要是食物、标本，以及我们的金属头盔或者说是心智保护器。已经走出了这么远，催眠的作用应该没有那么强了，因而我们觉得这些装备也就没有必要了。

大约是在第三天傍晚时分，哈斯科姆突然停了下来，还扭头往回看。

“怎么了？”我问，“看到狮子了吗？”他的回答完全出乎我的意料：“没有，我就是想，是不是真的不该再回去了。”

“再回去？”我叫了起来，“全能的主啊，你怎么会这么想？”

“就是忽然觉得应该回去。”他说，“大概五分钟前吧。真的，回过头想一想，这种研究机会我以后可能再也不会有了。更重要的是，去往海边的路途很危险，我估计我们可能没办法活着走完。”

这些话让我心烦意乱，我也告诉了他我的这种感觉。忽然，有那么几个瞬间，我觉得我也必须回去了。那感觉就好像是我们童年的老友——良知——在召唤。

“是，确实如此，我们得回去。”我热切地想道。但忽然间，理智的作用让我产生了一个念头，“为什么要回去呢？”各种理由都被提了出来，而提出理由的，似乎是一只从我脑子里的隐藏部分伸出来的看不见的手。

这时我才意识到到底发生了什么。是布加拉醒了；他已经清除了我们向超意识发出的暗示，并用另一个暗示取而代之。我都能看到他想明白时的样子，听到他在接手之后以规定的形式向整个国家低语他的新暗示：“回归的意愿！”“回来！”这个狡猾的魔鬼（他的聪明才智确实毋庸置疑！）。对于绝大多数居民来说，这个命令毫无意义，因为他们就在家里。毫无疑问，一些在山上的小伙子、逃学的小孩儿或者偷溜出来与情人密会的姑娘此刻肯定正如梦游般恍惚呆滞地往家里赶。这条超意识发出的新命令只对他们——和我们——有点意义。

这是我以详细写在纸上的方式所呈现出的样子；当时，我在一瞬间就看清楚了到底发生了什么。我告诉哈斯科姆，向他表明肯定是这么回事，除此之外不可能还有什么因素能导致这种突然的变化。我恳求他运用他的理智，坚持他的决定，继续往前走。我真是后悔啊，当时急着丢弃了所有冗余负重，把我们的心灵感应防护金属头盔也扔了！

但哈斯科姆不愿，或者说不能，弄明白我的观点。我想，他对这个国家的感情应该比我要深得多，因此也就比我更容易受到影响。不论如何，他已经决定了，他必须回去。他清楚这一点。他在心里看得明明白白。这是他的神圣职责——还有其他许多类似的废话。与此同时，暗示也一直在攻击我，最后终于让我感到，要是再不能在我自己和这个统一意志组之间制造出更大的距离，我也一定会像他一样投降的。

“哈斯科姆。”我说，“我要继续前进。看在上帝的分上，跟我一起走吧。”我背起我的行李，出发了。我看到他颤抖着，还跟着我走了几步。但最终，他还是转过了身，向我们来时的方向出发了，尽管我时不时地还停下脚步，喊他跟我走。我可以向你们保证，我是怀着一颗悲伤的心继续独自上路的。我不想唠叨我那无趣又漫长的旅途。总之呢，我最后终于来到了一个白人前哨站，筋疲力尽、短食少粮，还发了烧。

对于这次奇遇我一直守口如瓶，只对人说我们的考察队迷了路，我的人马不是跑掉了就是死于当地部落之手。最后我终于回到了英格兰。但我已经成了一个废人，一想到哈斯科姆以及他的作茧自缚，无尽的忧伤就会涌上我的心头。我从未知晓他的后事，而且我想，以后应该也更不可能知道了。你可能会问，为什么我不设法组织一支救援队，或者，至少把哈斯科姆的发现报告给皇家学会或超自然科学研究所呢？我只能再重复一遍，我是个废人了。我不觉得有人会相信我，我也不确信我能重复出我们的实验结果，即使是用同样血统的人种也没把握，更别提是用另一个人种了。我还害怕被人嘲笑。最后，怀疑也让我深受折磨——我怀疑群体心灵感应的知识对人类来说就是个诅咒，不是赐福。

不过，如今的我已经上了年纪，而且更重要的是，我的心态比实际年龄还要老。我想把埋藏在心底的这个故事讲出来。另外，老年人都喜欢说教，请你们一定要原谅我，亲爱的读者们，因为我觉得这番说教我一定要讲出来才行。我想要提出的问题是：哈斯科姆医生在科学的若干应用中获得了无与伦比的力量——但这力量最终要为什么而服务呢？坚称科学知识和力量的增长本身就一定是件好事，这就是在胡言乱语、乱下断言，正如我们的绝大多数报章和绝大多数人一直以来所做的一样。我向伟大的公众展示我这个故事最明显的寓意，并请他们思考：这股力量已经为他们逐步积聚了起来。为他们积聚这股力量的人，要么是因为喜欢权力，要么是因为想要找出事物运转的真正原理。那么，如果真正拥有了这股力量，他们又打算去做些什么呢？

（Leonaries　译）